Milenas Handwerk

UTE MEY

Milenas Handwerk

Kriminalroman

Bibliografische Information der Deutschen Nationalbibliothek
Die Deutsche Nationalbibliothek verzeichnet diese Publikation in der Deutschen
Nationalbibliografie; detaillierte bibliografische
Daten sind im Internet über http://dnb.d-nb.de abrufbar.

Impressum

Umschlaggestaltung: Gloria Kölbel
Umschlagfoto: © mauritius images / Monsoon
Satz, Herstellung und Verlag: BoD - Books on Demand, Norderstedt

ISBN: 978-3-7494-4047-4

»Wenn du gegen alle Wahrnehmungen kämpfst,
wirst du nichts haben, worauf du dich beziehen kannst,
wenn du diejenigen Wahrnehmungen beurteilen willst,
die dir trügerisch erscheinen.«
Epikur (342 – 270 v. Chr.)

Vorwort

Die Abenteuer, um die es hier geht, sind nicht meine. Erlebt haben will sie Mona, eine junge Deutsche, die es aus Gründen, von denen noch die Rede sein wird, in eine entlegene Gegend Griechenlands verschlug. Ich selbst, Reisejournalistin, trieb mich dort im Auftrag eines Touristikunternehmens herum, um interessante Landschaften zu erkunden.

Man kann sich vorstellen, wie verblüfft ich war, als ich eines Tages auf der Lichtung eines attischen Hügels, den ich gerade erklommen hatte, eine junge Frau, eben jene Mona, in einer ungewöhnlichen Situation entdeckte. Sie saß an einem Tischchen, nicht weit von einem Rappen, einem herrlichen Tier, das dort im Dickicht graste. Sie mochte knapp dreißig sein und war recht hübsch. Gerade hatten wir uns bekannt gemacht und ich setzte mich zu ihr, da tauchte ein wilder Geselle bei uns auf, ein abenteuerlicher Typ mit schwarzen Rastazöpfen, im nassgeschwitzten Unterhemd, das Löcher hatte wie ein Emmentaler Käse. Er stellte Wein und Gläser auf den Tisch, nahm selbst einen Schluck. »Jiámas, Chefin!«, prostete er der jungen Frau zu.

›Chefin‹, erklärte mir diese, nachdem der Kerl wieder gegangen war, werde sie hier genannt, weil sich in ihrem Rucksack die dicken Drachmenbündel befänden, die sie allabendlich verteile. Dann führte sie mich zum Rand der Lichtung und zeigte ins Tal. Es war Frühling in Attika und das frisch gesprossene Grün der Ebene glänzte in der Sonne. Ein lindes Lüftchen trug den Duft der Zistrosen her, mischte ihn ins köstliche Aroma wilder Kräuter, das zu allen Jahreszeiten über der Macchia schwebt. Ringsum flammte dort jetzt das Gold der Margeriten. Bis hinüber zu den windschiefen Pinien und scharfgezackten Zypressen, die vor dem silbrigen Geflimmer des Meeres in die Höhe ragten, zog sich ihr Teppich. Erst jetzt bemerkte ich die riesige Baustelle auf dieser Seite unterhalb des Hügels. Wüste Kerle waren dort am Baggern. Andere luden Baumaterial von Pick-ups, die in gelben Staubwolken heran-schaukelten. Sie selbst verstehe nichts vom Bauen, erklärte mir die junge Frau, doch habe sie einen tüchtigen Assistenten, der das für sie erledige. »Sehen Sie den verlassenen Garten dort unten?«, fragte sie mich dann und zeigte auf ein langgestrecktes Gemäuer, von dem die Macchia schon weitgehend Besitz ergriffen hatte. Es gebe dort, erzählte sie, einen alten Rosenstock, der unbeirrt selbst größ-ter Sonnenhitze trotze. Über und über sei der mit Blüten bedeckt, deren schwere, dichtgepackte Blätter wie erlesener Pannesamt in blutroten und nachtschwarzen Schattierungen schimmerten, ihre Essenzen so verschwenderisch verströmten, dass es einen in Wogen von Muskat und Moschus, ja, gar den Duft von Walderdbeeren tauche. Nur ein ganz außergewöhnlicher Standort könne ein solches Pflanzenmonster erschaffen.

Warum zittert wohl ihre Stimme so? begann ich mich zu fragen.

Als wir wieder an dem Tischchen saßen, meinte Mona, als Jour-nalistin sei ich doch sicher an spannenden Geschichten interessiert? Ich bejahte, denn spannende Geschichten, die mir Leute erzählen, sind für mich bares Geld. Da erklärte sie, wenn ich viel Zeit mit-brächte, hätte sie eine für mich!

Also bin ich in den nächsten Tagen schon früh am Morgen zu jenem Hugel geeilt, wo mich Mona bereits erwartete. Und was ich dann in stundenlangen Gesprächen mit dem Diktiergerät aufgenom-men und später leidlich, wie ich hoffe, in lesbare Form gebracht habe, erwies sich in der Tat als das Aufwühlendste, das ich je niederschrieb. Anfangs rissen mich Monas Erlebnisse zwar nicht gerade vom Ho-cker. Es kam zum Ende einer hoffnungsvollen Karriere, wie es heute viele Menschen vorzeitig und unverschuldet ereilt, zu einer flüchtigen Liebesaffäre. Dann aber wurde ihr Bericht gruselig, so gruselig, dass es sogar mir Abgebrühter den Atem verschlug. Sollte all das tatsäch-lich geschehen sein? Oder ist womöglich die Fantasie mit der jungen Frau durchgegangen und sie hat mich ein bisschen verschaukelt?

Doch es gab die gewaltige Baustelle in der Wildnis, die beträcht-lichen Gelder in Monas Tasche! Auch den Assistenten nebenbei, einen gescheiten und hübschen jungen Menschen übrigens, der hin und wieder zu uns heraufstieg, um sich nach unserem Befinden zu erkundigen. Und hat es in der Tat nicht auch zwischen den beiden geknistert?

Entscheiden Sie also selbst, liebe Leserin, lieber Leser, ob man alles, was Sie nun lesen werden, glauben kann!

I

Bin gelernte Ökotrophologin, fing Mona mit dem Erzählen an, oft gereist für meinen Brötchengeber, weit herumgekommen! Doch wer braucht schon Ernährungsberater, wo's für die Menschheit nicht mehr viel zu beißen gibt? Kurzum, man hat mir eines Tages die Stelle gestrichen, und ich war arbeitslos.

Na fein, dachte ich anfangs, ein bisschen Erholung kann jeder gebrauchen! Solch ein Job ist nämlich kein Honigschlecken, nichts für Leute, die es gern bequem haben. Kaum ist es hell, musst du dich schon, verpennt und verkatert nach Arbeitsessen bis in die Nacht, verstopft obendrein, weil's schwankend überm versifften Intercityklo nicht klappt, zu schimpfenden Zeitgenossen ins überfüllte Zugabteil quetschen, den bleischweren Koffer in Gepäckablagen und auf Rolltreppen wuchten ... Dann das Herumstehen an öden Bahnsteigen, tristen Gates, unter all den Tüten schleppenden Fremden, die irgendwelchen wunderbaren Zielen zuzueilen scheinen ... Da wirst du nicht selten vom Weltschmerz gepackt! Im Flugzeug schließlich die ellbogenbewehrten, ungehobelten Vielflieger, hochnäsige Möchtegern-Aufsteiger aus dem Middlemanagement meist, die es lieben, raumgreifend *Herald Tribunes* vor deiner Nase umzublättern, freundlich nur sind, falls du mit femininem Täschchen antanzt, den karriereverdächtigen Dienstkoffer aufgegeben hast ...

Und doch, es war erst kurze Zeit vergangen, da hatte ich das Nichtstun satt. Meist schlug ich die Tage beim Discounter tot, wo ich auf Schnäppchensuche ging, auch mal ein Schwätzchen halten konnte. An Wochenenden und Feiertagen aber, wenn ich, wie ich fand, von aller Welt vergessen in meinen vier Wänden saß, ist mir hundeelend geworden. Da senkte sich Friedhofsruhe aufs Viertel, weil viele ausgeflogen waren. Da waren die Läden geschlossen, lagen die Straßen wie leer gefegt in der Sonne. Da sahst du kein Schwein, wenn du rausgeguckt hast! Nur ein paar hungrige Vögel kamen noch, die ich fütterte: ein Amselpärchen, eine Drossel, eine Sperlingsfamilie … Wie eine Katze habe ich darauf gelauert.

Meinen Ex-Kollegen erging es nicht besser. McCulln etwa, einen Iren, traf es besonders hart. Es hatte mit *Triglerex* zu tun, einem Kunstfett, das man, wie es hieß, ohne Reue futtern könne, da es frei von Kalorien sei. Das Teufelszeug geriet aber unter Krebsverdacht. Und als sich der Ire – David heißt er – der Not gehorchend für eine Firma in Texas damit herumschlug, kamen die bösen Befunde auf den Tisch, und er stand erneut auf der Straße.

Zeit, sich etwas näher mit dem Ex-Kollegen zu befassen, spielte er doch bei den Ereignissen, die sich bald anbahnten, eine denkwürdige Rolle! Richtig gekannt hat ihn keiner von uns. Schließlich war er erst kurz im Team. Aber er schien intelligent, kreativ, war von ansteckender Lebensfreude und ein gewaltiges Arbeitstier. Mich hat David auf gemeinsamen Dienstreisen einige Male zu seinen ›Inplaces‹ geschleppt, schicken Schuppen, wo wir am Tresen hockten, über Gott und die Welt palaverten. Ich schloss nicht aus, dass er mich wollte. Aber er war um einige Jährchen jünger als ich, und ich stand nicht gerade auf Grünschnäbel. Der Casanova war im Übrigen vergeben … Nach seiner Texas-Pleite war David nach Deutschland zurückgekehrt. Es hieß, dass seine Ehe dabei sei, in die Brüche zu gehen. Auch mordsverschuldet sei er, wurde gemunkelt. Seinen Spritschlucker von Sportflitzer hatte er bereits verscherbelt, fuhr jetzt im geleasten *BMW* herum, überzeugt, dass eine teure Karre ein Statussymbol sei, dessen Verlust das endgültige Aus für einen Kerl bedeuten könne.

Einen neuen Job bekam der Ex-Kollege dennoch nicht. Gelegentlich trieb er sich auf einem Wochenmarkt herum, meist da, wo die Weinbauern vom Kaiserstuhl ihre Stände hatten. Als ich ihm dort nach seiner Rückkehr aus den Staaten erstmals begegnet bin, hätte ich ihn allerdings fast nicht wiedererkannt mit all den Sorgenfalten im Gesicht, dem Drei-Tage-Bart und in dem gammligen Jöppchen. David war der Geschniegeltste im Team gewesen. Immer in gutem Tuch, teurer Hirschlederjacke oder einem Burberry, dazu seine Kenzo-Krawatten und edlen, handgenähten Treter. Den ›ganzen Ramsch‹ habe er versetzt, wie er mir grinsend gestand. Als er allerdings hörte, dass auch mein heiß geliebtes kleines Schwarzes im Secondhand-Shop um die Ecke gelandet war, fand er das ›zum Kotzen‹, war kaum davon abzuhalten, das gute Stück dort für mich auszulösen. Ein paarmal verabredeten wir uns noch. Schließlich aber ist es bei Zufallsbegegnungen geblieben. McCulln ging's wohl auf den Geist, dass ich wegen seiner Sauferei auf ihm herumhackte. Ehrlich, es hat mich aufgeregt, dass er ewig mit einer Fahne daherkam! Nun aber zu dem Tag, als die ganze Sache, auch mit David und so, ihren Anfang nahm. Obwohl es Luxus für mich war, gönnte ich mir zuweilen einen Besuch im Café. Das *Schmidt's* vor allem hatte es mir angetan, ein buckliges Hexenhäuschen im historischen Teil der Stadt. Es gehörte zur aussterbenden Spezies jener wienerisch-altmodischen gastlichen Refugien, deren plüschigem Charme man leicht verfallen kann. Ein Stündchen dort im nostalgischen Flair, dazu ein Kaffee, eine Zeitung, was Süßes – weg ist dein Frust! An jenem Tag aber muss ein Spuk im Spiel gewesen sein. Ich war nämlich schon am *Schmidt's* vorbeigestiefelt – meine Börse war fast leer – da hat es mich doch noch, fast wie mit Zauberkraft, hineingezogen! Im lockenden Duft ofenwarmer Backwaren, gerösteter Nüsse und frisch gemahlener Kaffeebohnen bestellte ich mir am Tresen mit wässrigem Mund ein Schnittchen Rhabarberkuchen, luftig gekrönt von köstlichem, zart gebräuntem Baiser.

»Mit oder ohne Sahne?«, wollte hinter den aufgetürmten Schleckereien die dralle Verkäuferin wissen, deren steif gestärkte Schürze exakt über einem ihrer vorwitzigen Nippel ein gesticktes Kännchen trug.

»Ohne, bitte!« Ich sah mich um. Im schummrigen Licht der Wandleuchten machten sich, nadelgestreift und zeitungsraschelnd, die nur zu bekannten Business-Helden breit. Also turnte ich auf meinen Sneakers die altmodisch gebohnerte Holzstiege zum oberen Raum hinauf und ließ mich am großen Fenster mit dem Wolkenstore nieder. Ohnehin war dies mein Lieblingsplatz, weil man hier zur Straße hinuntersehen, Passanten beobachten konnte.

Viel war nicht los an jenem Tag. Ein paar Studenten saßen herum, dazu eine Silberlocke, die mich an ihrer *Frankfurter* vorbei gleich ins Visier genommen hat, schließlich noch eine Runde älterer Damen, die beim geselligen Kaffeekränzchen bürgerlichen Wohlstand zelebrierten. Ladys wie diese pflegten Eine wie mich, davon ging ich aus, ein wenig zu verachten. Und ich? Nie hätte ich werden wollen wie sie! Es mochten Arztfrauen sein, Boutiquenbesitzerinnen, Studienrätinnen vielleicht. Sie waren zu aufwändig, zu zeitraubend zurechtgemacht für meinen Geschmack in ihren teuren Seidenblusen, an deren komplizierten Schluppen sie wohl ewig herumplätteten, und mit all dem Hochkarätigen an Fingern und Handgelenken, den edlen Perlen am Busen, den Goldklipsen am Ohr ... Klunkern, die ja nichts als lästig sind, muss man sie doch ständig bewachen! Die herzuzeigen mir im Übrigen waghalsig erschien. Wurden andernorts dafür nicht schon mal Finger abgeschnitten, Kehlen ...? Na ja. Und all diese Gestrigen trugen, blond oder lila eingefärbt, jene langweiligen, modischen Frisörfrisuren, welche die Gesichter reifer Frauen so gnadenlos entblößen, ihnen ihre Geheimnisse entreißen, dem Betrachter nichts zum Träumen übrig lassen ...

Soeben hatte mir eine hübsche Kellnerin, ein weißes Spitzenschürzchen überm Mini, das Haar zum kecken Mäuseschwanz gedreht, ein Tässchen Kaffee und meine Rhabarberschnitte serviert, als ich der seltsamen Macht hinter dem, was man gemeinhin Schicksal nennt, ins Netz geriet! Ich blätterte in einer Zeitung, die bereits dort gelegen hatte. Und da ist mein Blick auf eine Anzeige gefallen, vielmehr wohl magisch davon angezogen worden, war sie doch von kleinem Format und eher unauffällig. »*Deutscher Witwer, sechzig*«, hieß es darin, »*in Griechenland in einfachen Verhältnissen auf dem Lande lebend, bietet netter Dame kostenlosen Aufenthalt in schöner Natur gegen etwas Mithilfe in Haus und Garten.*«

Verwundert es angesichts meiner desolaten Lage, dass ich den Köder schnappte, der da ausgeworfen war, ja, dass ich schon am Haken zappelte? Auf den Süden war ich sowieso versessen, und Landleben fand ich toll. Das bisschen Arbeit? Ein Klacks! Wem also schadet es, sagte ich mir, wenn du dem älteren Herrn ein wenig Gesellschaft leistest? Also nahm ich Notizbuch und Schreiber zur Hand und notierte folgende Antwort: »*Lieber Unbekannter, bin Single, dreißig, beruflich viel herumgekommen, aber arbeitslos und unvermögend. Habe ein halbes Jahr Zeit, in dem ich tun und lassen kann, was ich mag. In Haus und Garten betätige ich mich zur Abwechslung gern. Sollten Ihnen meine Zeilen zusagen, lassen Sie es mich bitte wissen.*« Ich ergänzte noch meine Telefonnummer und notierte mir die Chiffrenummer des Inserats. Zwar steckte ich mein Geschreibsel dann mit einem Anflug von Unbehagen weg. Hast dich noch nie für Anzeigen interessiert! ärgerte ich mich. Doch als ich etwas später zu Hause war, tat ich dennoch, was wohl kaum noch einer Erwähnung bedarf: Ich holte meine Antwort aus der Tasche, übertrug sie, wie sie war, auf eine Briefkarte und brachte sie noch am selben Tag zur Post.

Wie hätte ich auch ahnen können, dass mich die Mine, die ich damit lostrat, zu einer Handvoll Verlierern katapultieren sollte, die, auf die eine oder andere Art in ein unheilvolles Geschehen verstrickt, auf ein Schicksal zusteuerten, an dem ich selbst nicht einmal unschuldig war!

II

Nun also war's so weit. Gleich musste der Fremde an der Haustür gegenüber auf die Klingel drücken!

Zwei Wochen, nachdem ich bei der Anzeige aus Griechenland angebissen hatte, war nämlich jener Inserent am Telefon. Mir hatten seine warme Stimme, die jungenhafte Unbekümmertheit gefallen. Hundert Frauen hätten ihm geschrieben, plauderte er treuherzig, vier habe er in die engere Wahl gezogen, und ich sei die Erste, die er kennenlernen wolle. Keine bohrenden Fragen, dummen Sprüche, kurzum, ich war recht angetan. Anschließend hatte es Martin Steinberg, so stellte sich mir der Unbekannte vor, ziemlich eilig, einen Flug in eine nahe Stadt zu buchen, wo er sich ein Zimmer und einen Mietwagen nahm, in dem er nun unterwegs zu mir war.

Also habe ich mich in meine Jeans gezwängt, durch deren Schlaufen ich passend zum neuen Lippenstift den roten Lackgürtel schob, zog die bunte Karobluse, die heiß geliebten, wenn auch schon etwas ramponierten weißen Stiefel an und drückte mich nun im Laden gegenüber dem Haus, in dem ich wohnte, hinter ein paar Gummibäumen herum, wo ich durchs Schaufenster den Eingang im Auge hatte.

Warum mein Herz wohl jetzt so hämmerte? Noch hielt ich mich für unerschrocken, kannte auch keine Berührungsangst. Meine amourösen Abenteuer gabelte ich meist auf Reisen auf, hielt kleine Durststrecken in puncto Liebe, wie die im Augenblick, aber ganz gut aus. Woher sie auch nehmen, die Ausgehfummel, die gerade ›stylish‹ waren, Shrimps und Champagner im Kühlschrank, womit sich die besseren Casanovas inzwischen verwöhnen ließen? Doch wie kam ich darauf? Hier ging's um anderes, und es empfahl sich, cool zu bleiben … Vermutlich flatterst du, weil der eine Hausfrau sucht, die du nicht bist!, sagte ich mir.

Zur vereinbarten Zeit steuerte dann auch tatsächlich ein Grauschopf den Eingang an, trabte, lang und dürr, zum Glück aber weiter. Ich hatte in meinem Versteck kaum zu atmen gewagt, rannte, sobald die Luft rein war, zu meiner Wohnung hinauf. Sechzig! Der hatte aber geschummelt! Und überhaupt … Wie konnte ich mich auf so etwas einlassen! Ich beschloss also, mich augenblicklich tot zu stellen. Als aber kurz darauf jemand anfing, meine Klingel zu bearbeiten, ausdauernd und nicht gerade auf die feine Art, verlor ich die Nerven, bin doch hinunter und riss die Haustür auf. Wow! Ein Bausch Glitzerpapier, ein Riesenstrauß rosa Gerberas darin, schob sich mir entgegen. Dann senkte sich das üppige Gebinde, und zwei Augen lachten mich an, blauer, als der Himmel über ihnen. »Mona?«, fragte mich der Fremde mit der schon bekannten, wohltönenden Stimme. »Ich bin der Martin aus Griechenland!« Ehe ich mich's versah, hatte ich auch schon ein Küsschen auf jeder Wange.

Ich war baff. Vor mir stand ein nicht eben großer Bursche von athletisch gedrungener Gestalt, mit breiten Schultern, die ein rosenholzfarbenes Cordhemd spannten, und strammen Schenkeln in eng sitzenden Jeans. An den Füßen trug er halbhohe Cowboystiefel, und um den Hals hatte er nach Art der Zigeuner ein buntes Tüchlein geknüpft. Kühn blitzende Augen im wettergefurchten Gesicht, dazu eine Hakennase, ein kantiges Kinn, gaben dem Mann etwas Verwegenes. In der Tat, eine beeindruckende Erscheinung, die Mut signalisierte, sicher auch Eigensinn, und die mich spekulieren ließ, ob ich es mit einem Gauner, Künstler oder Abenteurer zu tun hatte. Doch welche Assoziationen oder Bedenken mir auch durch den Kopf gingen, Martin Steinberg schien der geborene Frauenbetörer, der es raus hatte, einen auf der Stelle für sich einzunehmen, jeglichen Widerstand beiseite zu fegen. Denn während mein Besucher noch mit schwungvollem Schritt vor mir nach oben stieg, dabei über seine Schulter hinweg feurige Blicke verschoss, war's schon um mich geschehen …

Dennoch, das Tempo, mit dem ich hier den Kopf verlor, bedarf der Erklärung. In meinen Mädchenjahren hatte es einen Märchenhelden gegeben, ein Hirngespinst, dem Steinberg zum Verwechseln ähnlich sah. Sex? Man hätte mich weggeschlossen! Petting auf dem

Autorücksitz? D i e Katastrophe! Geknutsche auf einer der Feten, wie wir die Partys nannten? Gab's nicht für Eine wie mich aus bürgerlichem Haus. »Mach erst deine Schule fertig, dann kannst du tun und lassen, was du willst!«, pflegte meine strenge Ma zu sagen. Flucht in den erotischen Traum also ... Mit zwölf oder dreizehn fing ich damit an, und stets ist es das gleiche Szenarium gewesen: Es passierte immer auf stürmischer See, auf einem Piratenschiff, dessen Oberpirat, ein tollkühner, räuberischer Ganove mit schönem Raubvogelgesicht, hohen Schaftstiefeln und Spitzenjabot – weiß der Teufel, aus welchem Märchenbuch entliehen – mich, die entführte Prinzessin, in seiner Kajüte gefangen hielt, bis ich mich schließlich ergab ... Eine aus der Not geborene Liebhaberattrappe, wohl verwahrt dennoch im Unterbewussten, die Steinbergs Erscheinung, wie gesagt, auf faszinierende Art vorwegnahm!

Flott ging es in der Tat ja dann auch weiter. Als wir nämlich etwas später auf dem Sofa saßen, legte mein Gast bereits den Arm um mich, und es hat mir nicht übel gefallen. Sein Charme hatte viel mit der arglosen Art zu tun, in der er sich gab. Sicher, ich überlegte, ob die nur eine gut gemachte Masche sei, konnte ihn aber nicht bei einer Schwäche ertappen. Und was es alles zu erzählen gab! Von den winzigen Fröschen etwa, die es mal bei ihm geregnet hätte. Zu Tausenden seien sie vom Himmel gefallen, man habe nicht gewusst, wohin den Fuß setzen. Und dann die vielen verwilderten Hunde! Vierzig, meinte er, hätten einmal tot auf den Feldern gelegen ... Auch von seinen Nachbarn sprach er, einem ruhigen, älteren Ehepaar, das eine bessere Hütte bewohne, sowie einer jungen bulgarischen Ärztin, die das andere, recht hübsche Haus vor ein paar Jahren erworben und mit zwei Freundinnen bezogen habe. »Du siehst«, meinte er, »Hilfe wäre schnell zur Stelle, solltest du krank werden! ... Übrigens«, fügte er nach einer Pause hinzu, »obwohl die Ärztin in Athen in einem Institut arbeitet, erzählen sich die Leute, die zu gern klatschen, in ihrem Hause gingen Freier ein und aus ... Wenn da was dran ist, geschieht es jedenfalls sehr diskret und stört mich nicht!«

Dann plauderte mein Besucher über seinen Besitz, dreißig Hektar besten Brachlands mit einem schattigen Pinienwäldchen darin und einem hübschen Garten voller duftender Rosen, dessen Lage optimal sei, so nahe beim Meer und doch inmitten der Macchia, dazu in rechter Distanz zu Athen, sodass man einerseits seine Ruhe habe, der Kontakt zur Zivilisation aber nicht abbräche. Er kam auch auf einen Landsmann zu sprechen, einen adeligen Junggesellen und intelligenten, etwas großspurigen Typen, der auf einer Landzunge ein paar Kilometer weiter ein stattliches Anwesen besitze. »Mit ihm werden wir manch unterhaltsamen Abend verbringen!«, versprach er mir. Schließlich schwärmte er noch von seinem Hund, genannt King, und von Django und Pepper, seinen Reitpferden. »Du reitest doch?«, wollte er wissen. Als ich erklärte, ein wenig schon, doch hätte es mir meist an Zeit oder Gelegenheit dazu gefehlt, meinte er, den Rest lerne ich bei ihm. »Wir werden zusammen ausreiten!«, freute er sich. Der brave Pepper sei goldrichtig für mich, gehöre schon mir.

Es schienen ja paradiesische Verhältnisse zu sein! Gab es denn gar keinen Haken, das berühmte Haar in der Suppe?

»Schon«, räumte Steinberg ein. Von einem Augenblick zum anderen war das Feuer in seinen Augen erloschen, sein Blick wie tot. Er sprach nun von seiner Einsamkeit, die ihm seit dem Hinscheiden seiner Frau zu schaffen mache, seiner Sehnsucht nach einer neuen Lebensgefährtin, auf die er indessen kaum noch zu hoffen wage. Er wolle daher »erst mal kleine Brötchen backen«, eine nette Dame finden, die, so wie er, ein Leben in der Natur zu schätzen wisse, ein wenig Gesellschaft suche. Nichts würde ihn glücklicher machen, als ihr den Aufenthalt in seinem Haus so angenehm wie möglich zu gestalten. Er selbst sei ein Bastler, Tier- und Gartenfreund. Ein fauler Tag am Meer, die Pflege seiner Obst- und Olivenbäume, dazu die kleinen Arbeiten in seiner Werkstatt – all das bedeute ihm mehr als der gesellschaftliche Trubel. »Kurzum«, erklärte mein Besucher, »ich bin das, was man einen Naturburschen nennt … rau, aber herzlich!« Auch werde man es mit der Hausarbeit nicht übertreiben, sich lieber draußen ein paar schöne Tage machen. »Am Ende«, meinte er lächelnd, »gefällt es dir so gut, dass du gar nicht mehr nach Hause willst!« Und auch das, schloss er, ließe sich selbstverständlich regeln. Kurz darauf sagten wir bereits sein Hotelzimmer ab …

Verschossen, wie ich längst in Steinberg war, wollte ich sein Angebot natürlich annehmen. Doch es schien mir ratsam, ihm zuvor noch etwas auf den Zahn zu fühlen. Vom Discounter hatte ich einige Fläschchen Roten heimgeschleppt, billiges Zeug, von dem wir an jenem Abend auch nicht gerade wenig schluckten. Ich aber tat nun richtig knülle, und als gegen Mitternacht die Stunde der Wahrheit schlug, fiel mir die Besuchercouch im kleinen Arbeitszimmer angeblich nicht ein, und ich legte das zweite, frisch bezogene Plumeau gleich aufs große, französische Bett. »Kannst du Wilder hier bei mir schlafen, ohne dass …« gab ich die Beschwipste, den Rest Steinbergs Fantasie überlassend.

»Und ob!«, versicherte er mir. Es sei die beste Idee, die ich haben könne, rief er begeistert, schon auf dem Weg nach unten, um seine »Notfallration«, wie er Rasierzeug et cetera nannte, aus dem Wagen zu holen.

Was dann geschah, hat der Tatsache, dass bald mein schärfstes Teil für die Nacht, ein malvenblauer Fummel mit Spaghettiträgern, ziemlich oft Steinbergs zerschlissenen Pyjama streifte, schnell die Peinlichkeit genommen. Denn mit yogimäßig überkreuzten Beinen machte sich's mein Gast im Bett bequem und klatschte einen abgeschabten Aktenkoffer auf meine Daunen, dessen Schlösser er nun mit vielversprechenden Knallern aufschnappen ließ. Und was kam dort herausgeflattert? Massenhaft Briefe! Dazu Fotos über Fotos! Von all jenen Frauen, die ihm genauso geschrieben hatten wie ich!

Bald lasen wir uns ›pietätlos‹ gegenseitig vor. Stritten über die Schönste, staunten über Intimes, lästerten über Posen und Klamotten. Schließlich fischte Steinberg noch ein besonders übles Exemplar aus dem Mordsdurcheinander, das wir in der pikanten Korrespondenz geschaffen hatten. Es war das Foto einer langbeinigen Brünetten in spitzen Stilettos und hüftlanger Bluse, die ein schwarzes Etwas schwang. In der Mitte vom Bild klebte eine kleine Taube.

»Was soll denn die?«, wunderte ich mich.

»Vögeln«, bekam ich zur Antwort. »Mach's ab und sieh nach!« Puh! Unterm Sticker prangte eine schwarze Muschi. Der Fummel am Finger war wohl das fehlende Dessous …

»Was glaubst du, wer die schon alles im Schreibtisch hat!« Mein Gast zerriss die Ferkelei und warf die Schnitzel zum Rest in seinem Koffer. »Alles Ausschuss!«, urteilte er verächtlich. »Damit machen wir ein Feuerchen, wenn du kommst!«

Wenn du kommst! Nichts anderes schien für Steinberg jetzt noch wichtig … Und ich? Ich fragte mich, warum ihm nicht Eine vom Zupacken schrieb, worauf ich verrückt war, seit ich als Kind eine Weile mit Ma und Pa auf dem Land lebte! Wie eine Klette hatte ich mich dort an einen Bauernburschen gehängt, der mich ein bisschen helfen und auf seinem Mistkarren mitfahren ließ, einem stinkenden, aus ein paar spleißigen Brettern zusammengeflickten Gefährt, wo ich in bedrohlicher Nähe zu Eggen und anderem schweren Ackergerät nicht ohne Stolz auf Bergen von Kuhfladen thronte, den Blick fasziniert auf die wackelnden Hinterbacken der beiden Rindviecher geheftet, die uns plattfüßig und mit schwingenden Eutern über die Dorfstraße rumpelten, während ich mir vorstellte, eine mittelalterliche Hexe zu sein, die ein Büttel zum Schafott karrte …

Dass mir über solchen Gedanken die Augen zufielen, wo doch ein Kerl, den ich am Morgen noch gar nicht gekannt hatte, neben mir in den Federn lag, war schon ein Ding!

* * *

Ach du dickes Ei! Ich war soeben aufgewacht und stellte fest, dass die Hitze im Bett nicht vom Fieber kam. Also schielte ich zur Seite, und dort lag Martin Steinberg so lässig, als mache er es nicht zum ersten Mal. »Weißt du was, Schatz«, meinte er fröhlich, »Wir verzichten ganz einfach auf die Staatsknete! Ich bin zwar nicht reich, aber von dem, was ich habe, können wir da unten ganz gut leben!«

Da unten – das hieß Griechenland!

Ich war, um ehrlich zu sein, schon zu verknallt in den Burschen für einen klaren Gedanken. Sollten doch die fruchtlosen Vorladungen meines Arbeitsvermittlers im Briefkasten verrotten, der Bankcomputer meine desolaten Kontostände spucken, wie's ihm gefiel! Mit anderen Worten, der Lauf der Dinge war wohl nicht mehr aufzuhalten …

»Bekomme ich einen Kuss?«, erkundigte sich Martin jetzt, ohne meine Meinung abzuwarten.

»Mal sehn!« Ein wenig spöttisch hielt ich ihm den Mund hin, in Erwartung eines dieser pathetischen Kraftakte, wobei dir die Kerle gern den Kopf so in den Nacken drücken, dass du Genickbruchängste kriegst. Doch wie sich mein Gast jetzt über mich beugte, was er mit meinen Lippen trieb, hatte jene erotische Klasse, die manche von uns süchtig macht. Kurzum, Steinberg küsste, wie er aussah: Erfahren und leidenschaftlich. Und hätte er mir, unrasiert, wie er war, nicht das Gesicht dabei zerkratzt, wir hätten noch längst nicht damit aufgehört.

Vier Tage setzten wir nun keinen Fuß vor die Tür. Das Telefon blieb ausgestöpselt. Besuch kam eh keiner mehr. Verliebt spielte ich mit den Tatzen dieses Wilden, die von der Landarbeit rau waren wie Sandpapier und dennoch zum Zärtlichsten gehörten, das ich je an mich ließ. Martin war wohl ein Naturtalent. Später, als wir uns besser kannten, beharrte er nämlich auf der bemerkenswerten Feststellung, dass er vor mir nur seine Frau, eine Jugendliebe, besessen habe. Für seine Könnerschaft hatte er eine entwaffnende Erklärung. »Es ist Liebe!«, behauptete er. »Auf den allerersten Blick!«

Treu ergebener Paladin, zärtliches Raubein und furchtloser Haudegen in einem, musste mir dieser Mann als einer jener selten gewordenen Kerle erscheinen, die vor allem eines wollen: Ihr Herz ohne Wenn und Aber verschenken! Und diese Kerle sind es ja, die bei uns Frauen alles dürfen … Geduldig wischte ich die Spritzer vom Spiegel, die Martin beim Zähneputzen hinterließ, klappte diskret den Klodeckel hinter ihm zu, kicherte gar, wenn er beim Frühstück sein

Ei mit einem einzigen Messerhieb in zwei Hälften teilte. Nicht mal im Traum hätte ich dies Urgestein in jenen Tagen ändern wollen! Im Gegenteil, heimlich schämte ich mich meiner Ex, eitler Pinkel, die vor allem Sprüche klopften, wie ich nun fand. Hörte sie bereits sich das Maul zerreißen: »Sie upperclass, er underdog … Wie kann sie nur mit einem Menschenaffen aus der Pampa …« Wer waren sie schon, diese mausgrauen Industrievierziger in ihren Bömmelchenschuhen, die es hip fanden, nach Feierabend bei *Aldi* Spirituosenschnäppchen zu hamstern? Sie schienen mir plötzlich so grün wie die pickligen Jungs mit Ring im Ohr und Bomberjacke, die sich in den Kaufhäusern um die neuesten Spielkonsolen schlugen!

Selbst Martins Wissenslücken nahm ich cool, sah ich sie doch als Mitgift jener Nachkriegsjahre, als all die rappeldürren Knaben mit diesen spitzen Knien und geölten ›Matten‹, wie man sie von Fotos kennt, wohl mehr auf Jagd nach Futter gingen als zur Schule. Doch Martin hatte einen scharfen Verstand, auch Mutterwitz, dazu die seltenen Gaben einer sehr genauen, ja animalischen Beobachtung, eines fast eidetischen Gedächtnisses …

Ich kann aber wohl von Glück sagen, dass mir gerade Letzteres später, in einem äußerst heiklen Augenblick, nicht eingefallen ist …

Wie auch immer, Martin und ich sind uns schnell einig geworden. »In vierzehn Tagen bist du dort!«, verlangte er am Ende, als ich ihn zum Wagen brachte. Sogar einen ganzen Riesen drückte er mir für den Flug in die Hand.

Beim Abschied allerdings ist noch etwas Sonderbares vorgefallen, und ich meine nicht den Antrag, den ich da überflüssigerweise erhielt. Zwar hörte ich nie zuvor, um die Wahrheit zu sagen, einen Kerl so überwältigend von Liebe reden, wie Martin Steinberg damals auf dem Parkplatz. Doch als er dann ganz, ganz langsam davontuckerte, und ich ihm rot wie ein Lampion hinterher sah, da hat mich eine seltsame Unruhe gepackt, eine dumpfe Ahnung von etwas Bedrohlichem, Tragischem, das mit diesem Mann zusammenhing, das ich nicht erklären, nicht in Worte fassen konnte.

Erst als sein Wagen um die Ecke bog, ließ auch der Schauder nach, den ich spürte.

Nun aber war es zu spät, die Sache abzublasen. Bist ganz nett durchgeknallt!, beruhigte ich mich. Hast schlicht und einfach wieder nicht geschlafen, Mädchen!

III

Seltsame Unruhe? Dumpfe Ahnung? Als mein Flieger unter Bouzoukiklängen aus dem Bordlautsprecher am Flughafen Athinai zum Stehen kam, die Türen aufgingen und der griechische Frühling hereinwehte, waren alle Bedenken vergessen!

Beschwingt eilte ich die Gangway hinunter, schnupperte die fremde Luft. Zu Hause hatte ich alles prima hinbekommen. Mein Grünzeug versorgt, die Wohnung noch mal gewienert, auch eine Studentin aufgegabelt, die dort inzwischen hausen, sogar die Miete zahlen wollte – kurzum, was so anfällt, wenn du dich für ein Weilchen aus der Zivilisation verabschiedest. Nun holte ich meinen Koffer vom Förderband, buckelte den Rucksack, und ab ging es in die Ankunftshalle, wo ich mich soeben gegen eine schnatternde griechische Phalanx stemmte, als sich eine große Hand auf meine legte und mich von meiner Last befreite. Das Nächste, das ich wahrnahm, war der starke Duft einer Rose, die mir Martin überreichte, nachdem er zuvor deren Dornen entfernt hatte. Selbst hier, unter all den exotischen Vögeln, war er eine auffallende Gestalt: abenteuerlich, mit einem Schuss Bodyguard, respektgebietend.

Mit meinem Koffer auf der einen Seite, den er schwang wie ein Fliegengewicht, und mir auf der anderen steuerte er, ohne ein Wort zu verlieren, zu seinem Wagen, einem alten Ford, der reichlich Beulen hatte und aussah, als hätte er nie einen Schwamm gesehen. Kaum waren meine Sachen in der Klapperkiste verstaut, wurde ich erst einmal abgeküsst. »Menschenskind«, rief Martin, als er wieder Luft bekam, »habe ich d e n Augenblick herbeigesehnt! Willkommen in Griechenland, meine Hübsche!«

Und ich? Mir war, wie wenn ich als Kind aus der Schule nach Hause kam und Ma stand schon bei der Tür, um mich zu umarmen … Nur sie hatte sich s o auf mich gefreut! Dazu der Duft, der mir von Martins Rose in die Nase stieg, einer prachtvollen Blüte von so glutvollem Rot, dass ich es kaum hätte beschreiben können …

»Sie ist etwas ganz Besonderes, nicht?«, meinte mein Gastgeber lächelnd, während er jetzt zügig durch das ebenso stinkende wie ohrenbetäubende Verkehrschaos aus der Stadt kurvte. Die Menschen dort führen »wie gesengte Säue«, stellte er dann fest, da müsse man höllisch aufpassen. Trotzdem entging ihm nichts, was mich betraf, und ständig himmelte er mich an.

Es dauerte gar nicht lange, da trat paradiesische Ruhe ein. Schon vor einer Weile waren wir von der Hauptstrecke abgebogen und zuckelten nun gemächlich auf kleinen Sträßchen zwischen Feldern und Weinbergen durch ein ländliches Gebiet, wo uns höchstens noch ein Traktor oder ein Schäfer mit seiner Herde in die Quere kamen. Dann wurde es hügelig, danach gebirgig, und der Wagen kletterte eine Zeit lang am Rand einer Schlucht hinauf. Oben angekommen, steuerte ihn Martin überraschend an die Seite. »Lust auf einen Frappee?«, fragte er mich.

»Gern!« Wer vergöttert nicht Kerle, die fürsorglich sind? Erst jetzt bemerkte ich allerdings die primitive Bretterbude, die wie ein Adlerhorst an einem der Felsvorsprünge über dem Abgrund klebte. Vor der Kneipe war ein Laster geparkt. »Etwa dort …?«

»Wolltest du nicht etwas Typisches sehn?«, war Martins Antwort.

Wir gingen also hinüber, an zwei abgerissenen Burschen vorbei, die sich am Tisch vor der Bude über ein stark riechendes Tellergericht beugten. »Kaliméra!«, grüßte Martin, und ich murmelte etwas, das ähnlich klang, doch die Männer nahmen keine Notiz davon. Drinnen sah's wahrhaft abenteuerlich aus! Gestampfter Lehmboden, eine improvisierte Theke, hinter der ein alter Küchenherd stand, eine Reihe von Holzstühlen an den unverputzten Wänden. Bei einem der beiden von Spinnweben und Mückendreck blinden Fenstern ein einziger Tisch mit einer Resopalplatte von zweifelhafter Sauberkeit. Nur ein Alter mit Stock schien in dem dämmrigen Raum zu sein. Doch dann bewegte sich etwas hinter der Theke und eine verkrüppelte, kleinwüchsige Frau hinkte herbei. »So schlagen sich hier die Sitzengebliebenen durch!«, raunte Martin, als wir uns setzten. Die Wirtin lächelte freundlich und legte ihm, als er bestellte, reichlich vertraulich, wie ich fand, die Hand auf den Arm. Ihn schien das schäbige Ambiente nicht im Geringsten zu stören, ja, er fing sogar an, über den Tisch weg mit mir zu flirten, ganz so, als hätte er mich im Kurhaus zu Baden-Baden ausgeführt! Dann kam die Hinkende mit den Frappees zurück, und die beiden führten ein längeres Gespräch, auf Griechisch leider, das ich nicht verstand. Man habe mein blondes Haar bewundert, behauptete Martin, als die Frau wieder ins bleiche Neonlicht hinter ihre Theke humpelte.

Mein Glas mit dem Frappee war trüb. »Wetten, dass ich davon 'nen Herpes krieg?«, flüsterte ich abgestoßen.

Mein Gastgeber drehte seines im Licht. »Nun übertreib mal nicht! Wenn das Dreck sein soll …«, wunderte er sich.

»Ich seh, was ich seh!«

»Na schön, nimm meins, es sieht besser aus!« Gutmütig tauschte er unsere Gläser aus. »Hier ist halt alles ein bisschen anders«, meinte er dann, »musst nicht so pingelig sein!«

Ich tat ihm also den Gefallen, nahm einen Schluck und, sieh an, er erfrischte. Da lehnte sich Martin plötzlich über den Tisch, fasste meine Hände und sah mir, wie soll ich sagen … ernst? … feierlich? tief in die Augen mit seinen, die so unerhört blau waren. »Pass auf, Kind«, fing er an, »du weisst, dass ich dich liebe … Natürlich hoffe ich, dass auch ich dir ein wenig bedeute …«

Betreten sah ich in mein Glas. Liebe … die schien mir da noch etwas Unerreichbares, etwas, das die meisten von uns Egozentrikern ihr Leben lang nicht packen. Und warum musste er gerade jetzt, an diesem miesen Ort, von so was reden? »Klar bedeutest du mir was!«, wiegelte ich daher ab, und es war ja auch nicht gelogen. »Bin ganz nett auf dich abgefah …«

»Ach, lass es!«, fiel mir Martin ins Wort. »Ich sehe doch, wie schwer dir's von den Lippen geht! Ich dagegen bekenne mich gern zu meinen Gefühlen … Hab dir's ja mehr als einmal gesagt, du bist die Frau, von der Kerle wie ich träumen! Aber ich habe einen Fehler gemacht … Versprich, dass du mir nicht böse bist!«

»Was Schlimmes?«, fragte ich ihn stattdessen. Ich nahm's nicht ernst.

»Was heißt schlimm … hab was verschwiegen …«

»Dann raus mit der Sprache!«

Es folgte eine Pause. »Ich habe eine Tochter … unverheiratet …«, sagte Martin dann. Es klang nicht eben froh.

»Eine Tochter …?!« Habe wohl ziemlich dumm aus der Wäsche geguckt. Was sollte auch schlimm daran sein, dass er eine Tochter hatte? »Ist doch fein!«, rief ich. »Wie heißt sie denn?«

»Regine. Lässt sich allerdings Agape nennen …«

»Wie alt?«

»Dein Jahrgang!«

»Mein Jahrgang?« Ich war begeistert. Bestimmt würden wir Freundinnen. »Wir werden ihr schreiben, uns so bald wie möglich zu besuchen!«, schlug ich vor.

»Das brauchen wir nicht!« Martin sah mir jetzt nicht mehr in die Augen, sondern vage in die Gegend. Als sein Blick zurückkehrte, hatte er etwas Flehendes. »Sie lebt schon dort!«

»Ah … so …« Jetzt ging mir ein Licht auf. Darum also hatte er's verschwiegen! Darum die extra Liebeserklärung! »Wohl in deinem Haus …?«

»Nicht gerade in meinem … sie hat ihr eigenes … ganz in der Nähe … Seit dem Tod meiner Frau hat sie mir den Haushalt geführt …«

»Ach! Hat sie denn keinen Beruf?«

»Eigentlich nicht, nein. Sie wollte einfach nicht …« Kein Zweifel, das Thema nervte ihn.

»Hast du denn n i e ein Machtwort gesprochen?«

»Ein Machtwort …?! Bei Agape …?!« Es war ihm so herausgefahren und man sah, dass es ihn ärgerte.

Schon wieder das blöde Gefühl … »Und warum hast du mir nicht schon früher von ihr erzählt?«

»Hatte Angst, du machst einen Rückzieher!«

»Rückzieher? Wegen einer erwachsenen Tochter?« Er sollte nicht merken, wie beunruhigt ich inzwischen war.

»Natürlich wär's dumm gewesen, Schatz!« Martin strahlte jetzt wie ein Steppke, der etwas ausgefressen und dem seine Ma verziehen hatte. Doch wie fest, ja, krampfhaft er mich noch immer bei den Händen hielt!

»Erzähl doch mal. Wie ist sie denn, deine Tochter?«

»Nun … schön, intelligent … eine erstklassige Köchin … leider nicht sehr glücklich seit dem Tod ihrer Mutter …«

»Und warum ist deine schöne, intelligente Tochter nicht verheiratet?«

»Weiss ich's? Sieh dich doch an!« Wieder dieser vage Blick ins Leere, dazu ein neuer, schroffer Ton. »Kannst sie ja nachher solche Sachen selber fragen!«, knurrte er noch, als wir aufbrachen. Er warf der Wirtin ein paar Drachmen zu, ein letztes »Jiá sas!« und schon saßen wir wieder im Wagen, wo ich noch einmal beeindruckt in die gewaltige Schlucht hinuntersah, die wir nun hinter uns ließen. Nichts wies ja darauf hin, dass hier, an diesem Abgrund, schließlich ein Drama enden würde, dem ich selbst nur mit knapper Not entkommen sollte …

Martin war übrigens rasch wieder bester Laune. Sogar beim Schalten ließ er nun meine Hand nicht mehr los, drückte immer wieder ein Küsschen darauf. Inzwischen tat sich, in sanftem Pastell, das Panorama der Küstenregion vor uns auf. Es war eine sonnenbeschienene, zum Meer hin abfallende Hügellandschaft, in die wir fuhren, mit wenigen, nicht selten verlassenen Anwesen, vielen Weinbergen und wahrhaft riesigen Getreidefeldern, die ganze Höhenzüge bedeckten. Drumherum lagen große Flächen Brachland, hier und da war ein weißes Kirchlein hineingetupft, und um die langen Strände schäumten die Wellen. Jetzt kam Martin als Fremdenführer zum Zug. »Die Häuser dort am Horizont, das ist Vrissaki!«, erklärte er. »Auf der Landzunge drüben lebt mein Freund! Und siehst du das kleine Kapellchen auf halber Strecke dazwischen? Die grüne Oase nicht weit davon, die ist mein Eigentum, mein Schatz, da wollen wir hin!«

Bald hatten wir das geteerte Sträßchen verlassen, und der Wagen mühte sich auf holprigen Feldwegen voran. Nachdem auch das letzte Gehöft, die letzten Äcker und Weinberge hinter uns lagen, empfing uns die Hitze und Stille der Macchia, durch die sich unsere Piste in immer neuen Windungen sanft bergab dem Meer zu schlängelte. Schließlich hatten wir auch das aus der Ferne gesichtete Kapellchen passiert. Noch eine Biegung, ein kurzes Stück den Hang hinunter, dann war die Fahrt zu Ende. Vor uns in der Einöde, von knorrigen, staubgepuderten Oleanderbüschen, die voll in rosa Blüte standen, fast verdeckt, erhob sich eine mehr als mannshohe, endlos lange Mauer aus Feldgestein.

»Voilà, da sind wir!«, verkündete Martin, sprang spritzig aus dem Wagen und sperrte ein großes, schmiedeeisernes Gatter auf, aus dem sich auch sogleich ein Deutscher Schäferhund stürzte. In wilden Freudensprüngen umkreiste er seinen Herrn, nicht eher Ruhe gebend, bis der ihn kräftig getätschelt hatte. Anschließend kam ich an die Reihe, wurde ausgiebig beschnüffelt.

»Der liebt dich!«, brummte sein Besitzer.

Es war ein schöner, schlanker Rüde mit glänzenden, mandelförmigen Augen, die nichts vom kummervollen Tantenblick einiger Vertreter seiner Rasse hatten, und auch ich liebte ihn sofort. Martin musste das ausgelassene Tier energisch beiseiteschieben, als er wieder einstieg, um ein Stück vorzufahren. Er zog das Tor hinter uns zu und sicherte es mit Schloss und dicker Kette.

»Hier draußen treibt sich schon mal Gesindel herum«, erklärte er. »Besser, man sieht sich vor!«

Im Schritttempo, von King verfolgt, schaukelten wir nun über seinen Besitz, einem wildromantischen, leicht abschüssigen Gelände, auf dem eine Pferdekoppel mit Stallungen, zwei luftige Sommerhäuschen und große Flächen struppigen Graslandes unseren Weg flankierten. Weiter unten säumten ihn zu beiden Seiten mächtige Hanfpalmen, deren Wedel sich über uns zu einem grünschattigen Dach zusammenschoben. Hinter einem Obstgarten schließlich tauchte das Wohnhaus auf, ein malerischer, ländlich-einfacher Bau aus weiß gekalktem Mauerwerk und dunklem Gebälk. Gleich daneben parkten wir im Schatten eines Mirabellenbaums. Galant öffnete mir Martin die Wagentür. »Bevor ich Sie ins Haus führe, Hoheit«, flachste er, »klopfen wir erst mal bei Agape an! Bei der Gelegenheit zeige ich Ihnen auch gleich den hinteren Garten!«

Später war mir, als habe mich eine Ahnung von den fatalen Empfindungen, die sich schon bald meiner bemächtigen sollten, bereits in jenem ersten Augenblick gestreift, als ich den Fuß auf Martins Boden setzte. Eine eigenartige, beunruhigende Stimmung lag über dem abgeschiedenen Ort. Noch aber achtete ich nicht darauf, sog genießerisch die Luft ein, die prall schien vom Duft wilder Kräuter, vom Geruch trockenen Grases und Pferdedungs und vielleicht auch von dem des Meeres, das man zuweilen, wie Martin erklärte, dort oben rauschen hörte. Er zog mich dann zu einem Pinienwäldchen fort, dass wir auf nadelgepolstertem Pfad durchquerten. Und als wir dort heraustraten, geriet ich ins Schwärmen! Nicht weit von einer zypressengesäumten Allee, geschützt im erhabenen Halbrund uralter Bäume und zwischen dichtem Gehölz, das Martin ›Ajoklima‹ nannte, fast versteckt, schmiegten sich, als habe sich lange keiner mehr hinverirrt, verwilderte Blumenbeete ins tiefe Gras, in deren Mitte, im türkisfarbenen Pool mit schneeweißer Terrasse, Wasser wie tanzende Diamantsplitter in der Sonne funkelte. Es war ein Ort wie geträumt, nicht wie Wirklichkeit.

»Himmel, ist das schön hier!«, rief ich, davon hingerissen.

»Der hintere Garten!«, erklärte der Hausherr, sichtlich erleichtert, dass mir sein Reich gefiel. »Sieh mal hier …«, meinte er dann, »eine Kostprobe davon hast du am Flughafen bekommen!«

Als ich zu ihm trat, schlug mir ein äußerst intensiver, süßer Duft entgegen, der mich in der Tat an etwas erinnerte. Die ganze Luft war voll davon! Eine Riesin von Rose rankte sich dort empor. Es war kein Stock, mehr ein Baum, hoch und breit wie ein Haus, mit mächtigen, knorrigen Ästen und strotzendem Blattwerk, das dennoch fast unter der Fülle der Blüten verschwand, Blüten von solch atemberaubendem Rot, solch überbordender Üppigkeit, wie ich es nie bei einer Rose gesehen hatte.

»Wie heißt sie denn?«, fragte ich Martin fassungslos.

»Keine Ahnung!«, meinte er. »Ein Fundstück aus einem verlassenen Garten ... Anfangs pilgerten einige Dorfbewohner her, um sich Stecklinge davon zu machen ... Die Enttäuschung war dann aber groß, denn die Pflanzen, die sich daraus entwickelten, blieben stets kleine, unscheinbare Exemplare, keinen Meter hoch!«

»Und warum ist d i e h i e r so gigantisch?«

»Vielleicht liegt's am Standort ... Gleich dort drüben ist die Sickergrube vom Nachbarhaus ... viele Häuser hier haben noch keine zementierten ... Man hebt ein Erdloch aus und deckt's mit ein paar Steinen ab ... Irgendwie fließt der Dreck dann weg ... Mag sein, dass diese Pflanze Zugang zu seinen besonderen Nährstoffen hat ... A propos ... Willst du ihr nicht einen Namen geben?«

Mir fielen Rosennamen aus Versandhauskatalogen ein, darunter der eines beleibten Politikers, so uninspiriert und bieder, wie es diese Königinnen der Blumen, die im Übrigen ganz gewiss nicht das männliche Geschlecht verkörpern, nur beleidigen konnte. »Was hältst du von ... *Purple Secret of Vrissaki* ...?«, schlug ich nach kurzem Überlegen vor. Das ›rote Geheimnis‹ lag schlicht in der Luft.

»Ausgezeichnet!«, stimmte mir Martin zu. »So werden wir sie von nun an nennen!«

Erst jetzt bemerkte ich, dass wir uns in der Nähe eines Hauses befanden, das etwas erhöht gleich hinter der Mauer seines Anwesens stand. Die Riesenrose und ein paar dicht wachsende Kiefern entzogen es fast ganz dem Blick. Nur bei genauem Hinsehen konnte ich hinter einem Pflanzenvorhang Teile einer Pergola erkennen und, mit einiger Anstrengung, auch ein Fenster mit herabgelassenem Rolladen.

»Das Haus der Ärztin!«, erklärte Martin. »Das Grundstück der Alten grenzt gegenüber an ...«

Und plötzlich war es da, das mulmige Gefühl! Ich spürte ein Unbehagen, heftige Irritation ... Verrückt, dachte ich, als hätte es mit diesem Ort zu tun! Kennt man nicht Orte, – ›magische‹ – die so anziehend sind, dass man sie nie mehr vergisst? Hier aber hätte ich wegrennen mögen … Nicht, dass ich mich damals dort gefürchtet hätte, zumal an Martins Seite. Doch mir war, als sei ich in ein Spannungsfeld geraten, das mir die Organfunktionen durcheinander brachte … Sei nicht albern, es ist die Hitze … zusammen mit dem Rosenduft!, sagte ich mir.

Martin war mein Unwohlsein nicht entgangen. »Meine Herren«, rief er, »bist ja ganz blass, Liebes! Höchste Zeit, dass du was in den Magen kriegst!«

Zum Glück war mein kleiner Schwächeanfall etwas später, als wir durch die Allee gingen, schon verflogen und ich wunderte mich über ein altes Gebäude dort, von dem unterm dichten Efeugespinst allerdings nicht viel mehr als sein Eingang hervorsah. Martin erzählte, es sei sein erstes Haus gewesen, jedoch zu eng geworden, als Agape heranwuchs. Da habe er drüben das größere gebaut. »Dort hinten«, er zeigte auf einen von Büschen und kniehohem Gras halb verdeckten Pfad, »kommt man zur unteren Pforte, durch die man auf schnellstem Weg zum Strand gelangt!«

Dann standen wir auch schon vor Agapes Klause, einem bezaubernden Häuschen, dessen maurisch anmutendes Mauerwerk die Hände ihres Vaters geschmackvoll geformt und gerundet hatten. Es war in Rosa gehalten, hatte reizend verschnörkelte Gitter vor den Fenstern und eine moosgrün gestrichene Eichentür. Nicht weit davon stand ein Kleinwagen, dem etwas Pflege nicht geschadet hätte.

»Hallo Agape!«, rief Martin.

»Was is'n los?«, ertönte es drinnen, nicht gerade freundlich.

»Wir sind soeben angekommen! Mona steht hier, um dich zu begrüßen!«, antwortete ihr Vater.

Langsam, sehr langsam öffnete sich die Tür, und eine große, kräftig gebaute Person trat heraus. Meine Güte, welch überzogene Vorstellungen sich manche Väter von ihren Töchtern machten! Martin hatte seine »schön« genannt, doch mit ihren wasserblauen Augen, der spitz hervorspringenden Nase, den Pausbacken und etwas wulstigen Lippen schien sie mir alles andere als das. Gekleidet war Agape mehr als nachlässig. Sie trug T-Shirt und Schlappen und ihre stattlichen Schenkel steckten in so knappen Shorts, dass ich meinte, Schamhaargekräusel in ihrem Schritt zu sehen. Auch von Frisur konnte keine Rede sein. Ihr glanzloser, schwarzer Bob stand ihr struppig vom Kopf.

»Tag!«, grüßte mich die junge Frau kühl, fast ohne mich dabei anzuschauen. Auch ihre Hand mochte sie mir nicht reichen, beachtete sie doch meine, die ich ihr hinhielt, nicht. Stattdessen lag ihr Blick, streng, unter gerunzelten Brauen, auf ihrem Vater.

»Mona hat mir eben fast abgebaut!«, überging dieser die Peinlichkeit. »Sei nett, Kind, und bereite uns das Abendbrot!«

Jetzt kam Leben in seine Tochter. »Gut gesagt!«, rief sie frech. »Wie du weißt, ist mein Wagen defekt! Soll ich zu Fuß ins Dorf, die Sachen herschleppen?«

Martin war bleich geworden. Die Luft schien zu knistern. Ich machte mich daher eilends auf den Weg zum Haus, schnappte aber trotzdem noch Fetzen eines heftigen Wortwechsels zwischen Vater und Tochter auf. Beim Haus warf ich mich enttäuscht auf eine Liege. Welch ein Empfang! Agape schien ein Biest zu sein, ein freches Stück … Das war nicht nur ein Wortgefecht gewesen, das saß tiefer … Etwas später tauchten die beiden auf. Sie, drei Schritte hinter ihm, verschwand in der Küche, ihr Vater setzte sich zu mir. »Das von vorhin musst du entschuldigen, Schatz!«, meinte er. »Hab total verschwitzt, mich um ihren Wagen zu kümmern! Kein Wunder, dass sie da etwas ungnädig mit uns war!«

Ungnädig? Ließ er sich s o von ihr anpfeifen? Und was hatte i ch mit der Sache zu tun?! Aber ich hielt den Mund, kam die Hexe doch gerade zu uns heraus und nahm sich einen Stuhl, nachdem sie geräuschvoll ein Tablett auf den Tisch stellte.

»Ran an den Speck, jetzt wird gevespert!«, gab sich ihr Vater aufgeräumt. Er reichte mir Teller und Besteck, schenkte mir Bier ein, legte mir den Bärenanteil der vorhandenen paar vertrockneten Salamischeiben vor, rückte meinen Stuhl zurecht und schob mir zu allem Überfluss auch noch ein Kissen in den Rücken. Und jeden seiner Handgriffe verfolgte seine Tochter mit spöttischem Blick.

Die hat was gegen dich!, dachte ich. »Sie haben's aber schön hier!«, machte ich einen Versuch, die Lage zu entspannen, während ich mit einem der schrumpligen Brötchen kämpfte.

»Kann man wohl sagen!«, war die knappe Antwort.

»Ein wenig einsam vielleicht …«, versuchte ich es wieder. »Haben Sie Freunde hier draußen?«

»Kann nicht klagen!«

So ging das eine Weile weiter und bei allem, was Agape sagte, musterte sie mich dreist. Schließlich mischte sich ihr Vater ein. »Mona wird, wie du weißt, einige Zeit bei uns bleiben, Kind«, meinte er. »Solltet ihr da nicht Du zueinander sagen?«

Meine Güte, diese Männer! Es war der falsche Augenblick. Agape schnalzte dann auch spöttisch mit der Zunge. »Immer sachte, Martin!«, höhnte sie. Hatte sie sich hergesetzt, um ihren Vater vorzuführen? Und … hatte sie nicht Martin gesagt …?

Der frostige Empfang der jungen Frau, die schnippischen Antworten, die sie mir gab, der freche Ton, in dem sie mit ihrem Vater sprach, verhießen nichts Gutes. »Zeig mir doch schon mal die Pferde!«, schlug ich diesem daher vor und sollte doch nur weiteres Unheil damit heraufbeschwören.

Es stellte sich nämlich heraus, dass Martin die Tiere erst zurückholen musste. Django hatte er vor seiner Reise bei einem Bauern untergebracht, und um Pepper kümmerte sich derzeit Manfred von Greifenburg, sein bereits erwähnter adeliger Freund, Fred oder auch schon mal ›der Dicke‹ genannt. Dieser Fred schien ein komischer Vogel zu sein. Zwar gab es auf seinem herrschaftlichen Anwesen, wie ich nun erfuhr, diverse Unterstände, auch Hänger, mit denen man Pferde transportiert. Trotzdem hielt er sich nur einen einzelnen Gaul, einen grobschlächtigen, steifbeinigen Hengst von gut dreißig Jahren, der nur noch Weichfutter vertrug, weil ihm schon die Mahlzähne fehlten, und der wegen einer schweren Arthrose Tag für Tag unbeweglich im Gestrüpp der Macchia stand, die an von Greifenburgs Besitzung grenzte.

»Weiß der Himmel«, knurrte Martin, »warum er ihm nicht den Gnadentod gibt! Zumal er reichlich scharfe Waffen im Hause hat …« Fred könne doch ein Gemütsmensch sein, warf ich ein, worauf um Martins Mund ein vielsagendes Lächeln erschien. »Fred kann manches sein!«, meinte er. »Was er w i r k l i c h ist, habe ich bis heute nicht herausgefunden!« Jedenfalls, fügte er hinzu, sei er einverstanden gewesen, seinen Pepper dem alten Hengst für eine Weile zur Seite zu stellen, als ihn dessen Besitzer kürzlich darum gebeten hätte.

Ich kaute noch auf meinem Brötchen herum, als Martin zum Handy griff, um jenem Fred mitzuteilen, dass wir das Pferd am folgenden Tag zurückholen wollten. »Bei der Gelegenheit lernst du auch gleich die Frau meines Lebens kennen!«, hörte ich ihn prahlen. »Eine Pferdenärrin … verrückt aufs Reiten …« Doch plötzlich rastete Martin mächtig aus, geigte seinem Freund ganz schön rüde die Meinung. »Bist du besoffen, Alter?«, brüllte er. »Sagte ausdrücklich, dass es nur vorübergehend ist! Zweihunderttausend Drachmen? … Hahaha … Nicht e i n e kriegst du von mir! … Mein Pferd werde ich mir holen, ob dir's passt oder nicht! … Was sagst du, dein Anwalt?! Einen Furz interessiert mich der!« Haarscharf an einer Bierflasche vorbei kam das Handy durch die Luft geflogen.

Gütiger Gott, was lief hier ab? Bestürzt sah ich zu Agape hinüber. Die aber wippte nur aufreizend mit dem übergeschlagenen Bein, ließ am großen Zeh einen ihrer nicht gerade zierlichen Schlappen baumeln. »Ist wohl noch immer geil auf den Gaul, der gute Fred!«, bemerkte sie dann kühl, stand auf und stapfte ohne ein weiteres Wort in Richtung ihres Häuschens davon.

Martin war fahl im Gesicht. »Der Bursche will das Pferd nicht wieder rausrücken!«, schnaubte er. »Lügt, ich hätt es ihm geschenkt, der Gauner! Verlangt nun ein unverschämtes Kostgeld von mir! Dabei ist er megareich … kauft sich, was er will … Kein Witz, Kind, aber seit ich Fred kenne, ist der scharf auf das, was mir gehört! Und wenn ich nicht aufpasse, wirst d u keine Ausnahme sein …«

Ich lachte schallend. »Wie sieht er denn aus, dein adeliger kleiner Pferdedieb?«

Jetzt brachte Martin ein Schmunzeln zustande. »Von wegen klein! XXL ... Vollbarttarnung ... dicke Wampe ... nicht gerade das, wovon ihr Frauen träumt, möcht ich wetten ... Aber lassen wir das!«, meinte er, wieder ernst. »Ich werd in diesem Fall nicht lange fackeln, Kind! Hab's nicht nötig, um mein Eigentum zu betteln ... Morgen früh melde ich's der Polizei in Vrissaki ... Kannst gern mitkommen, wenn du willst!«

Klar wollte ich. Es lockte mal wieder ein Abenteuer! Doch ein wenig erstaunt war ich schon. Sollte er nicht noch einmal mit dem Dicken reden? Ich schlug es vor, doch Martin winkte ab. »Von Greifenburg war's ernst, Liebes!«, hielt er dagegen. »Die Arschbacke ist versessen auf den Gaul ... Wenn ich hinfahre, wird's eine Mordskeilerei ... Nicht, dass ich mir deswegen in die Hosen scheiße! Um Typen wie Fred tanzt man ein bisschen herum, bis denen die Luft ausgeht, da braucht man die nur noch anzutippen ... Doch Gott behüte, die kriegen einen Kratzer weg! Dann hat man das Gericht am Hals! Möchtest du das?«

»Natürlich nicht!«

»Na schön, dann bleibt es also morgen bei Vrissaki! Und nun kein Wort mehr davon! Wir lassen uns doch nicht schon den ersten Abend hier verderben! Bist du denn überhaupt satt geworden?«, erkundigte er sich dann besorgt, als hätte es den ganzen Ärger nicht gegeben. Mir aber war der Appetit vergangen, hätte keinen Bissen mehr heruntergebracht. »Was hältst du dann von einem riesengroßen Drink, mein Schatz?«, schlug Martin vor, schon wieder aufgekratzt. »Wir könnten ihn gemeinsam mixen!«

»Perfekt!« Es war exakt, was ich jetzt brauchte! Zufrieden hakte ich mich bei ihm ein und betrat nun mit einiger Erwartung das Haus, in dem ich mit ihm leben wollte.

Leider ... es hat mich gar nicht angemacht! Nicht dass dies kein hübsches Gebäude gewesen wäre. Mit seinen überdachten und begrünten Sitzplätzen, die es in den Garten hinein erweiterten und in deren lauschig-kühlen Winkeln es sich an heißen Tagen gewiss angenehm rasten ließ, wirkte es durchaus einladend. Doch wie anders sah es dort drinnen aus!

War man durch ein mittleres Scheunentor hineinspaziert, stand man auch schon in der Küche, die durch ihren groben Boden aus ungeschliffenem Feldgestein, ihre fettbespritzten Wände, von denen der Putz fiel, die abgenutzten Möbel, den verkrusteten Gasherd und eine von Spinnweben verhangene Stallfunzel, die alles in ein trübes Licht tauchte, ziemlich deprimierend wirkte. In den anderen Räumen, zu denen man durch einen finsteren, mit allerlei Gerümpel vollgestopften Korridor gelangte, sah es nicht besser aus. Im Badezimmer, einem in grauem Marmor gehaltenem Ort, schaute wegen fehlender Paneele noch das Stroh heraus … Dann das Wohnzimmer mit seinem dusteren Deckengebälk, von dem ein durch schmiedeeiserne Ketten gebändigtes, zur Lampe gebasteltes Fabeltier baumelte und dessen Wände bizarre afrikanische Holzmasken, Zinngeschirr und das schwarz gerahmte Konterfei eines rotnasigen Trunkenboldes zierte! Vor einem mit allerlei Krimskrams dekoriertem Kamin dazu auch noch ein asphaltfarbener Plüsch, wo man sich's im Schatten einer Fensterfront gemütlich machen sollte, deren Staubfänger von dickem Tüllstore gewiss seit Jahren nicht mehr abgenommen wurde … Auch ins Schlafzimmer des Hausherrn tat ich einen Blick, begab mich aber, von dessen Ausstattung im Stil der Sechziger entmutigt, rasch wieder in die Küche.

Dort hatte Martin bereits die Drinks gemixt. Kein harmloses Getränk nebenbei, das ich, meine Enttäuschung verbergend, ›Mühlstein‹ taufte, in Verknüpfung unserer Namenskürzel. Und wie ich dann noch einmal ins Wohnzimmer ging, um Gläser dafür aus einem Schrank zu holen, fiel mir auf, dass sich in dem geräumigen Möbelstück eine stattliche Anzahl seltener alter Fayencen stapelte, wunderschöne Stücke, die so gar nicht zum übrigen, eher ärmlichen Inventar passen wollten. Jemand mit Kenntnis und Geschmack, dazu mit Geld, musste diese Kostbarkeiten zusammengetragen haben! Martin? Wohl kaum. Doch ich wollte nicht schon zu Anfang neugierig sein, ihn lieber ein anderes Mal danach fragen.

»Trinken wir's im Bett?«, empfing mich der Lebenskünstler, als ich zurückkam.

»Prima Einfall, ja!«

Und siehe da, das Teufelszeug ließ mich glatt den Hauch von Gruft vergessen, der wie in vielen Behausungen des Südens auch durchs Schlafzimmer meines Verehrers waberte, die knubblige, reichlich durchgelegene Matratze, die peinliche Mischung aus Kitsch und Kunstgewerbe auf den Schränken, Martins in wüsten Haufen herumliegende Klamotten und auch die mit rotem Stoff bespannte, gusseiserne Ampel über unseren Köpfen, die unser Bett wie eine Pufflaterne beleuchtete. Bald hatten die ›Mühlsteine‹ auch meine letzten Hemmungen hinweggespült, jenes überflüssige Gefühl des Unerlaubten, das mich, dank Ma, wie ich überzeugt bin, in solchen Momenten beschlich. Doch es hatte vor allem mit Martin zu tun, einem fast kindlichen Verführer, dessen Liebesspiel mir rührende Hingabe und verzweifelte Sehnsucht nach Nähe ebenso zu offenbaren schien wie Lust. Als ich mich schließlich in die Höhlung seines Körpers kuschelte, dort wie im warmen Nest geborgen lag, da war mir so wohlig wie lange nicht mehr, da hätte ich auf den Rest der Welt, den ganzen Trouble dort draußen gepfiffen.

Warum drum herumreden? Martin hat mich in jener Nacht glücklich gemacht, und nicht e i n e Sekunde bereute ich es, ihm in die Einöde, in sein düsteres Haus gefolgt zu sein, obwohl mein erster Tag dort wahrhaftig nicht berauschend verlaufen war.

Ich sollte noch mehr als einmal anders darüber denken.

IV

Logisch, dass Martin und ich ziemlich groggy waren, als wir uns am nächsten Vormittag nach einem Anruf und einer kleinen Autofahrt auf der Polizeistation von Vrissaki wiederfanden.

Ein Typ namens Demetrios Stefossi, der dort das Sagen hatte, bat uns in die gute Stube, einen unwirtlichen Raum, in dessen Tür vermutlich ein Wütender ein großes Loch geschlagen hatte. Links stand ein Sofa, auf dem wir uns nach entsprechender Aufforderung niederließen. Ansonsten gab es noch einen Ölofen, an den Wänden einige Heiligenbilder und eine Landkarte, außerdem ein Regal mit Papieren und dem Funkgerät sowie Stefossis weiß übertünchten Schreibtisch, an dem er nun, auf bescheidenem Stuhl, Platz nahm. Durchs vergitterte Fenster, dessen armseliger Vorhang halb heruntergerissen war, konnte man in den Hof einer Jungenschule sehen, wo die elitären Boys gerade Fußball spielten, rausgeputzt in piekfeinen T-Shirts, modischen Boxershorts, schneeweißen Tennissocken und anscheinend nagelneuen Sneakers, halboffen, versteht sich, und mit weit herausgezogener Lasche, wie's dort gerade hip war – ein Anblick, der dem schlecht bezahlten Bullen gewiss gestunken hat.

Wir kamen nun aber noch längst nicht an die Reihe, denn sogleich stürmten Griechen den Raum, brachten, sich fast auf Stefossis Schreibtisch werfend, ihre Beschwerden vor, wütende, flehende, flüsternde Wortkaskaden, die erst versiegten, wenn er sie Formulare unterzeichnen ließ. Anschließend ging das Theater von neuem los, und Martin, zunehmend ungeduldig, ließ sich das anmerken. Ich dagegen unterhielt mich recht gut, studierte ich doch diesen Stefossi!

Geschmeidig bediente der sich, je nach Gegenüber, eines raffinierten Repertoires respektvoll-gemessener, freundlich-jovialer bis herzlich-intimer Attitüden. Er war ein samthäutiger, vermutlich eitler und geselliger Bursche von etwa vierzig Jahren, klein, von kräftiger Statur, mit gepflegtem, im Nacken gekraustem, tiefschwarzem Haar und flinken dunklen Augen, die nicht unfreundlich blickten. Nachdem er Martin volle zwei Stunden hatte zappeln lassen, durfte er endlich reden. Der Bulle schloss die Türe, postierte sogar einen Hilfspolizisten davor, damit die Griechen draußen blieben, und hörte Martin dann auffallend aufmerksam an. Mich verblüffte das, musste doch Viehdiebstahl, auch wenn er dort immer noch hart bestraft wurde, für diesen ländlichen Ordnungshüter etwas Alltägliches sein! Und warum plötzlich das leichte Heben der Braue, als er Martin mehrmals dieselbe Frage stellte und der sie ihm offenbar nicht befriedigend beantwortete?

Martin meinte später, das sei gewesen, als Stefossi von ihm habe wissen wollen, wie von Greifenburg zu seinem Vermögen gekommen wäre und er ihm die Einträglichkeit zahntechnischer Patente, womit es zu tun hätte, nicht begreiflich machen konnte.

»Aber Fred ist hier doch kein Unbekannter?«, wunderte ich mich.

»Gewiss nicht!«, bestätigte Martin. »Doch wie die Griechen lässt auch er sich, was seine Geschäfte betrifft, nicht in die Karten sehn!« Wie auch immer, Stefossi rief damals zwei junge Burschen aus seinem Stab herein, die Order erhielten, umgehend mit uns zu von Greifenburg zu fahren und die Sache vor Ort zu klären.

Wie es um Martin stand – wer weiß? Ich jedenfalls stieg nun zum ersten Mal in einen Streifenwagen. Und ab ging auch schon die Post! Wie eine Rakete ist die Kiste losgeschossen … Nachdem der Fahrer von der Straße, die nach Athen führte, zur Landzunge abgebogen war, auf deren äußerstem Zipfel Freds Haus stand, fegte er, von seinem feixenden Kumpel angefeuert, in einer Art über die Piste, dass es Martin und mich wie Dartpinne in die Sitze spickte. Dann jagten wir auch schon eine Anhöhe hinauf, von der sich ein herrlicher Blick aufs Meer bot, das jetzt im schmeichelnden ägäischen Mittagslicht wie das Innere einer Muschelschale schillerte, sich in der Ferne in zarter Bläue verlor. Kurz darauf aber ging es an einer Senke vorbei, einem alten Flussbett wohl, das sich, inzwischen von allerlei Buschwerk erobert, als verborgene Müllhalde erwies. Ausrangierte Bettgestelle und Matratzen, rostige Kühlschränke,

Farbeimer, Flaschen, jede Art Plastikschrott, kurzum, die üblichen Abscheulichkeiten wilder Kippen hatte man dort abgeladen, die Landschaft damit ihres mythischen Zaubers beraubt. Doch so abwegig es mir auch erschienen wäre, hätte man mir's prophezeit: es war genau diese Stelle, an der ich mich bald schon in eins jener unwägbaren Abenteuer stürzen sollte, die zuweilen all unsere Pläne, ja, unser gesamtes Leben auf den Kopf stellen!

Jetzt aber ließen wir den verschandelten Ort erst einmal hinter uns. Und siehe da, schon sah es besser aus! Der Feldweg hatte sich zu einem Sträßchen gemausert, das durch gut gepflegte Weinberge und Olivenhaine führte. Allerdings machten einige mächtige, von der Sonne gebleichte Knochen am Wegrand deutlich, dass auch hier die Wildnis nicht weit war. Ein Maultier oder Pferd gar, meinte Martin, hätte dort wohl sein Leben gelassen. Schließlich zeigten Schilder an, dass wir uns auf von Greifenburgs Besitzung befanden, wo wir auch bald zu einer imposanten Mauer mit einem großen Eisentor gelangten, das, mit reichlich elektronischem Schnickschnack versehen, überraschenderweise bereits offenstand. Ohne anzuhalten, jagte der Fahrer den Wagen die Auffahrt hinauf und brachte ihn auf einem weiträumigen, von Platanen umstandenen Platz zum Stehen.

Vor uns prangte, in einer Anlage südlichen Flairs und beschattet von mächtigen Palmen, eine luxuriöse Villa, deren extravagante Architektur ans Spanisch-Maurische ebenso erinnerte wie an jenen vornehmen Stil, den man von alten Patrizierhäusern kennt. Etwas abseits blitzte ein stattlicher Wagenpark, darunter ein silberfarbener Bentley, in der Sonne.

Nun waren wir also dort, doch unsere Begleiter rührten sich nicht. Offenkundig, warum! Nicht weit von uns, unter den Platanen, lagerte ein Rudel Hunde. Zehn oder zwölf mochten es sein. Gelbe und braune, schwarze, weiße, gefleckte, groß oder klein. Und alle mehr oder minder ausgezehrt und struppig und mitnichten zum sonstigen feinen Ambiente passend. Wütend auf die feigen Bullen, denen ich es zeigen wollte, stieg ich aus. Sofort erhob sich aber auch die Hundemeute, kam lauernd, leise knurrend, angeschlichen! Nachdem die Tiere erkannt hatten, dass keine Steine flogen, keine Knüppel geschwungen wurden, benahmen sie sich dreist. Erst packte eines wie im Spiel meine Pobacke. Dann aber setzte mir ein großes, graues, bedrohlich die Pfoten auf die Brust, hechelte dicht vor meiner Kehle. »Nicht rührn!«, warnte mich Martin, der ebenfalls ausgestiegen war, brüllte dann, was das Zeug hielt, und rollte dazu wild die Augen. Und, siehe da, sofort ließen die Tiere von mir ab und machten sich mit ihren Kumpanen ein Stück weit davon.

»Despina! Halte die Hunde zurück!«, ertönte es jetzt im Garten. Eine füllige, ältere Frau, eine Schüssel in der Hand, trat aus dem Haus und löste mit einigen Brocken Fleisch, die sie unter die Platanen warf, eine Keilerei bei den Kreaturen aus, die deren Aufmerksamkeit voll in Anspruch nahm. Nun sah ich auch den Mann, der gerufen hatte und sich in der Nähe des Hauses aus einer Hollywoodschaukel schälte.

»Von Greifenburg!«, knurrte Martin, doch ich hätt's auch so gewusst. Riesig, einen tiefgebräunten Leib vor sich hertragend, der ihm gewiss den Blick auf die eigenen Füße versperrte, kam er, angetan mit weißen Shorts und himmelblauen Leinenschuhen, einen Panamahut auf dem Kopf, gelassen auf uns zu. Auch die Griechen sind inzwischen ausgestiegen. Doch bevor Fred auch nur Notiz von ihnen nahm, deutete er mir eine Verbeugung an, murmelte »Gnädigste!« und signalisierte mir mit den Augen, wie es gewisse Männer verstehen, Gefallen. Martin würdigte er keines Blicks. Dann fingen die Griechen ein Palaver mit Fred an, recht gemütlich, dem Martin schweigend zuhörte, eine dicke Falte zwischen den Brauen.

»Was reden denn die?«, fragte ich ihn.

In groben Zügen erzählte er es mir. »Dieser Mann behauptet, du hättest sein Pferd unterschlagen!«, habe einer der Ordnungshüter zu Fred gesagt. Der aber hätte geantwortet, er hätte das Tier auf Steinbergs ausdrücklichen Wunsch – von Geschenk war nun keine Rede mehr – in Kost und Logis genommen, während dieser auf Reisen war. Leider sei der Wallach zwischenzeitlich erkrankt, habe sorgfältigster Pflege und teurer Medikamente bedurft. Sobald ihm Steinberg diese Auslagen erstatte, bekomme er sein Pferd zurück.

»Willst du die Sache nicht klarstellen?«, habe ich Martin gefragt, ihn auch noch in die Seite gepufft. Der aber stand wie versteinert da, unfähig anscheinend, dem eloquenten Blaublüter Paroli zu bieten ...

Nun zog einer der Bullen Block und Schreiber heraus und reichte sie Fred, der dann auch lässig, das Dach des Streifenwagens als Unterlage nutzend, etwas darauf gekritzelt hat. In dem Moment preschte ein zweites Polizeiauto die Auffahrt hinauf und hielt mit quietschenden Reifen auf dem Platz. Es war der Chef persönlich! Wendig sprang er aus dem Wagen und ging, mit munterem Kopfnicken in Martins Richtung, geradewegs auf von Greifenburg zu. Es folgte eine durchaus freundschaftliche Begrüßung der beiden, dann verschwanden sie im Haus. Mir fiel auf, dass sich die jungen Polizisten vielsagend angrinsten, bevor sie sich uns, mit ernsten Gesichtern nun und einem Achselzucken, wieder zuwandten.

»Die sitzen da drin jetzt beim Ouzo!«, knirschte Martin.

Nach einer Weile kamen die Kerle wieder heraus, und ich müsste mich verdammt getäuscht haben, wenn von Greifenburgs Hand nicht eine Sekunde auf Stefossis Schulter lag. Bei seinen Leuten angekommen, ließ dieser sich den Block aushändigen, riss das von seinem Spezi beschriebene Blatt heraus und reichte es Martin. Dann hielt er ihm einen längeren Vortrag, während von Greifenburg die Szene aus einiger Entfernung mit unbewegter Miene verfolgte.

»Worüber quatscht der denn?«, bedrängte ich Martin erneut.

Diesmal aber wurde ich abgewimmelt. Bekanntlich war ja das Griechische nicht seine Muttersprache, und es bedurfte wohl seiner ganzen Aufmerksamkeit, den Sinn des Gesprochenen zu erfassen. Schließlich, als Stefossi fertig war, wechselte er noch einige Worte mit Fred, winkte Martin und mir freundlich zu und brauste dann so schneidig davon, wie er gekommen war.

Gerade machten uns die jungen Polizisten Zeichen, ebenfalls einzusteigen, als von Greifenburg zu uns trat. Wieder die schon bekannte Verbeugung an meine Adresse, dann war Martin dran. »Du bist und bleibst doch ein Prolet, Kerl!«, pöbelte er verächtlich. »Worauf du dich verlassen kannst, aristokratischer Affe!«, antwortete ihm Martin kalt.

Unterwegs, im Wagen, erzählte er mir, wovon Steffossi gesprochen habe. Eine abscheuliche und zugleich traurige Geschichte! An dem Tag nämlich, als es passierte, sei von Greifenburg in Athen und Despina, seine griechische Wirtschafterin, allein im Haus gewesen. Plötzlich habe sie von dem Feld, auf dem von Greifenburgs Hengst und Martins Pepper angepflockt waren, ein wildes Gezeter gehört. Sie sei hingerannt, und da habe sie hilflos mit ansehen müssen, wie die ausgehungerte Hundemeute, die seit Tagen das Anwesen belagerte, dem alten Pferd, das vergeblich an seinem Pflock zerrte, die Eingeweide herausgerissen, es buchstäblich zu Tode gefressen habe. Auch an Pepper hätten sie sich herangemacht, der es aber geschafft habe, seinen Pflock aus der Erde zu ziehen. Doch sei das mutige Tier nun keineswegs panisch davongaloppiert, im Gegenteil, mit gesenktem Kopf, wie ein Stier, immer wieder auf die Bestien losgegangen. Schließlich wäre es Despina gelungen, es von der blutbeschmierten Meute weg zum Stall zu führen. Peppers anschließende Behandlung sei kostspielig gewesen. Fliegen hätten ihre Eier in seinen Wunden abgelegt, woraus sich in der Hitze Maden entwickelten. Mehrfach habe man ein Antibiotikum gespritzt. Den alten Hengst hätten die Bestien restlos aufgefressen, nur ein paar abgenagte Knochen lägen noch herum. »Schöne Bescherung!«, schloss Martin und reichte mir den Zettel, den ihm Stefossi gegeben hatte. Außer einigen griechischen Wörtern war, in zentimetergroßen Lettern, ›Hermann von Greifenburg‹ darauf notiert. »Der Name seines Vaters! Der Rest ist Freds Adresse …« klärte mich Martin auf. »Man braucht hier beides, wenn man Anzeige erstatten will … Stefossi riet mir dazu, falls ich die geforderte Summe, die er übrigens auf die Hälfte heruntergehandelt hat, nicht zahlen wolle …«

»Und …? Zahlst du oder zeigst du Fred an?«

»Weder noch!«, schimpfte Martin jetzt lauthals los. »Wenn Pepper

Maden in seinen Wunden hatte, hat ihn der Dicke nicht richtig versorgt! Dann soll er mir auch dafür geradestehn! Spielt sich in der Gegend als Großgrundbesitzer auf, gar noch als Pferdekenner, der Pinsel! Und was die Anzeige betrifft ... Ein solcher Streitfall, mein Kind, dauert hier Jahre ...«

»Ich verstehe einfach nicht, warum von Greifenburg so wild auf Pepper ist!«, unterbrach ich ihn.

»Hab's doch gesagt: er ist ein Neidhammel!«, brummte Martin. Pepper sei in der Tat ein Bild von einem Pferd, zudem gutartig. Allerdings gehorche der nicht jedermann, wie vor allem von Greifenburg erfahren habe. Der sei vor kurzem nämlich auf ihm ausgeritten und mit hängendem Kopf allein zurückgekehrt. »Der Gaul«, erinnerte sich Martin kopfschüttelnd, »hat ihn glattweg abgeschmissen, dem Fettsack fast das Kreuz gebrochen ... Auch mit Niederlagen wird er nicht fertig, der Mann ...«

Gerade kamen wir beim Polizeigebäude von Vrissaki an. Nachdem man ausgestiegen und einer der Bullen schon hineingegangen war, nahm der andere, der flotte Typ, der den Wagen gesteuert hat, Martin einen Augenblick beiseite. Er sagte etwas zu ihm, das mir wie »klefti!« klang, machte eine verdächtige Handbewegung dazu und grinste aufmunternd, bevor auch er sich nach drinnen verzog.

»Was wollte denn der von dir?«, fragte ich Martin, als wir zu seinem Wagen gingen.

»Ich soll mir mein Eigentum holen, hat er gemeint ... Wenn ich es tue – machst du mit?«

»Na klar!«, rief ich in heller Begeisterung, ein Missverständnis, das ja nicht auszuschließen war, gar nicht erst in Betracht ziehend. Mann, ging es bei denen zur Sache! Kein Mensch würde mir das in Deutschland glauben!

* * *

Zu Hause wollte Martin eine ganze Woche nichts vom Dicken hören. Umso mehr spukte mir der im Kopf herum! Warum rückte der Mann das Pferd nicht heraus? Verhielt sich etwa so ein Freund?

Und Martin, wie er über Fred redete! Neidisch sei der auf ihn … Aber was besaß Martin denn schon? Und nun auch noch die Niederlage! Nicht genug damit, dass von Greifenburgs Behauptungen unwidersprochen blieben, was Martin vor Stefossi zum Lügner stempelte. Auch die Kungelei des Bullen mit dem Dicken, dessen unverschämte Forderung er wohl nur herunterschraubte, um die eigene, offenkundige Parteinahme zu verschleiern, musste Martin wurmen … Die Sache würde ein Nachspiel haben, sagte ich mir.

Und ob sie das hatte!

Bevor es aber schließlich dazu kam, krempelte ich erst einmal die Ärmel hoch. Wie der hintere Garten war ja auch der mit den Obstbäumen arg verwildert, und ich brachte Ordnung rein. Und erst das Haus! Himmel, es waren ja nicht bloß der Schmutz, das Chaos – gewimmelt hat's da von Getier! Anfangs hatte ich mich vor Martin, der schlau den Mund hielt, noch über die ›flinken, schwarzen Käfer‹ amüsiert, die bei Einbruch der Dunkelheit durch seine Räume flitzten. Bis dann ein extrafettes Exemplar direkt vor mir von der Decke auf den Tisch sprang, am hellen Tag, als ich dabei war, das noch ofenwarme Brot fürs Frühstück aufzuschneiden. Da sah ich, dass es eine fiese Kakerlake war! Die schmeißen, wenn man sie jagt, auch noch die Eiersäcke ab … Martin war sauer, als ich es ihm zum Vorwurf machte, meinte, die Biester gebe es in jedem Haus, kein Kraut sei dagegen gewachsen. Und dann die Mäuseplage! Dreist sprangen die putzigen Tierchen, die mit Fallen zu erschlagen ich nicht übers Herz brachte, selbst bei Tag vor uns herum, piepsten unter Martins Schränken … Auch Ratten gab es reichlich! Als sich eine mal in der Wand hinterm Bett einen Gang grub, mit grässlichem Gescharre, sah ich schon ein Gipsrelief, hinter dem es besonders ätzend knirschte, auf unsere Köpfe donnern … Jedenfalls fand ich in Martins Reich beträchtliche Missstände vor, denen ich nun, soweit es in meiner Macht stand, zu Leibe rückte.

Anfangs kreuzte Agape noch mal bei mir auf. Angeblich, um mir beim Putzen zu helfen, doch wohl eher aus Neugier. Mit nass gemachtem Feudel, ohne sich auch nur einmal zu bücken, drehte sie den Dreck im Kreis. Zum Glück beließ sie es dabei, suchte Martin und mich am Tag darauf aber beim Mittagsschläfchen heim. Eine Ungezogenheit, wie ich fand, die ich mir dann auch über Martin energisch bei ihr verbat. Von da an hielt sich seine spröde Tochter von mir fern. Gelegentlich sah ich sie noch durch den Garten stapfen, schwatzend bei ihrem Vater stehen. Doch wenn sich unsere Wege kreuzten, bekam sie die Zähne nicht auseinander.

V

Nachdem Martin eine Woche mit dem Ding, das er plante, ›schwanger‹ gegangen war, erschien er eines Mittags bei mir in der Küche, wo ich zu Mikis Theodorakis' Liedern aus dem Radio Reibeplätzchen brutzelte. Er schaltete das »schwermütige Gedudel«, wie er sich ausdrückte, ab und kam, nachdem er eine Weile gedankenverloren in meiner Schüssel rührte, auf sein Vorhaben zu sprechen.

Zunächst, meinte er, müsse die Lage beim Dicken sondiert, die günstigste Tageszeit für unseren »Coup« ermittelt werden. Wann waren keine Arbeiter auf den Feldern? Und wo befand sich der Rappe dann? Sobald wir das herausgefunden hätten, ginge es folgendermaßen zur Sache: Nachdem wir zu Fuß zu Freds Anwesen gelangt, dort Peppers habhaft geworden seien, würden wir ihn quer durch die Macchia zur Küste führen, wo noch ein längerer Marsch am Meer entlang vor uns läge. Sollte etwas schief gehen – kämen uns etwa Fred, einer seiner Arbeiter oder sonst wer in die Quere – werde er sich aufs Pferd schwingen und davongaloppieren. Ich selbst solle mich dumm stellen, mich im Übrigen an die Piste halten, die wir mit Stefossis Leuten gefahren seien und wo er mir so bald wie möglich im Wagen entgegenkäme. »Am besten, wir nehmen's gleich morgen in Angriff!«, schlug er vor. Und natürlich war ich Feuer und Flamme!

Es wurde eben erst hell, als wir am Tag darauf das Tor hinter uns schlossen und, von King mit sehnsüchtigem Blick durchs Gatter verfolgt, in den Wagen stiegen. Nicht weit vom Dorf, dessen Bewohner noch zu schlafen schienen, bemerkte ich in der Dämmerung eine Gruppe zerlumpter Gestalten, die am Straßenrand kauerten.

»Albanische Tagelöhner, illegal!«, erklärte Martin. »Nachher fahren die Einheimischen im Schritt vorbei, wählen aus ... die Klapprigsten warten am längsten!« Zwei dieser Fremden, fügte er zu meinem Entsetzen hinzu, habe man kürzlich erschlagen. »Griechen hatten sie auf einem Bau beschäftigt, wollten den Lohn sparen ...«

Als wir etwas später in der Nähe von Freds Besitzung ankamen, versteckten wir den Wagen im Dickicht des vollgemüllten Flussbettes. Dann pirschten wir uns an unser Ziel heran. Ich hatte, wie eine harmlose Kräutersammlerin, einen Korb dabei, in der Tat die Gelegenheit nutzend, mir etwas wilden Salbei mitzunehmen, der, ein wenig giftig zwar aber sparsam dosiert, einen vorzüglichen Magentee ergab. Auch ein Glas fein gemahlener Pfeffer steckte in meiner Tasche. Er sollte mir streunende Hunde vom Leib halten.

Bald fanden wir etwas heraus, dass unserem Vorhaben entgegenkam. Die imposante Mauer nämlich, die von Greifenburgs Villa teils wie eine Trutzburg umgab, ging bald in einen Drahtzaun über, der für ein sportliches Kraftpaket wie Martin kein ernstzunehmendes Hindernis war. Zwar lagen die Stallungen noch ein Stück vom Zaun entfernt. Durch einen Feldstecher konnten wir aber in deren Fensteröffnungen sehen. Indessen, es zeigte sich darin kein Pferdekopf. »Bestimmt ist er aber da drin!«, flüsterte Martin. »Ihn nachts auf der Weide zu lassen, wäre viel zu riskant!«

Am Tag darauf sind wir nochmals losgezogen, um unsere Erkundigungen fortzusetzen. Diesmal allerdings ging das fast ins Auge. Wir waren nämlich gar nicht mehr weit von der Senke entfernt, als von Greifenburg dort aus den Büschen kam! Tatsächlich war in der Nähe ein Landrover geparkt, in dem er sich dann auch, zum Glück ohne uns bemerkt zu haben, davonmachte.

»Was treibt denn der auf einer Müllkippe?«, wunderte ich mich mit vor Schreck hämmerndem Herzen.

»Hat wohl seine leergesoffenen Schampuspullen reingefeuert, vielleicht auch nur mal wild gepullert!«, brummte Martin.

Doch es war wohl etwas anderes. Als wir nämlich näherkamen, tappten an der Stelle, wo Fred herausgekommen war, drei drollige kleine Hundchen herum und verschwanden auf Nimmerwiedersehen im Gestrüpp.

»Welpen!«, stellte Martin fest. »Vermutlich hat sie ihm eine der Streunerinnen vor die Tür gelegt und er schaffte sie sich vom Hals! In zwei, drei Tagen sind die armen Teufel da drin verreckt!«

»So eine Gemeinheit!«, rief ich empört.

»Tja, was soll man schließlich machen?«, hielt Martin dagegen.
»Sie vergiften? Erschlagen? Ersäufen? Kannst du mir sagen, was
humaner wäre? Es werden langsam zu viele, weißt du ... Die
Menschen hier draußen, diese Hosenscheißer, haben mächtig
Manschetten vor Verbrechen, legen sich immer öfter Wachhunde
zu ... Manchmal gleich zwei, drei auf einmal, besonders, wenn sie
in ihren Sommerhäusern Urlaub machen! Das kommt sie nicht
allzu teuer, da sie gern üppig tafeln und die Tiere von dem, was
abfällt, ganz gut leben können. Reisen die Herrschaften dann
wieder ab, werden die armen Kerle unversorgt zurückgelassen
... Oft lässt man sie in die Wälder, die Macchia laufen, wo sie
verwildern ... Die, die's schaffen, durchzukommen, rotten sich
zu Rudeln zusammen, leben nicht viel anders als Wölfe ...«

»Soll das heißen, dass sie uns ernsthaft gefährden könnten?!«

»Wollen wir das wirklich jetzt erörtern, Kind?«, gab mir Martin
zu bedenken. »Nicht, dass du am Ende noch das Fürchten kriegst!«

»Hab ich mich letzthin etwa übertrieben ängstlich gezeigt?«, pro-
testierte ich ärgerlich.

»Keineswegs!«, bestätigte Martin. »Sogar den Bullen hat dein
Schneid imponiert! Also schön ... Die Haushälterin eines Popen
hat's erwischt ... Nicht viel mehr als ihre Tasche und ein paar
blutige Kleiderfetzen hat man von der noch gefunden, belagert
von einigen dieser Burschen ... Dabei waren's nicht mal wilde ...
Ihr Besitzer hatte sie nur unzureichend gefüttert, sich auf dem
Grundstück, das sie bewachen sollten, zu selten blicken lassen,
wie das hier leider oft geschieht ... Da haben die halbverhunger-
ten Köter ein Loch untern Zaun gegraben, und sie war dran ...
Bin selbst gelegentlich dort vorbeigekommen ... Bedauernswerte
Kreaturen waren das ...«

Ehrlich gesagt, richtig geglaubt habe ich das nicht! Zwar war
er kein Aufschneider, doch die Leute verzapften so allerhand.
Schließlich war er nicht dabeigewesen! Mehr hat mich die Begegnung mit Fred irritiert, und wir sind dann auch bald dort

verduftet. Der Mittag, meinte Martin, sei die bessere Tageszeit für unseren »Coup«, weil sich von Greifenburg dann gewöhnlich einen hinter die Binde gösse und nachher schnarchend in der Ecke läge. Auch seine Arbeiter hielten dann Siesta. Wir beschlossen also, uns daran zu halten und nahmen uns das Gaunerstück für einen der nächsten Tage vor.

Dass Martins Gruselgeschichte glücklicherweise doch nicht völlig ohne Wirkung auf mich blieb, sollte sich übrigens noch herausstellen!

* * *

Es wurde eine stramme Wanderung, nicht übel für die Kondition. Bei herrlichem Wetter zogen wir los, zuerst am Meer entlang und dann zur Macchia hinauf. Ich hatte meinen Rucksack dabei, mit einem Strick darin, auch etwas zum Futtern dazugepackt. Tiefste Mittagsstille umgab uns, als wir schließlich wieder an dem Flussbett waren, von dem wir auch diesmal zu unserem Beobachtungsposten bei Freds Anwesen schlichen. Ja, war denn das die Möglichkeit? Exakt an jener Stelle war der Zaun nun aufgeschnitten!

»Wer hat denn das gemacht?«, flüsterte ich verblüfft.

»Glaub bloß nicht, dass ich nicht auch meine Freunde hätte!«, antwortete mir Martin leise. Behutsam machte er sich daran, die Enden des Drahtgeflechts so auseinanderzubiegen, dass ein Durchlass entstand, den ein Pferd passieren konnte.

Hatte er etwa einen von Freds Tagelöhnern bestochen? War es der Bulle gewesen, der ihm den Tipp gab? Oder war er gar selbst in der Nacht heraufgestiegen? Wie auch immer, Martin pflegte mir nicht jeden seiner Wege offenzulegen, und so ließ ich es dabei bewenden. Doch als er sich dann hineinschlich und ich beim Zaun für ihn Schmiere stand, bekam ich ganz hübsch das Flattern! Zum Glück hörte ich aber bald das Klappern von Hufen, dann zwängten sich Mann und Pferd durchs Gebüsch.

»Komm, halt ihn mal!«, flüsterte Martin, als sie bei mir waren. »Hab den Feldstecher liegenlassen!«

Er lief also zurück, und ich bestaunte inzwischen das Tier. Ein Prachtstück, kann ich nur sagen! Von beachtlichem Stockmaß, kraftvoll und doch elegant! Dazu mit herrlich skulptiertem Schädel, tiefen, aufmerksamen Augen und jenen beweglichen Nüstern ausgestattet, die noch vom wilden Blut der Wüstenpferde zeugen, die der berühmt-berüchtigte Alexander, wie es heißt, mit den stämmigen Ackergäulen Thessaliens kreuzen ließ. Umwerfend auch das edle Zaumzeug, das dem bildschönen Vierbeiner ums seidige Haupt lag: Korallenrot und aus feinstem Handschuhleder gefertigt, war es über und über mit Silberplättchen besetzt, zwischen denen geschliffene Kristalle das Licht in alle Regenbogenfarben brachen! Ein funkelnder, fast orientalisch anmutender Zierrat, der Freds opulenten Geschmack verriet und dessen Kosten ihm Martin, da war ich mir sicher, unverzüglich erstatten würde …

Doch dann der Schreck: Ganz in der Nähe brummte plötzlich ein Motor! Da kam Martin auch schon angerannt. »Vorsicht!«, brüllte er. »Er kommt!« Im nächsten Augenblick raste von Greifenburg in seinem Landrover den Hang herunter auf uns zu! Dass er das Pferd damit in Panik versetzen, gar verletzen konnte, war dem Verrückten wohl egal. Millimetergenau vor dessen Hinterbacke brachte er sein Gefährt zum Stehen! Und schon saß Peppers rechtmäßiger Besitzer, aus dem Stand, mit einem einzigen Satz bei diesem auf und jagte feixend durch die Macchia davon …

Da stand also nun der gelackmeierte Blaublüter, nachdem er seinen Leib aus der Karre gewuchtet hatte, fluchte »Hurensohn!« und sah seinem Freund ungläubig hinterher. Wenn es stimmte, dass er Niederlagen nicht ertrug, verbarg er es allerdings geschickt. Er kehrte nämlich den Charmeur heraus. »Und was gedenken Gnädigste nun so allein und verlassen hier draußen zu tun?«, fragte er mich, während er mich mit dunklen, etwas schrägstehenden Augen nachdenklich betrachtete. Er zog ein frisch geplättetes, blütenreines Taschentuch hervor und wischte sich damit die Schweißperlen weg, die auf seiner gebräunten Stirn, in seinem kohlschwarzen Vollbart glitzerten. »Darf ich Madame nach den ausgestandenen Strapazen in meiner bescheidenen Hütte vielleicht eine kleine Erfrischung offerieren?«, redete er dann weiter, ziemlich geschwollen, wie ich fand, doch wiederum auch nicht unsympathisch. »Selbstverständlich fahre ich Sie anschließend rasch nach Hause!«, fügte er hinzu, wobei er mir einladend seine Wagentür aufhielt. Also bin ich reingeklettert in die Kiste, ich neugierige Nudel, und der ›aristokratische Affe‹ hat mich ganz schön zackig zu seiner pompösen Behausung kutschiert.

Mann, war das ein Luxus dort drinnen! Boden und Wände waren protzig mit parischem Marmor belegt, die weiß lackierten Türen messingbeschlagen ... Barocke Spiegel, Putten, schwere Gobelins, auch großformatige Ölgemälde und reichlich alte Waffen hingen herum ... Sogar eine komplette Ritterrüstung gab's ... Außerdem massenhaft Teppiche und topgepflegtes, antikes Mobiliar, respektlos kombiniert mit Postmodernem ... Der Hammer aber war das ausgestopfte exotische Getier, das in der weitläufigen Lounge unterm hohen, gläsernen Kuppeldach, durch das man in den blauen Himmel sah, zwischen riesigen Palmen, die bis ins obere Stockwerk reichten, auf Marmorblöcken lungerte und mich, die ich das Ausstopfen gräßlich finde, ärgerte: ein zottelliger Bär und ein Puma gar, die mit gläsernen Augen ins Leere starrten, etliche Makaken, die sich mit steifen Händchen zu lausen schienen, ein Känguruh mit einem mumifizierten Jungen im Beutel, eine ganz und gar schauerliche Riesenechse, eine Gruppe Flamingos, dazu Raubvögel ... Kurzum, Manfred von Greifenburg schätzte das komplizierte wenn nicht gar abstruse Ambiente des betuchten, exzentrischen Junggesellen, Globetrotters und passionierten Jägers mit alter Familientradition ...

Nachdem er mich an einem futuristischen Tisch – einem mächtigen Onyxbrocken – in einen riesigen Lederfauteuil gebeten hatte, aus dem man durch weit geöffnete Flügeltüren auf die Balustrade einer Terrakottaterrasse und die üppige Pracht von Hibiskusblüten sah, verschwand er kurz, um mit zwei Eiskaffees zurückzukehren, die er stilvoll auf edlem Silbertablett in fein graviertem, altem Kristall kredenzte. Dann ließ sich der Koloss, der im eigenen Heim wie ein Fremdkörper wirkte, ächzend in einen der Sessel fallen und begann eine reichlich sonderbare Konversation. »So so«, meinte er, »eine Blondine hat sich der Gauner also angelacht! Frage: Warum haben Blondinen immer eine leere Wasserflasche im Kühlschrank? Keine Ahnung? Na, es könnte doch einer kommen, der nichts trinken will!« Dröhnend lachte er über den nicht gerade originellen Kalauer und klatschte sich dabei ungeniert auf die prallen Schenkel. »Hörte«, stichelte er weiter, »Sie kommen aus dem Badischen … Ist das nicht dort, wo sie kein Plusquamperfekt beherrschen? Mer hen g'het … haha …!« Dann nahm der Spötter Martin aufs Korn. Nannte ihn einen Habenichts und Chaoten mit einem schlimm heruntergekommenen Haus. »Kreuzdonnerwetter«, empörte sich von Greifenburg, »was hätte ich aus dem Besitz gemacht!« Martins »Bubenstück«, wie er es nannte, erwähnte er dagegen nur am Rand. Der kriege dafür einmal einen vor den Latz geknallt, dann sei man wieder quitt. Schließlich, gab er mir zu verstehen, sei er ja kein Esel, werde sich die Ankunft einer »so reizenden, jungen Dame« in jener »beschissenen Gegend«, in die sich »selten genug ein vernünftiger Mensch« verirre, doch nicht entgehen lassen. »Sollte es mal Probleme geben, Gnädigste … ein Anruf genügt, und ich bin zur Stelle! Übrigens«, beendete er seine Tirade und es klang sogar ganz nett, »wollen Sie mich nicht Fred nennen?«

Nun ja, da habe auch ich ihm das Du erlaubt …

Dann aber saß ich in der Lounge des Dicken wie auf glühenden Kohlen. Was, wenn Martin auf der Suche nach mir schon durch die Landschaft kurvte? Von Greifenburg zeigte aber gleich Verständnis, karrte mich im Affentempo heim. Dort war zu meiner Erleichterung das Tor noch unverschlossen, Martin demnach noch nicht aufgebrochen. Der Dicke, ganz Kavalier, wartete sogar, bis ich drinnen war. Dann erst schaukelte er in seiner Kiste mit einem lässigen »Auf bald!«, was immer es heißen sollte, in der abendlichen Macchia davon.

VI

Einige Tage kümmerte ich mich nun wieder um Martins Hausstand, bis der ein Machtwort sprach. »Schluss mit der Wischerei!«, gab er den Macho. »Jetzt wird geritten!« Er hatte inzwischen auch Django heimgeholt, einen ebenfalls prächtigen Rappen, wenn auch nicht von Peppers Klasse. »Der ist jetzt dein, vergiss es nicht!«, meinte er lächelnd, während er Pepper für mich sattelte. »Und der auch!«, fügte er hinzu, als er sah, wie King wieder mal um mich herumtanzte. Es gibt Worte, die belanglos scheinen, wenn sie fallen, erst sehr viel später ins Bewusstsein dringen und plötzlich von Bedeutung sind. So wenig ich Martins Bemerkungen damals Beachtung schenkte, so sehr sollte ich noch darüber grübeln.

Mit der Zeit gewöhnte mich mein Gastgeber ganz nett ans Faulenzen. Auch am Pool, im hinteren Garten, lag ich zuweilen, während er im Wasser nach hineingewehten Blättern fischte. Abends saßen wir gern am Beckenrand, ließen die Beine baumeln und sahen den Schwalben zu, die über dem raren Süßwasser halsbrecherische Sturzflüge vollführten, so wohlkalkuliert, dass sie sich gerade eben das Gefieder netzten, den Schnabel füllten, bevor sie, noch im selben Flügelschlag, fast senkrecht wieder in die Lüfte stoben. Nur einmal hat so ein Akrobat die Kurve nicht gekriegt, hilflos im Nass gezappelt, bis wir ihn befreiten.

Es waren solch kleine Begebenheiten, die Martin und mich erfreuten, ja, man könnte sagen, glücklich machten. Doch unsere Beziehung bekam einen Sprung, kaum merklich zunächst, wie Sprünge in einer Tasse, die erst die Ereignisse, die darüber hingehen, sichtbar machen. Begonnen hat es mit einer Begegnung der besonderen Art, von der ich daher reden muss.

Es geschah an einem schrecklich heißen Tag. Unerbittlich quälte die Sonne das staubtrockene Land. Ich hatte mich in einem Hauch von Bikini am Pool in den Schatten einer Palme geflüchtet, eine Zeitung in der Hand, die jedoch bald zu Boden glitt. Martin war, wie meist am Nachmittag, auf ein Nickerchen ins Haus gegangen. Auch von Agapes ohnehin recht seltenen Erscheinung keine Spur. Fast schauerlich schien mir die Stille im Garten! Unmutig schweifte mein Blick zu *Purple Secret of Vrissaki* hinüber, deren schwüle Duftschwaden meine Nase wieder einmal heftig attackierten. Da fiel mir in ihrem Hintergrund eine ungewöhnliche Veränderung auf: Zum ersten Mal, seit ich diesen Teil des Anwesens betreten hatte, war der Rolladen am Fenster der Nachbarinnen hochgezogen!

Ich wunderte mich noch darüber, als eine kleine weiße Hand dort einen Vorhang beiseite schob. Das Fenster wurde geöffnet, und ein sehr schönes junges Mädchen, ein blasses, engelhaftes Wesen, dem eine dunkle Mähne auf die Schulter fiel, beugte sich, wie nach Atem ringend, heraus. Und dann geschah das Merkwürdige: Die Fremde sah zu mir herüber, mit langem, traurigem Blick, in dem etwas wie Verzweiflung, vielleicht auch Sehnsucht lag! Gleich darauf aber tauchte im Zimmer hinter ihr, schemenhaft nur zu erkennen, eine zweite, größere Person auf und die Kleine zog sich hastig vom Fenster zurück. Bevor sie jedoch dessen Laden, lautlos fast, und nun für immer, herunterließ, winkte sie mir auf seltsam verstohlene Art noch einmal zu …

Vielleicht lag es ja wirklich an den vierzig Grad im Schatten, wie Martin nachher meinte, dass mich dieser Vorfall so beunruhigte, mir so nahe ging? Er beschäftigte mich noch, als ich zum Haus hinüberlief, um den Kaffeeautomaten anzuwerfen. Vorsichtig sah ich ins Schlafzimmer. Martin war aber schon wach, und so setzte ich mich zu ihm aufs Bett und erzählte ihm von der Sache. Ob er stattdessen mit einem Schäferstündchen gerechnet hatte? Jedenfalls reagierte er unverhältnismäßig gereizt, als ich von der Not im Blick des Mädchens sprach. »Wie ein Hilferuf …«, überlegte ich laut.

»So ein Unsinn!«, fuhr mich Martin an. »Die ist da drin ganz einfach vor Hitze geplatzt!«

»Und warum schien sie dann jemand zu zwingen, das Fenster zu schließen? Überhaupt – warum lassen sich die Frauen niemals blicken?«

»Stimmt doch gar nicht!«, widersprach mir Martin ärgerlich. »Man sieht sie schon ... Die beiden Jüngeren sind gelegentlich auf der anderen Seite im Garten ... Nette Dinger nebenbei, die sich als Bulgarinnen hier nur nicht verständlich machen können ... Die Ältere fährt hin und wieder beim oberen Tor vorbei, grüsst denn gewöhnlich sehr freundlich ...«

»Und wovon leben die?«

»Meine Güte, was du alles wissen willst!« Martin war jetzt richtig ungehalten. »Sagte doch schon, dass die Ältere Ärztin ist, arbeitet in Athen ... Außerdem, na ja ... Fred quatschte da was ... Hab dir's doch schon in Deutschland angedeutet ... mag sein, dass die Frauen käuflich sind ...«

»Professionelle Nutten ...? Mit einem richtigen Zuhälter ...?« In meiner Neugier war ich nicht so leicht abzuspeisen, wie er es versuchte.

»Zuhälter, Zuhälter! Müssen die gleich einen Luden haben?«, brauste Martin jetzt geradezu auf. »Mein Gott, da werden unter den Athenern ein paar reiche Kavaliere sein, that's it! Sie leben nun schon Jahre dort, eine ruhige, angenehme Nachbarschaft ... Warum soll ich mir also den Kopf darüber zerbrechen? Will nichts als mit dir glücklich sein, Kind!«

»Aber so ein ... Lude ...«, fing ich, nun erst recht voller Neugier, noch einmal an, wobei mir das ungewohnte Wort, zumal bei dem vagen Verdacht, reichlich holprig über die Lippen ging, »könnte der nicht ein ganz normaler Kerl sein ...? Aus der Gegend vielleicht ..., unauffällig ... mit echt gutem Herzen ...?«

Ja, war ich denn übergeschnappt? Gewiss hatte Martin den Unfug durchschaut ... Für einen Augenblick betrachtete er mich da auch mit hochgezogenen Brauen. »Was weißt du schon von einem Luden, Kind!«, spottete er dann. »Ein Lude mit Herz, hoho, einer, der sich womöglich noch in die Hure verguckt, die er anschaffen schickt, sie am Ende gar zum Traualtar schleppt, ein bürgerliches Leben mit ihr führt? Vergiss es, Romantikerin! So einer ist erpressbar, wird abgezockt vom Milieu, den holt sein Vorleben ein, wo immer er sich verkriecht ... Da gibt's kein Happyend, mein Schatz! Aber sag mal ...«, seine Stimme, eben noch schroff, klang schon wieder zärtlich, »... riecht's hier nicht verdächtig nach frisch gebrühtem Kaffee ...?«

In der Tat, noch nie war Martin derart unwirsch zu mir gewesen, und ich beließ es daher dabei. Doch irgendwie fiel ein Schatten auf unsere Affäre.

* * *

Bald bahnten sich bei uns Dinge an, sollte etwas mit mir geschehen ... wirklich, es ist nicht leicht, davon zu reden! Ich erzähle daher zunächst einmal den ersten Akt meiner denkwürdigen Begegnung mit Manfred von Greifenburg zu Ende.

Es war um die Mittagszeit und wie üblich höllisch heiß. Aus der Küche, wo Martin uns einen Happen zum Futtern machte, tönte das Klappern von Töpfen. Er hatte mir Ruhe verordnet, da meine Nerven, wie er neuerdings behauptete, »zerrüttet« seien. Also döste ich im Liegestuhl vorm Haus und sah zu, wie mir der ›Mühlstein‹, den er mir als Apéritif serviert hatte, aus der Haut perlte. Plötzlich meldete sich das Telefon, und ich hörte, dass Martin eine Weile mit jemandem redete. Als er aufgelegt hatte, kam er nach draußen und setzte sich zu mir. Er nahm mir das leere Glas aus der Hand und drehte es zwischen den Fingern. »Fred hat angerufen!«, verkündete er, mit einem Ausdruck im Gesicht, der alles andere als ärgerlich war.

»Sag bloß ... Was wollte er?«

»Hat erklärt, die Sache mit dem Pferd wär Jux gewesen! Harmlose Rangelei unter Freunden ... Ich dagegen ... rotzfrech, was ich mir auf seinem Land erlaubt hätte ...« Jetzt grinste Martin sogar breit. »Und genau das schien ihm zu imponieren! Hat sich in aller Form bei mir entschuldigt!«

»Eine harmlose Rangelei unter Freunden – na weißt du! Hast du seine Entschuldigung so einfach angenommen?«

»Habe ich …« Es klang etwas kleinlaut. »Fred will uns in Kürze besuchen … Konnte ich ihm kaum verwehren, oder? Mensch, Mona, Schwamm über die Sache, meinst du nicht auch?«

Dabei sah Martin so treuherzig drein, dass ich kein Veto über die Lippen brachte, mir auch die bissige Bemerkung verkniff, die mir auf der Zunge lag. Auf die emotionale Tour war mein Gastgeber offenbar um den Finger zu wickeln, und von Greifenburg, der raffinierte Stratege, wusste dies längst … Doch war er nicht Martins einziger Freund? Mitleid war es letztlich, weshalb ich schwieg. Und Mitleid ist bekanntlich kein guter Ratgeber!

Schon am folgenden Abend ließ Fred beim Tor ein Hupkonzert ertönen, bis Martin hinging und ihm öffnete. Wortlos hauten die Männer einander auf die Schultern, womit der Streit für sie erledigt schien. Mir gab sich unser Besucher als Weltmann und Kavalier, sagte mir Galanterien und nannte mich wieder »Gnädigste«. Meine Güte, war der ein Klotz! Wir Weibsbilder gehen der Würstchennatur gewisser Typen – nichtsnutziger Politiker etwa oder mediokrer Vorgesetzter, die sich für Übermenschen halten – ja gern auf den Grund, indem wir sie uns nackt auf einer Frau vorstellen. Beim Dicken aber hätte dies Gedankenspiel schon wegen seiner Körperfülle nicht geklappt. Dabei war es keineswegs nur Speck, der sie ihm gab – hat er es uns später am Abend doch mit Handkantenschlägen auf seinen Bauch demonstriert! Und solch ein Leib verlangte wohl seinen Tribut. Denn kaum war Fred bei uns eingetroffen, machte er sich in der Küche auch schon mit allerlei Gewürzen an einem mitgebrachten Blech voll frischem Zickleinfleisch zu schaffen, das mich, nebenbei, fatal an jene beiden seidenweichen Schmusekitze erinnerte, vorösterliche Spielgefährten meiner Kinderjahre, die stets zum Fest, zu meinem Kummer, auf Nimmerwiedersehn verschwunden waren. Und solch ein trauriger Braten schickte nun, in unserem Ofen brutzelnd, sein Aroma in den Garten, wo Martin, der dort den Tisch deckte, vermutlich wie einem Pawlowschen Hund die Spucke im Mund zusammenlief.

»Habe dem Knallkopf ausdrücklich gesagt, dass wir kein Fleisch mehr essen!«, polterte er los, während er missmutig unsere Käseplatte musterte.

»Bist du sicher, dass du nichts von seinem Braten willst?« Er wirkte frustriert und tat mir ehrlich leid.

»Ganz sicher! Was ich nicht will, will ich nicht! Schließlich haben wir eine Entscheidung getroffen!«, antwortete mir Martin, bereits ziemlich verärgert.

Jetzt ging die Show aber ab! Mit Hilfe mehrerer Küchentücher schleppte Fred sein Blech herbei, auf dem es noch ordentlich schmurgelte, und platzierte es in die Mitte des Tischs. »Damit ihr zwei Hungerleider mal wieder was zwischen die Rippen kriegt!«, dröhnte er. Dann zog er mit großer Geste den Korken aus einer von Martins noch aus der Heimat stammenden Flaschen und schenkte den alten Rheinhessen so verschwenderisch aus, dass er in Pfützen um unsere Gläser stand. »Jiámas!«, prostete Fred uns auf Griechisch zu und stürzte das edle Getränk hinunter, ohne es auch nur mit einem Wort zu würdigen. Anschließend entpuppte er sich als Fressmaschine! Zwar hielt er sich für einen Feinschmecker, tafelte, wie er prahlte, in den Spitzenlokalen Athens. Doch man musste gesehen haben, wie dieser hühnenhafte Mann nun übers Fleisch herfiel! Kaum war das Zicklein etwas abgekühlt, fasste er einen Brocken mit den Fingern, schlug seine kräftigen Raubtierzähne hinein und zermalmte ihn unter genussvollen Kommentaren (»butterweich, Leute, butterweich!«), dabei das Weiße vom Brot, nachdem er es mundgerecht aus der Kruste gerupft und eine Weile geknetet hat, im Bratensaft drehend. War auch dieser triefende Happen vertilgt, setzte unser Tischgenosse sein von Mund- und Fingerspuren trübe gewordenes Glas an die vollen, vom Fett wie gelackten Lippen, wischte sich mit der zerknüllten Serviette über die schwitzende Stirn, den bekleckerten Bart, und die unappetitliche Futterei ging von vorne los. Als Fred schließlich noch einen Batzen Fleisch auf eine Gabel spießte und versuchte, ihn gewaltsam auf Martins Teller zu befördern, gingen dem wohl die Nerven durch. Jedenfalls schlug

er dem Freund den Arm weg, der es allerdings gelassen nahm, wei-
termampfte, bis sein Bauch an die Tischkante stieß und vom Zicklein nur mehr die Knöchelchen übrig waren.

Nach dem Gelage verschwand Fred in unserem Bad. Als er zurückkam, wirkte er wieder sympathisch gepflegt. Sein frisch ge-
kämmtes Haar war noch feucht, und er hatte sich sogar mit einem
angenehm duftenden Wässerchen besprengt. Er gab nun den ge-
wandten Plauderer, was schnell vergessen ließ, welch ein Unflat er
zuvor beim Essen war. Fred war nämlich enorm gebildet! Einer jener
Begnadeten, deren Hirnkasten all das Wissenswerte, das sie je gehört oder gelesen haben, wie in Schubfächern aufbewahrt, die man
bei Bedarf nur zu ziehen braucht ... Aber er hatte ein loses Maul,
schwang gern zynische oder gar schlüpfrige Reden. Als ich etwa
vom Planwagen erzählte, der am Morgen beim Tor vorbeigefahren
war und in dem eine Zigeunerin auf einer Spiritusflamme das Essen
kochte, während eine zweite, schlafende, breitbeinig zwischen den
Töpfen lag, behauptete er, solchen ›Weibern‹ legten Leute der Gegend für ein paar Drachmen schon mal den Finger in die Scheide,
Entzündungen, werde behauptet, heilten dann schneller ab. Sie, vor
allem einige der Männer, bedachte er mit üblem Spott, nannte sie
»Schwuchteln, Diebe und Halsabschneider«, witzelte gar ausgiebig
über die »besondere Spielart griechischer Liebe«, und so weiter.

Martin, für Schmuddelthemen nicht zu haben, schaltete bald ab,
hing dösend in seinem Stuhl. Und auch ich, um die Wahrheit zu
sagen, stehe nicht wirklich darauf. Doch nichts verabscheue ich mehr
als Schnarchrunden, und unser Gast war, weiß Gott, kein Langwei-
ler! Jedenfalls dämmerte schon der Morgen, als Martin den Dicken
schließlich zu dessen Wagen begleitete. Arm in Arm zogen die beiden los, in zerbeulten Hosen, aus denen ihnen die Hemden hingen,
während sie sich – weithin hörbar – ewige Freundschaft schworen.

»Na, wie findest du ihn?«, wollte Martin, der schon in den Federn
lag, etwas später von mir wissen, als ich ins Schlafzimmer kam.

»Schwer zu sagen ..., gescheit jedenfalls, wenn auch reichlich zynisch ...«

»Er hat ein Auge auf dich geworfen!«, ertönte es vom Bett.

»So ein Quatsch!«, heuchelte ich, während ich in eine seiner Pyjamahosen stieg.

»Kein Quatsch! Macht aber nichts ... Der kriegt sowieso keinen mehr hoch...«

»Aha! Verfettete Corpora cavernosa ...", kicherte ich. Der ungewohnte Alkohol tat wohl seine Wirkung.

»Was für Dinger?«, wollte Martin wissen.

»Na, seine Schwellkörper! Zu viel fettes Fleisch ... Werden davon starr wie kranke Blutgefäße ... Was dann noch übrig ist vom vielen Cholesterin, macht seine Leber zu weiblichem Geschlechtshormon ... Drum seine Brust, die hohe Stimmlage ...«

»Komm lieber ins Bett, Frau Doktor, anstatt mir Vorträge zu halten!«, beendete Martin mein Geschwafel, meinte, ob ich nicht selbst jetzt ein wenig zynisch sei. Und doch schien er's nicht ungern zu hören!

* * *

In den folgenden Wochen besuchte uns Fred fast jeden zweiten Abend. Wir ließen gewöhnlich das Tor für ihn auf und sahen seinen Wagen schon von weitem auf der ausgewaschenen Fahrspur zu uns herunterholpern. Statt Fleisch schleppte er nun teuren Champagner an, alte Burgunderweine, einen Korb mit frischen Landeiern, Schachteln aus bunt schillernden Folien mit kunstvoll dekorierten Torten und feinem Gebäck. Kaum pflanzte er sich in einen unserer Gartenstühle, war Unterhaltung angesagt!

Ich fing zu meiner Verblüffung an, den Burschen zu mögen, ertappte mich dabei, dass ich, sobald die Sonne unterging, auszuspähen begann, ob sein Vehikel schon durch die Macchia schaukelte, und war enttäuscht, wenn es ausblieb. Fred sprach, vom Essen abgesehen, am liebsten über zwei Themen. Das erste war die Philosophie! Er kannte sie in- und auswendig, die Denker, egal, ob es Heidegger oder der gute Popper war, dozierte über Voltaire und

Diderot genauso belesen wie über Schopenhauer und Kant. »Echt besoffen« aber redete er einen, wie Martin es ausdrückte, wenn er auf die antiken Philosophen kam! Da wimmelte es im Gespräch nur so von Namen wie Animaxander und Anaximedes, Anaxagoras und Pythagoras, Leukipp, Heraklit, und wie die Kerle alle hießen, von Plato und Aristoteles ganz zu schweigen. Da war von ionischen und milesischen Naturphilosophen, von Sophisten und Stoikern, Atomisten und Kynikern die Rede. Den Abschluss machte gewöhnlich Epikur, jener Grieche, der einst in einem hübschen Garten bei Athen seine berühmten Thesen über das Glück lehrte. Wenn Fred auf den zu sprechen kam, leuchteten ihm direkt die Augen! Mich faszinierte, wie er sich verwandelte, wenn er in der Schatztruhe seiner Bildung kramte, aber auch sonst hörte ich ihm gerne zu. Martin gefiel das immer weniger. »Du hängst ja geradezu an seinen Lippen!«, warf er mir vor.

Hatte sich unser Gast satt philosophiert, knöpfte er sich sein zweites Lieblingsthema vor: Sex! Und genau deswegen gerieten sich die Männer eines Abends erneut in die Haare. An besagtem Abend prosteten sie einander wieder einmal kräftig zu. Na ja, es war schon eine unverschämte Frage, die Fred seinem Freund dann stellte. Er wollte nämlich von ihm wissen, ob man als Senior einer jungen Frau »physisch überhaupt noch gewachsen« sei! Mit einer Antwort hat er aber wohl nicht gerechnet, uns anschließend nämlich gleich mit einem seiner krassen Monologe beglückt. Konventioneller Sex, schwadronierte er, sei ohnehin passé, käme man doch immer mehr Übeltätern auf die Schliche! Nicht mal mehr küssen könne einer mit Genuss! Zahnfleischbluten sei noch das Harmloseste, das man davon bekäme, vom »hundsgemeinen Helicobacter« ganz zu schweigen. Und was sich gar alles in Mannes Sperma tummle! Ein klassischer Schanker wäre nichts dagegen … Dann setzte Fred seiner zynischen Suada die Krone auf: Sowieso, meinte er, ginge es ja nur noch um Leder-, Lack- und Latex-Fetisch, Peep- und TV-Voyeurismus, »Sadomasoscheiß«. Die Lust besorgten längst die Vibratoren, bald gar PC-gelenkte Cyberdildos. Und fortpflanzen, belehrte er uns schließlich, werde man sich künftig lassen, mit einem Schnipsel Haut womöglich, der beim Maniküren abgefallen sei ...

Als Fred bis hierher gekommen war, knallte Martin, der ihm mit finsterer Miene zugehört hatte, plötzlich eine Faust auf den Tisch, sprang auf und packte seinen Freund beim Kragen. »Eines Tages«, schnaubte er und versuchte, Fred aus seinem Stuhl zu ziehen, »kriegst du noch mal eine von mir auf die Fresse, Mann! Deine intellektuellen Schweinereien gehn mir langsam auf den Geist!«

Liebe Zeit, war der Gute außer sich! Und so kräftig er mir für seine Jahre auch schien – als sich sein zehn Jahre jüngerer Kumpan nun in voller Größe vor ihm aufbaute, machte ich mir ernstlich Sorgen um Martin. Freds sonst so joviales Gesicht war nämlich zur eiskalten Visage geworden. »Menschenskinder«, fauchte ich da und drängte mich, wohl gerade noch rechtzeitig, zwischen die beiden, »hat euch ein bekiffter Affe gebissen?!«

Zwar ließ Martin den Dicken jetzt los und verdrückte sich in der Dunkelheit. Zuvor aber langte er wohl noch einmal zu, hörte man doch ein verdächtiges Geräusch. Tatsächlich, vorn, in Freds Edelklamotte, klaffte ein Riesentriangel!

»Macht Martin so was öfter?«, fragte ich unseren Gast entsetzt.

»Nicht, dass ich wüsste!« Gleichmütig besah sich Fred das Malheur. »Erst seit du hier bist, gibt er den Platzhirsch in der Brunft!« Viel, fügte Fred hinzu, hätte Martin im Ernstfall aber nicht ausgerichtet, wobei er mir eine seiner Riesenfäuste unter die Nase hielt, die ahnen ließ, welche Wucht ihr allein das Gewicht verlieh. Martin blieb unterdessen verschollen und so setzten wir uns und tranken noch ein Glas zusammen. »So ein Quatsch aber auch!«, bemerkte da Fred. »Seinem Freund nimmt man doch nicht die Frau weg!«

Aber sein Pferd! dachte ich. Laut sagte ich: »Da hätte ich aber auch noch ein Wörtchen mitzureden gehabt!«

»Versteht sich, meine Liebe, dass ich bei dir nicht landen kann!« Fred lächelte nachsichtig. »Schon der Versuch wär eine Blamage ersten Ranges ... Aber das Maul lass ich mir von dem Berserker nicht verbieten! Und wie er sich in die eigene Tasche lügt! Spinnt sich eine unversehrte Welt zurecht, die's nicht mehr gibt ... nie mehr geben wird ... Nicht hier, nicht in Deutschland, nirgendwo ... Seit wir verkabelt sind, weiß das doch jeder Depp!« Ja, selbst in Martins eigenen vier Wänden stinke es, wenn man erst hinter die Fassade schaue, behauptete Fred. »Die Menschen sind Bestien geworden, haben ihre Unschuld verloren«, kam er zum Schluss, »machen wir uns doch nichts vor!«

Bestien geworden? Unschuld verloren? Na schön. Doch was hatte Martin damit zu tun? Sicher, ich hätte Fred das fragen können, aber ich ließ es, keine Ahnung, warum. Stattdessen riet ich ihm, Martin um Himmels willen seine Illusionen nicht zu rauben. Und dass der potent sei, wisse ich wohl am besten.

»Hengst!«, knurrte da Fred, ich erinnere mich noch gut. »Nimm mir's nicht übel, meine Liebe«, meinte er dann, »aber so bald werd ich mich hier nicht wieder blicken lassen! Hab Wichtigeres zu tun, als mich mit diesem Narren rumzuschlagen!« Er saß schon im Wagen, als er sich noch einmal herausbeugte. »Nebenbei ...« rief er, »wie kommst du mit seiner Tochter klar ...?«

»Ganz gut ...«, log ich. Ich kannte den Mann ja kaum. Wie hätte ich ihm vertrauen können?

»Vorsicht!«, riet er mir, schon im Wegfahren. »Wer der auf den Fuß tritt, dem tritt sie ins Herz!«

Wir sollten uns erst wiedersehen, nachdem etwas Schreckliches geschehen war. Zunächst aber fiel bei uns noch einiges andere vor.

VII

»Fred, Fred, Fred!«, stöhnte Martin am Morgen nach jener Nacht, als sich die Männer fast geprügelt hatten. »Ich kann den Namen schon nicht mehr hören!«

Gewöhnlich pflegten wir eine Runde zu schmusen, bevor er sich als Erster aus den Federn schwang. Und jetzt? Lustlos lag er da! Ich war so blöd gewesen, mich für den Dicken stark zu machen, auf dessen abendliche Unterhaltung ich nicht mehr verzichten mochte. Martin aber war immer noch sauer. »Der macht dich doch fertig mit seinem Weltuntergangsgequatsche, seiner Mikrobenangst, seiner Sexverachtung!«, schimpfte er. »Wir wollen hier zusammen glücklich sein, Kind, wir brauchen von Greifenburg nicht!«

»Aber Schatz!«, legte ich mich erneut ins Zeug. »Lass es uns doch nicht ganz mit ihm verderben!« Gerade Freds Nihilismus, dieser »malade Ausfluss blaublütiger Dekadenz« gestatte »echt reizvolle, psychologische Studien«, behauptete ich. Der Teufel muss mich geritten haben.

»Mach du, was du willst«, meinte Martin, »aber mich soll er, verdammt noch mal, in Ruhe lassen!«

Dann tappte ich ein zweites Mal in den Fettnapf. »Hat er sich denn überhaupt schon mal um eine Frau bemüht?«, wollte ich wissen.

Martin zögerte auffallend mit seiner Antwort. »War vor Jahren mal hinter Agape her …«, murmelte er dann, »wurde aber nichts draus …«

Sieh einer an, Fred und Agape! »Und warum nicht?«

»Warum, warum! Hat wohl keinen Bock auf Männer!«

»Aber mit Kostas hat sie doch was!«

»Na ja, Kostas … Weiß ich, was zwischen denen läuft? Ist mir nebenbei auch furchtbar schnuppe!«

Wieder einmal reagierte er abweisend, ja geradezu barsch auf eine Frage, die seine Tochter betraf, was wohl heißen sollte: Ende der Debatte! Auch von Kostas hatte ich übrigens nur durch Zufall erfahren. Eines Morgens waren am oberen Tor zwei Typen aufgekreuzt, die sich auffallend unauffällig bei den Oleanderbüschen herumdrückten. Obwohl dort bereits geöffnet war, kamen sie nicht herein. Erst als Martin ihnen ein Stück entgegenlief und ihnen Zeichen machte, kam einer der beiden angeschlurft und verschwand mit ihm in der Werkstatt. Es war ein unscheinbarer jüngerer Kerl mit Schnauzbart und Bauchansatz, ohne besondere Merkmale, der genauso aussah, wie viele junge Männer dort, und der mir genauso ein Macho schien, machte er doch nicht die Andeutung eines Grußes.

»Übrigens ... das war Kostas, Agapes Freund!«, kam Martin meiner Frage zuvor, als die Männer wieder weg waren. »Wollte sich meine Schleifmaschine borgen ... Aber meine Tochter ist wohl in die Stadt gefahren, hatte drüben abgeschlossen ...«

»Und warum gingen sie nicht durchs obere Tor?«

Auch da nahm er sich mit seiner Antwort Zeit. »Ich schätze es nicht, wenn mir Kostas hier herumläuft, was er inzwischen respektiert ... Der Rüpel liegt mir nicht, ist im Übrigen verheiratet ... Der Andere war ein Illegaler, der für ihn arbeitet ... Die halten sich gewöhnlich bedeckt ...«

»Und was arbeitet dieser Kostas?«

»Mal dies, mal das, meist schwarz, wie hier üblich ... Nennt sich Verwalter ... Auch Fred nimmt gelegentlich seine Dienste in Anspruch. Ist, nebenbei, recht zufrieden mit ihm ...«

Agape hatte also einen Liebhaber! Doch wenn sie mir auch keine Schönheit schien, ein bisschen was Stattlicheres hätte ich der Hexe zugetraut! Obendrein war der Typ vergeben, würde es auch bleiben, denn für eine Liebschaft ließ sich ein Grieche nicht scheiden ... Dazu der Zoff mit ihrem Vater, der anscheinend jetzt Tacheles mit ihr redete ... Die schmort dort drüben im eigenen Saft!, sagte ich mir und beneidete Agape weiß Gott nicht. Ihr Vater wiederum ... Ob es der Ärger mit seiner Tochter war, der Martin in letzter Zeit veränderte? Sein Feuer, seine Unbekümmertheit – es war nicht viel davon geblieben! Oft wirkte er jetzt niedergeschlagen, redete halbe Tage nichts, vergrub sich für Stunden in seiner Werkstatt ...

Und dann war da auch noch die Sache mit meinem Foto passiert! Ich hatte es zertreten im Garten gefunden. Es stammte von Martins Armaturenbrett, wo er es, wie er mir versicherte, »bombenfest« angebracht hätte. Wie also war es von dort in den Garten gelangt? Er hatte wohl einen bestimmten Verdacht, denn etwas später an jenem Tag, als wir in einer der Lauben saßen, kam er überraschend auf seine Tochter zu sprechen. »Ich weiß nicht«, fing er an, wobei er buchstäblich die Hände rang, »weshalb sie so geworden ist! Sie war das zärtlichste, kleine Mädchen, das du dir denken kannst! In der Pubertät aber wurde sie launisch, abweisend, heftig … Nicht nur in ihrem Kopf, auch mit ihrem Körper müsse etwas schiefgelaufen sein, meinte einmal meine Frau … Die Kleine war zu schnell gewachsen, großrahmig und ungraziös geworden, eine Walküre schon mit siebzehn Jahren! Der Tod ihrer Mutter machte ihr wohl schwer zu schaffen, denn nun vernachlässigte sie sich, lief hier zuweilen sogar nackt herum … Mir passte Agapes Auftreten nicht, auch nicht, womit sie sich die Zeit vertrieb … In meinem Kummer aber ließ ich sie gewähren … Kein Zweifel«, fuhr Martin fort, nachdem er eine Weile stumm ins Blätterdach sah, »dass sich das Kind nach Liebe sehnt! Vergebens leider, wie es scheint … Kostas ist, wie gesagt, in einem der Dörfer verheiratet …Von ihren Eltern abgesehen, hat die Arme noch keinem viel bedeutet … Nun bist du in unser Leben getreten, Schatz, und aus Angst, den einzigen Menschen zu verlieren, der ihr geblieben ist, dreht meine Tochter durch …«

Es war einer jener Tage, an denen uns die Hitze, wenn wir nicht zum Meer hinuntergingen, den Atem nahm. Mit dem Handrücken wischte sich Martin den Schweiß von der Stirn. »Und doch«, redete er weiter, »ist Agape im eigentlichen Sinn nicht schlecht! Nur allzu eigenwillig, herrisch …« Wieder brütete er eine Weile vor sich hin. Dann erklärte er, ich vor allem sei ihm wichtig, solle daher meine Wünsche äußern, auch, was seine Tochter betreffe. »Wenn du willst«, schlug er vor, »lassen wir sie ziehn!« Agape sei nun alt genug, um auf eigenen Beinen zu stehen, erhalte zudem eine ansehnliche Summe Geldes von ihm, die er seit Langem für sie aufbewahre.

Auch sei noch ein wertvolles Schmuckstück da, das man für sie versilbern könne. »Auf jeden Fall«, schloss er, »werde ich sie warnen, dass sie gehen muss, falls sie sich nicht mit dir arrangieren kann!«

Sicher, ich wäre die Hexe gerne losgeworden! Doch Martins Vorschlag, sie notfalls an die Luft zu setzen, machte mich nicht froh. Wird's ihn nicht reuen, überlegte ich, sobald sein Ärger verflogen ist? Die Gunst der Stunde zu nutzen, ihm zu einem solchen Schritt zu raten – hieße es nicht, seine Vatergefühle unterschätzen? Martins Worte aber, der Vorfall mit dem Foto, hatten mir den Ernst der Lage bewusst gemacht. Agape hasste mich, hasste mich, wie sie Jede an meiner Stelle hassen würde! Nicht nur, dass diese mich in ihrer wunderlichen Welt als frechen Eindringling empfand. Sie liebte den Vater abgöttisch, wollte die Nummer eins bei ihm sein! Tat sie mir's nicht mit allerlei unverschämten Gesten kund? Etwa, wenn sie mir bei meiner Arbeit im Garten wie einem Domestiken auf die Finger sah? Oder einen Weg verließ, auf dem ich ihr entgegenkam?

Warum, wird man jetzt sagen, sei ich denn da nicht unverzüglich abgereist? Ich selbst hab mich das oft genug gefragt! Es ist, glaube ich, letztlich aus Mitleid geschehen, wie es zuweilen über meinen Verstand triumphierte, Chancen verdarb, die so nicht wiederkamen. Kurzum, statt mich auf schnellstem Weg davonzumachen, riet ich dem sichtbar leidenden Martin, doch nichts zu übereilen. Bestimmt würde ich Agape noch für mich gewinnen!

Da sprang er auf, hat mich, wie erlöst, umarmt. »Und nun«, rief er in überschwänglicher Freude, »bekommt die Königin meines Herzens den besten Kaffee ihres Lebens!«

Als wir etwas später am Pool in unseren Liegestühlen lagen, Martins in der Tat exzellenten Mokka schlürften und dazu Kourabiédes, ein Mandelgebäck, knabberten, tönten von Agapes Haus rhythmische Klänge zu uns herüber. »Meine Tochter macht ihr Nachmittags-Aerobic!«, kommentierte es Martin entspannt.

Für ihn, typisch Mann, schien die Welt schon wieder in Ordnung. Ich aber grübelte, für wen die sonst so nachlässige junge Frau wohl ihren schweren Körper trimmte. Gewiss doch nicht für den unscheinbaren Ehebrecher Kostas, der sich dreimal die Woche nach Feierabend zu ihr schlich? Bei Martins Tochter passte einiges nicht zusammen!

* * *

Bevor ich vom großen Kummer erzähle, den Agape schließlich ihrem Vater machte, möchte ich, wie schon angekündigt, von etwas sprechen, das mich selbst betraf und Martin auch nicht eben glücklich stimmte.

Es ging dabei um einen Zustand, den er eines Tages meine »Psychose« nannte. Sicher, ich hatte gar nicht leugnen wollen, dass ich bereits ein wenig angeschlagen war, als wir einander kennenlernten, was er gewöhnlich ins Feld führte, wenn die Sache zwischen uns zur Sprache kam. Auch, dass viel von meiner Schnoddrigkeit Fassade sei, in Wahrheit ein »Sensibelchen« dahinterstecke, bestritt ich nicht. Richtig wütend aber wurde ich, wenn er behauptete, ich litte an einer »krankhaften Angst«, die sich, begünstigt durch meine »kaputten Nerven«, auf dem Boden einer übersteigerten Vorstellungskraft, ja, blühenden Fantasie entwickelt hätte!

Gewiss, mit den vergnüglichen Nächten, als Martin, verliebt auf der Matratze thronend, sein prächtiges Akkordeon im Arm, Léhars »Oh Mädchen, mein Mädchen!« für mich gespielt hatte, war es jetzt vorbei … Stattdessen suchten mich in seinem Bett nun sonderbare Ängste heim! Ein Schrei schien mich zuweilen aus dem Schlaf zu reißen … War ich dann halbwegs klar im Kopf, hatte mich vom ersten Schreck erholt, meinte ich gar, im Mondlicht den Schatten eines Menschen über die Gardine huschen zu sehen, die der Nachtwind im offenen Fenster blähte … Auch ein Flüstern glaubte ich dann, dort draußen zu hören, ein Seufzen und Stöhnen, tappende Schritte …

Anfangs pflegte ich Martin zu wecken, wenn's wieder so weit war. Ein paarmal ging er auch hinaus, hat meinetwegen nachgeschaut.

Bald aber lachte er mich nur noch aus. Nannte mich seinen »kleinen Angsthasen«, gab jede Menge Gründe an, die Sache abzutun. Die flüchtigen Schatten, erklärte er, brächte der Wind zustande, wenn der die Zweige vorm Fenster in die eine oder andere Richtung böge. Auch die Geräusche seien ihm vertraut. Nachts, in der Kühle, atme die Natur dort hörbar auf. Aus allen Löchern kröche dann, was Beine hätte! Scharen von Mäusen wären unterwegs, Ratten, Katzen, Hunde … Frösche höre man auf Steine platschen, wilde Karnickel flitzten umher, selbst ein paar altersschwache, von den Bauern ausgesetzte Esel geisterten durch die Gegend … Im Dunklen gingen auch Käuze auf Pirsch, würden, wie die Esel, grässlich schreien. Nicht zu vergessen schließlich King, der, zu unserem Schutz ums Haus patrouillierend, häufig laut zu gähnen pflege!

Also riss ich mich zusammen und ertrug die gespenstischen Nächte, ein Kissen aufs Ohr gedrückt, in ungesundem Dämmerschlaf, aus dem ich am Morgen zerschlagen und in Schweiß gebadet zu mir kam … Doch erst das beklemmende Gefühl, sobald ich den hinteren Garten betrat! Wie übersüß der Duft, der mir daraus entgegenschlug, wie beunruhigend seine Geräusche! Nein, ich meine nicht das klägliche Krächzen, das unsere Nachtigallen, zutrauliche, rehbraune Tierchen, die gern in kleinen Wasserpfützen badeten, nun, Mitte Juni, statt ihrer zuvor so perlenden Gesänge hören ließen! Ein Wispern schien es, ein Summen und Raunen, sobald in der Ferne zwischen den Zypressenspitzen der letzte Schimmer des Meeres verglomm, die Dämmerung aus allen Winkeln kroch! Vielfältige, geheimnisvolle Laute waren das, schienen wie klagende Stimmen aus dem ›Ajoklima‹ aufzusteigen, es zu umkreisen, im Abendwind davonzuflattern und jammernd wieder umzukehren …

Dass ich Letzteres hinzugedichtet hätte, wie man glauben mag, wenn man das Ende meines Abenteuers kennt, bestreite ich, trotz des mystifizierenden Gedankenspiels, das ich mir hin und wieder auch jetzt noch erlaube. »Ich dachte, ihr smarten Yuppies habt mit spirituellen Spirenzchen nichts am Hut?!«, hat sich Martin, als ich es ansprach, damals belustigt … Oh ja, ich war ein nüchternes Weib gewesen, weiss Gott! Nichts hatte mir bisher ferner gelegen, als mich mit unerklärlichen Phänomenen aufzuhalten. Alles ergebe sich, war ich überzeugt, aus dem festgelegten Gang der Natur sowie den Wissenschaften, die darauf gründeten. Im Übrigen vertraute ich auf meine Sinne, die ich, wie ich fand, beisammen hatte. Jetzt aber, im hinteren Garten, fing ich an mich zu fragen, ob es nicht doch eine besondere Wahrnehmung geben könne, eine Wahrnehmung, wie sie nur wenigen, sensiblen Menschen, vielleicht im Zustand höchster Wachsamkeit, zuteil werde? Zugleich aber, und das war das Verwirrende dabei, schien mir der nächtliche Spuk vor Martins Fenster stets real. Es war allein im hinteren Garten, wo ich glaubte, etwas Übles, nicht zu Greifendes wolle sich meiner bemächtigen ...

Als ich Martin schließlich damit lästig wurde, er zunächst ärgerlich, später mitleidig von meinen »dummen Hirngespinsten« sprach, fabulierte ich auch noch von einem historischen Schlachtfeld, das womöglich unter seinem Grundstück läge, blutgetränkter Erde vielleicht, auf der sich furchtbare, menschliche Dramen ereignet haben könnten. Hätten die alten Griechen nicht ihre Feinde lebendig gehäutet, Babys in Schluchten geworfen, Blutsuppe geschlürft? Und ihre Götter, seien es nicht mehr Bestien als sonst was gewesen, Zeus, deren oberster Herrscher auf dem Olymp, ein übler Vergewaltiger?

Dass solches Gerede Martin nerven musste, liegt auf der Hand, zumal es noch zu einem rätselhaften Vorfall kam, weshalb wir uns auch eines Tages ernsthaft in die Wolle kriegten.

Fuhr er zu Besorgungen weg, ging ich zuweilen ins alte Haus, dem verfallenen Gemäuer unterm Efeugespinst. Es gab dort nämlich einen schummrigen Raum, der noch gut erhalten war – zum Schmökern ideal. Ich las gerade Fischer-Fabians *Alexander*, ein Buch, das jenen noch heute von vielen vergötterten mazedonischen Eroberer als grausamen, pubertären Draufgänger entlarvt, durch den Legionen Unschuldiger zu Tode kamen. Auch tausend Jünglingen raubte er das Leben, den Besten einer friedfertigen Stadt, die sich Klein-Alex' Machtanspruch verweigert hatte. Mann um Mann, einen neben den anderen, habe er sie an Kreuze nageln lassen, »seinen Kriegspfad damit schmückend«, wie es bei dem Autor heißt.

Als ich nun, um meine Lektüre über jenen Rambo fortzusetzen, die schwere Holztür des alten Gemäuers wieder einmal aufwuchtete, sah ich sofort, dass zwischenzeitlich jemand drin gewesen war. Tisch und Sofa waren nämlich von ihrem Platz gerückt. Und dann lag dort dies schwarze Zeug herum, aus Leder wohl, auch eine Kette dabei, und noch etwas, das höchst bedrohlich wirkte. Extra nahe ging ich heran, um mir auch sicher zu sein: Wahrhaftig, es waren Handschellen!

Wie panisch stürzte ich da durchs Pinienwäldchen zu unserem Haus, schloss mich ins Klo ein, bis Martin vom Einkauf aus der Stadt kam. Mit seinen schweren Taschen stand er da, stöhnend über den Brutofen, dem er soeben entronnen sei. Doch ich, total von der Rolle, verlangte von ihm, sofort zum alten Haus zu gehen, weil jemand drin gewesen sei, der dort etwas vergessen hätte.

»Nun lass mich doch erst mal die Tüten auspacken!«, jammerte Martin.

Aber ich wollte keine Rücksicht nehmen. »Jemand hat dort was zurückgelassen! Komische Sachen, sag ich dir … Handschellen …!«

Jetzt knallte Martin eine Dose auf den Tisch und sah mich an, als ticke ich im Oberstübchen nicht mehr recht, ging aber dann doch hinüber. Als er zurückkam, schien er fassungslos. »Wiederhole das noch mal! Was willst du drüben gesehen haben?«

»Handschellen! Ja, es lagen Handschellen dort! Auch eine Kette … echt obskures Zeug …«

Nun packte mich Martin bei den Schultern. »Hör zu, Mona«, sagte er und sah mir ernst in die Augen, »überhaupt nichts liegt dort! Keine Handschellen, keine Kette, nichts! Nicht genug damit, dass du des Nachts Gespenster siehst, jetzt tust du's auch bei Tage! Ich fange an zu glauben, dass du krank bist, Kind!«

Empört riss ich mich von ihm los. »Es waren Handschellen!«, schrie ich so unbeherrscht, dass sich meine Stimme überschlug. »Behaupte, was du willst! Ich hätt sie anfassen können! Er wird sie weggenommen haben inzwischen …Schließlich saß ich 'ne Stunde im Klo …«

»Wen meinst du mit e r?«

»Na, den Kriminellen, der sie dort liegen ließ … verstecken wollte, was weiß ich!«

»Pass auf, Kind«, sagte Martin mit einer Stimme, die zugleich müde und mitleidig klang, »wenn das so weitergeht mit dir, werde ich mir erlauben, einmal die freundliche Nachbarin um ihren ärztlichen Rat in der Sache zu bitten, ob dir's gefällt oder nicht! Nun aber lassen wir das erst mal ruhn … Ich bin ein bisschen abgespannt und hätt auch gern eine Kleinigkeit gegessen!«

Selbstverständlich war ich zunächst mächtig sauer, dass Martin auch diesen rätselhaften Vorfall, der sich einfach nicht erklären ließ, wieder auf meine sogenannte Nervenschwäche schob. Schon am Abend aber verzieh ich ihm, legte er doch eine geladene Pistole und ein großes Messer neben unser Bett. »Damit du endlich ruhig schlafen kannst!«, meinte er. Eine Geste, sagte ich mir, um dies und jenes gutzumachen …

Überhaupt – liebte er es nicht, mir kleine Freuden zu bereiten, sich Überraschungen für mich auszudenken? Neugierig sah ich ihm daher zu, als er am Tag darauf im Dickicht eine Treppe freilegte, die zum Flachdach seines Hauses führte. Ehrlich, ich habe was gegen Klettereien, doch Martin schwärmte von einem Naturspektakel, das ich sehen müsse, und zog mich hinauf. Und wahrlich, eine Superschau unfassbarer Sternenrealität bot sich uns, als sich der Horizont da wie ein glühender Lavastrom vor den ebenso glühenden Sonnenball schob. Wir staunten noch darüber, als mir in einem entlegenen Winkel des Gartens, wo ich vor kurzem Rosenstecklinge gesetzt hatte, eine Bewegung auffiel. Es war Agape, die dort doch wahrhaftig, wie gut zu erkennen war, auf meinem Werk herumradelte. »Sieh doch nur!«, rief ich schockiert. »Ist sie verrückt? Was, um Himmels willen, treibt sie da …?!«

»Ja, ist's denn möglich!«, brüllte Martin ungefähr so laut wie damals, als ihm sein Freund das Pferd nicht zurückgeben wollte.

»Dem Teufelsbraten werd ich helfen! Der werd ich die Leviten lesen, das kannst du mir glauben!«

Nun sieht er selbst, wie sie mich fertigmachen will, welch eine Hexe sie ist! dachte ich. Doch als Martin dann von Agape zurückkam, tat er mir nur leid. Richtig außer sich war er, atmete schwer. »Sie wird sich so was nicht noch mal erlauben, Schatz!« kommentierte er sein Gespräch mit seiner Tochter knapp. »Habe ihr klargemacht, dass sie sich eine andere Bleibe suchen muss, da sie sich hier offenbar nicht anpassen will!«

Das wollte er gesagt haben? Ein wenig skeptisch war ich schon. Doch einige Tage darauf kam es tatsächlich zum Bruch zwischen Vater und Tochter! Wir kehrten gerade von einer Spritztour heim, als wir feststellten, dass sich jemand in unserem Haus aufhielt. Während ich selbst, wie Martin es wünschte, im Wagen blieb, ging er hinein. Dann hörte ich ihn brüllen und Agape kreischen, die kurz darauf herauskam und wie ein geölter Blitz an mir vorbeischoss. Ich lief zu ihrem Vater und nahm ihn in die Arme. Er zitterte am ganzen Leib. »Was war denn jetzt wieder?«, fragte ich ihn beklommen.

»Sie ist ein Luder!«, stieß Martin hervor. »Maßt sich Rechte an, die ihr nicht zustehen! Habe ihr klargemacht, dass ich sie hier nicht länger sehen will!«

»Ach du meine Güte! Wirst du es nicht bereuen?«

»Sie wird's bereuen, wenn sie die Füße nicht mehr unter Vaters Tisch strecken kann!«

Klar, nun war der Rest des Tages gelaufen, denn Martin tat den Mund nicht mehr auf. Doch das ganze Ausmaß seines Kummers erkannte ich erst am nächsten Vormittag, als er zur Terrasse kam, wo ich mich sonnte. Noch nie hatte ich ihn derart niedergeschlagen gesehen. Schweigend legte er sich neben mich auf eine Liege. Ich nahm seine Hand. »Was ist denn, Lieber?«

Erst nach einer Weile antwortete er mir. »Agape … sie ist weg! War drüben, um noch mal im Guten mit ihr zu reden … Tat mir leid, die Sache von gestern … Ihr Hausschlüssel steckte, da wusste ich Bescheid! Sie hat die meisten ihrer Sachen mitgenommen, auch ihren Wagen nebenbei …«

»Meinst du nicht, dass sie zurückkommt?«

»Agape? Nein. Und ich verstehe es sogar … Als ihre Mutter noch lebte, war unsere Tochter hier der Mittelpunkt … Nun bist du's, Liebes, da kann ich mich nicht rausreden … Agape hat es einfach nicht geschafft, sich abzunabeln, den eigenen Weg zu gehen. Aber dieses Herrische an ihr, ihre Gehässigkeiten, Übergriffe … von anderem ganz abgesehen …« Seine Tochter sei auf bestem Weg gewesen, ihm sein Leben zu zerstören, meinte Martin abschließend, da wäre es besser für alle Beteiligten, so, wie es gekommen sei.

»Wo wird sie hingehen, was wird sie tun?«, fragte ich ihn noch, weil mir die Sache keine Ruhe ließ.

»Weiß der Himmel«, antwortete er, »wohin sie fürs Erste ihre Sachen schleppt! Mag sein, dass sie zur Freundin nach Hamburg will, die ein Lokal betreibt … Auch Kostas ist ja noch da. Versteht sich, dass ich meiner Tochter behilflich bin … jederzeit, wenn sie es braucht … Doch schließlich … sie ist eine erwachsene Frau … Und jetzt – finito! Wir wollen endlich einmal an uns selber denken!« Er begann, mich so heftig zu liebkosen, als ob es eine Droge sei. Dann schob er seinen Arm unter meinen und lag lange schweigend da, bis ihm vom Rascheln der Palmen die Augen zufielen.

Ein Glück, dass die Hexe weg ist!, sagte ich mir. Doch es wäre besser nicht geschehen.

VIII

Eines Tages, als Martin unterm Mirabellenbaum wieder mal an seiner Klapperkiste bastelte, fetzte King zum oberen Tor. Wild sprang er gegen das Gatter und bellte, was die Kehle hergab. Ich kochte gerade Pfirsichkompott. Die Früchte waren überreif und gehörten verarbeitet. Biss man in diese riesigen rosa Dinger, troff deren Saft nur so heraus, den die samtige Hülle eben noch zusammenhielt. Sie fielen jetzt massenhaft von den Bäumen, denn es gab sie in solchem Überfluss, dass Martin mit dem Pflücken nicht nachkam. Und wo sie hinplatschten, stürzten sich sogleich die Wespen darauf.

Das stille Werkeln in der Küche hatte meinen Nerven gutgetan. Nun aber war es Zeit für einen Kaffee! Ich legte also den Kochlöffel beiseite und stellte den Herd ab. »Ich geh mal eben nachsehn!«, rief ich Martin zu, weil King beim Tor noch immer keine Ruhe gab.

Als ich hinkam, sah ich durch die Eisenstäbe eine staubige Gestalt. Es war ein junger Mann in Trekkingkluft, der einen Riesenrucksack auf dem Rücken und eine Sonnenbrille auf der Nase trug. Ein kräftiger Bart bedeckte sein Kinn, goldbraun und stoppelig wie seine kurz geschnittenen Haare. »Schätzchen«, sagte der Fremde und nahm die Brille ab, »dein Höllenhund kriegt wohl nicht genug zwischen die Beißerchen?« Verschmitzte Augen zwinkerten mich an. Es war mein Ex-Kollege David McCulln!

Meine Güte, war ihm die Überraschung geglückt! Bin ja fast ausgeflippt vor Freude! Ich schloss das Tor auf und flog ihm geradezu in die Arme. Der Druck der letzten Wochen, mein ständiges Gefühl, bedroht zu sein, die vage Ahnung einer nicht mehr abzuwendenden Katastrophe – vorbei, vergessen! Es war, als hätte mich David aus einem bösen Albtraum in die Wirklichkeit zurückgeholt!

Mag sein, dass ich mich im Überschwang etwas zu heftig an dessen verschwitzte Klamotten drückte. Jedenfalls schien er verlegen, hat wohl deshalb eine Weile auf mir herumgehackt. »Kein

Schwein«, beschwerte er sich, habe ihm sagen können, wo ich abgeblieben sei. Reiner Zufall wär's, dass er die Anschrift von der Studentin in meiner Wohnung bekommen hätte! Ist aber schnell wieder friedlich gewesen, der Kumpel, so beeindruckt war er. »Schön hast du's hier!«, stellte er fest, als wir unter Palmen, an Rosmarin- und Granatapfelbüschen vorbei zum Haus gingen, nachdem ich ihm auch noch Martins Mandelbäume, seine Pfirsich- und Aprikosenpflanzungen gezeigt hatte. Beim Sitzplatz angekommen, entledigte sich unser Besucher seines Gepäcks, warf sich auf einen Stuhl und streckte die Beine von sich.

»Etwas zu trinken?«, fragte ich ihn strahlend.

»Gern, Lady! Was Kühles wär fein!« Schon war es, als sei David bei uns zu Haus, und King wedelte ihn an. Als ich mit Gläsern und einigen Fläschchen *Warsteiner* zurückkam, lag das Schmusetier dem Ex-Kollegen bereits zu Füßen und ließ sich genüsslich die Kehle von ihm kraulen. In diesem Augenblick tauchte unterm Mirabellenbaum Martins Silberschopf neben der Motorhaube auf. »Dein Macker?«, wollte David wissen. »Na ja«, murmelte er etwas lahm, als ich nickte. »Wo die Liebe hinfällt, Schätzchen ...«

»Nenn mich hier bloß nicht Schätzchen!«, fauchte ich. »Wer weiß, was sich Martin dabei denkt!«

»Klar doch. Sehr verliebt?«

»Irgendwie schon. Und selbst?«

»Tote Hose ... erzähl dir's später!« Er sprach leise, denn soeben kam Martin zu uns herüber.

Ich machte die beiden bekannt. Martin war über den Ex-Kollegen schon im Bild, da dieser gelegentlich in meinen Geschichten aufgetaucht war, wenn ich von früher erzählt hatte. Er setzte sich zu uns, schenkte David Bier nach und goss sich selbst eins ein. »Nun verraten Sie uns doch erst mal, wie Sie uns gefunden haben!«, forderte er David auf, wobei er ihn, wie es Fremden gegenüber seine Art war, sehr genau ins Auge fasste. Um's kurz zu machen: David hatte sich die drei Wochen Abwesenheit genehmigen lassen, die man Arbeitslosen daheim zugestand, und sich Freunden angeschlossen, die mit dem Wagen ins griechische Makedonien wollten. In Italien nahmen sie eine Autofähre nach Igoumenitsa, einem Örtchen an der Küste, um dann weiter nach Thessaloniki zu kutschieren. Dort hatte sich David von den anderen getrennt und schließlich per Anhalter Vrissaki erreicht, wo man ihm den Weg zu uns wies. »Nicht, dass ich euch hier auf der Pelle liegen will!«, meinte er. Es gehe noch ein Stück gen Süden, dann trampe er heim. Notfalls, schloss er, reiche sein Geld auch für den Rückflug ...

Letzteres aber entsprach wohl nicht der Wahrheit. Kaum ein Hunderter dürfte in dem Beutel gewesen sein, der ihm um den Hals hing! Einige Tage, nachdem uns unser Gast wieder verlassen hatte, fand ich nämlich jenes braune Säckchen mit seinem bescheidenen Inhalt nicht weit von unserem Anwesen, wo er es, wie ich annahm, verloren haben musste. Ein zunächst unbedeutend erscheinender Vorfall, über den sich Martin und ich aber, wie sich bald zeigte, noch schwer den Kopf zerbrechen sollten.

Selbstverständlich habe ich David nicht gleich wieder ziehen lassen, zumal er auch Martin gefiel. Also zog der Kumpel in eines der Sommerhäuschen bei der Pferdekoppel, die Martin dort vor langer Zeit für Gäste errichtet hatte. Zwar waren sie inzwischen reichlich heruntergekommen. Mit einer Ladung Scheuerpulver und hier und da einem Klecks Kalkfarbe, dem Zaubermittel des Südens, das noch die schäbigste Hütte zum Augenschmaus macht, peppten wir Davids Bleibe aber ganz passabel auf. Martin, der es übernommen hatte, das Abendbrot zu richten, empfahl uns anschließend, noch ein wenig umherzuspazieren, bis er das Essen auf dem Tisch hätte. Und so setzte ich mich auf eine Bank beim Waschhaus und wartete, bis David drinnen mit seiner Toilette fertig war.

Vor allem wollte ich meinen Besucher, bevor es dunkelte, noch in den hinteren Garten führen! Ich musste einfach wissen, ob nicht auch ihn die unheimliche Stimmung irritierte, die dort um diese Stunde einzog, aus allen Winkeln kroch! Wie mochte das Flüstern im ›Ajoklima‹ auf ihn wirken, das Seufzen der alten Pinien, wenn der Wind drüberstrich? Und was der Ex-Kollege wohl zum Rosenungeheuer sagen würde, zu seiner unerhörten Blütenpracht, dem schwülen Duft? Womöglich lagen auch die Alten wieder auf der Lauer, sodass er die g a n z e Atmosphäre mitbekäme ...

Sicher, im Job war David knochenhart gewesen. Er hatte eine naturwissenschaftliche Ausbildung, einen coolen Verstand. Alles Magische, Mystische, ans Wunderbare Grenzende war dem blitzgescheiten Kerl suspekt. Noch gut erinnerte ich mich eines Vorfalls in Monte Carlo, wo wir Hebammen und Pädiatern eine neue Babykost vorstellten und David gewisse Esoterikheinis in die Pfanne haute, die ihm auf den Wecker gingen ... In solchen Dingen ließ er nicht mit sich spaßen! Kolleginnen aber, die es wissen mussten, schworen, dass er »hochsensibel« sei. Wenn der's nicht spürt, überlegte ich, musst du dir doch wohl mal Gedanken über deinen Zustand machen!

Donnerwetter, hatte sich der Junge rausgeputzt, als er sich jetzt zu mir setzte! In weißem Polohemd, tadelloser Jeans und mit vor Sauberkeit glänzendem Bart und Stoppelhaar war der Ex-Kollege fraglos ein schmuckes Mannsbild. »Was grübelst du, Lady?«, wollte er wissen.

»Dachte gerade an Monte Carlo ... an die Affäre im *Loew's*, als du ...«

»Das weißt du noch?«, wunderte sich David.

»Na klar! Wo sie mir in dem Luxusschuppen auch noch mein bisschen Silberschmuck klauten ...«

»Mensch, ja«, erinnerte sich nun auch David, »die Ganoven von der Côte hatten dich reingelegt ...«

»In der Tat! Aber was du mit den Referenten ...«

»Wie war das noch ...« Er überlegte. »Wollten die nicht ... seelisch Kranke ... ›akustisch‹ heilen ...?«

»Und ob! Aus Mozarts *Linzer* hatten sie die Bässe gefiltert, und mit dem verstümmelten Rest traktierten sie die Patienten!«

»Exakt!« David war jetzt voll im Bild, und es lief wie in alten Zeiten. »Erzählten«, resümierte er, »dass Ungeborene zum Schutz vor Muttis dumpfen Darmgeräuschen nur Obertöne hörn! Und weil du in Muttis wohlig warmen Bauch nur ihre hohe Stimme hörst, kriegst du fortan bei hohen Tönen angenehme Gefühle …«

»Klang nicht mal dumm, nicht wahr? Erst als die Scharlatane erklärten, mit ihrem Tonsalat könnten sie Depressionen heilen, bist du ausgerastet … Mensch, David, hab ich dich bewundert, wie du ans Mikro … wie du den Quatsch verrissen hast, bis sie die Flucht …«

»Mädchen, Mädchen, waren das Zeiten!«, fiel mir David wehmütig ins Wort.

Aber davon wollte ich nichts wissen. »Nun hör schon auf!«, rief ich. »Kerle wie du müssen nach vorn blicken!« Er tat mir mächtig leid, und für Augenblicke, in denen wir schweigend nebeneinander saßen, schien das eigene Problem vergessen. Schließlich aber forderte ich David auf, noch eine Runde mit mir zu drehen. Ich wollte ihm ja, wie gesagt, den hinteren Garten zeigen, der etwas später dann auch im schwindenden Licht der Abendsonne vor uns lag.

Wir waren noch ein gutes Stück vom Haus der Nachbarinnen entfernt, als mein Begleiter stutzte. »Wo kommt denn dieser süßliche, betäubende Duft her?«, wollte er wissen. Wortlos zeigte ich zur Pergola der Frauen hinüber, wo sich der gewaltige Rosenbaum in die Höhe reckte. Mit großen Schritten ging David darauf zu. Staunend sah er zu den Zweigen hinauf, an deren Enden sich die Blütenballen wie Kinderköpfe im Abendwind wiegten. In der Dämmerung, vor dem verblassenden Rot des Himmels, wirkte *Purple Secret of Vrissaki* fast bedrohlich. »Ich werd verrückt! Stämme, dick wie Schenkel, Dornen wie Dolche!«, rief mein Gast. Er bog einen jungen, noch weichen Zweig herab und versenkte sein Gesicht in eins der Blumenwunder. »Ein Gefühl, wie wenn dich der Mund einer Frau liebkost!«, meinte er anzüglich.

Wie so oft bei ihm, stellte ich mich taub. »Martin hat den Stock vor Jahren irgendwo hier in der Gegend ausgegraben!«, bemerkte ich trocken.

»So ein Biest von einer Rose hab ich mein Lebtag nicht gesehn!«, wunderte sich mein Ex-Kollege. B i e s t, hat er gesagt und hätte das Monster gar nicht besser beschreiben können.

»Ist auch nicht normal, wie so manches hier«, stellte ich ebenso beiläufig wie vielsagend fest.

David ließ den Zweig los und wollte mir gerade antworten, da entdeckte er oben zwischen den Blättern die Pergola mit dem Fenster im Hintergrund, dessen Rolladen, wie üblich, herabgelassen war. Soeben ging dort die Außenbeleuchtung an und schimmerte mit schwachem Lichtschein durch die Bäume. »Ach!«, rief er. »Da wohnt wohl jemand? Dachte, ihr wärt allein hier draußen!«

»Und ob da jemand wohnt …«, antwortete ich gedehnt. »Drei junge Frauen …«

»Sag bloß! Soll das ein Witz sein?«

»Keineswegs … Und eine schöner als die andere …«

»Doch nicht allein?!«

»Oh ja!«

»Was haben denn die hier in der Pampa verloren?«

»Angeblich sind's Edelnutten, ausgehalten von Athener Geldsäcken, heißt's. Alles sehr diskret … Die Chefin kutschiert gelegentlich im brandneuen *BMW* Richtung Stadt … Martin sagt, sie wär Ärztin …«

»Na so was! Hätt ich nicht für möglich gehalten!«, staunte mein Begleiter. »Meinst du nicht, da lässt sich was machen?«, fragte er mich auch noch grinsend.

»Kannst's ja versuchen!« So alberten wir eine Weile herum, bis wir in die Zypressenallee einbogen, wo sich Agapes Häuschen zeigte.

»Schon wieder ein Haus!«, rief David verblüfft. »Zauberhaft!«, stellte er fest, als wir näherkamen. »Wer wohnt denn dort?«

»Agape! Martins Tochter …«

»Er hat eine Tochter? Hast du mir gar nicht erzählt … Und was für ein schöner Name!«

»Normal heißt sie Regine …«

»Und? Wie ist sie?«

»Verschlossen … irgendwie … seltsam …«

»Ist es also nicht die große Liebe zwischen euch?« Er hatte die drei Stufen zu Agapes Häuschen in einem Satz genommen und machte Anstalten, dessen gusseisernen Türklopfer zu betätigen.

»Bemüh dich nicht, sie ist weg zurzeit!«, erklärte ich, ohne auf seine Frage einzugehen.

»Bedauerlich!« David tat enttäuscht und kam von dem Treppchen herunter. »Versteckt sich sonst noch jemand in dieser Wildnis?«, wollte er wissen.

»Nur noch die Russen ...« Wir waren ein Stück weiterspaziert und ich zeigte ihm, wo zwischen Baumwipfeln ein Teil vom Wellblechdach des zweiten Nachbarhauses über Martins Mauer ragte.

»Russen, sagst du?«

»Na ja, keine echten ... Zwei jener Griechen, die vor den Rechten hinter den eisernen Vorhang flohen oder verschleppt wurden, was weiß ich ... und später zurückgekehrt sind. Ein düsteres Kapitel in der Geschichte dieses Landes ...« Wir kamen gerade zu einer Stelle der Mauer, wo es eine vom Gestrüpp verdeckte Lücke darin gab, in der sich die absonderlichen Alten manchmal zeigten. »Hier stehn die Typen sonst auf Beobachtungsposten!«, erklärte ich.

»Wie das?«

»Na, sie glotzen durchs ›Ajoklima‹ in unseren Garten! Still stehn sie da, glauben, wir bemerken's nicht. Aber hier« – ich zeigte David eine Stelle im Gebüsch – »sehn wir ihre Waden, stramm und braun ... und ihre Füße ... in heruntergerollten Wollsocken und Holzpantinen ...«

»Ein Paar?«

»Scheint so!«

»Was interessiert die denn?«

»Keine Ahnung!«

David stellte sich mit dem Rücken vor das Loch. »Sieh einer an«, meinte er, »sie haben das Haus der Nachbarinnen genau im Blickfeld! Das ist's wohl, was sie ausspionieren!«

»Mich macht es ganz nervös!«

»Warum kleistert dein Kerl das Loch nicht zu, verdammt noch mal?!«

»Meint, dass die Typen dann sauer wärn ... Sehen zur anderen Seite auf einen verwilderten Olivenhain ... Sind wie eingebuchtet auf ihrem Fitzelchen Land ...« Schon näherten wir uns dem Pinienwäldchen, das mir in der hereinbrechenden Dunkelheit noch abweisender schien als bei Tageslicht, woran auch das würzige Lüftchen, das uns daraus entgegenwehte, nichts änderte. »Sag mal …«, fragte ich David da listig, »ist dieser Landsitz … nicht irgendwie … unheimlich …?«

»Unheimlich?« Mein Begleiter zögerte. »Ziemlich verwildert, klar … ein bisschen wie verwunschen …«

»Du meinst v e r w u n s c h e n ? ! « Es sollte klingen, als interessiere mich's nur am Rand.

»Nun ja, die Dinge scheinen ein bisschen wie verzaubert hier …«

»Du findest, der Garten wirkt v e r z a u b e r t ? ! «

»Ein wenig schon …«

Gut, dass er nicht ahnte, was mir sein Urteil bedeutete! Demnach, sagte ich mir, sind deine Empfindungen durchaus nicht so absurd, wie Martin sie hinzustellen pflegt! Richtig aufgeatmet habe ich, entschlossen, es unserem Gastgeber bei Gelegenheit unter die Nase zu reiben.

Jetzt aber verputzten wir erst mal dessen hübsch arrangierte, kalte Platte, tranken ein kühles Bier dazu und verkosteten auch noch ein wenig Ouzo, den ich, nebenbei, ein »allzu harmlos schmeckendes Teufelsgesöff« nannte, das, wie ich beschwipst spekulierte, womöglich »Samenfäden killen«, den schwindenden Kindersegen der Hellenen verursachen könne, in den Mengen, wie die es genössen. ›Impotentia generandi‹ hin oder her, am Ende jenes ersten Tags, den David mit uns verbrachte, stellte sich eine so wohlige Bettschwere bei mir ein, dass ich mich nur zu gern in die Koje verdrückte. Unters Leinentuch geschlüpft und schon am Wegdriften, hörte ich Martin noch eine Weile umhergehen und seine vielen Türen schließen. Als auch er dann in den Federn lag, durch einen Zug an der Schnur des Wandlämpchens über uns das letzte Licht gelöscht hatte, schmiegte er sich zärtlich an meinem Rücken. »Gehöre ich ganz dir?«, flüsterte er voll Hingabe in mein Ohr.

»Aber ja.«

»Bis in alle Ewigkeit?«

»Bis in alle Ewigkeit.«

»Dann ist's ja gut!«

Ach, diese Schwüre! Auch er hätte doch wissen müssen, dass keiner sie hielt! Mit seinen Lippen an meiner Schulter fiel ich dennoch in einen so köstlichen Schlummer wie lange nicht mehr, wachte erst auf, als die Sonne bereits ins Zimmer schien und Martin längst bei den Pferden war, um sie zur Weide zu führen.

IX

Der Aufenthalt von David McCulln auf Martins Landsitz gestaltete sich zunächst zur allseitigen Zufriedenheit. Zu meiner Freude hatte Martin ihn eingeladen, unsere Mahlzeiten mit uns zu teilen, was David auch hin und wieder tat. Meist aber verzog er sich nach dem Frühstück zu irgendwelchen Touren oder vertrödelte den Tag an Strand, wo er sich Martins vergilbte Abenteuerschinken »reinzog«, wie er sich ausdrückte, vielleicht auch junge Griechinnen umgarnte, die sich dort ab und an in winzigen Bikinihöschen auf feinen Badetüchern räkelten, die karamelbraunen Brüstchen mit weithin duftenden Sonnenölen salbten. Sicher wollte uns unser Gast nicht mit seiner ständigen Anwesenheit auf die Nerven gehen. Ob er die Nächte in seinem Häuschen allein verbrachte, wusste ich nicht, aber es ging mich ja auch nichts an.

Beunruhigt hat mich aber dann, dass David, wann immer wir einander begegneten, wieder eine Fahne hatte, worüber wir ja schon in der Heimat sattsam gestritten hatten. Nicht, dass er Stuss redete oder gar herumgetorkelt wäre, oh nein! David war klar im Kopf wie eh und je und hatte auch seine Muskeln unter Kontrolle, da er wohl einiges vertrug. Doch wenn er weiter so trank? Er wird sich einsam fühlen, musst dich mehr um ihn kümmern!, sagte ich mir.

Daher bin ich eines Nachmittags, als Martin sein übliches Schläfchen hielt, zu dem Ex-Kollegen an den Strand getigert. Schon von weitem sah ich ihn dort liegen, mutterseelenallein, denn es war ein Wochentag, und die Griechen arbeiteten. Im Wasser kühlte eine halbgeleerte Flasche Retsina. David freute sich mächtig, als ich mein Handtuch neben seins legte. Brav zog er seine Badehose an, die zum Trocknen auf seinen Sandalen lag. Wir tranken Kaffee aus einer Thermoskanne, die ich mitgebracht hatte, und futterten dazu Loukoumádes, ein in Honigsirup getränktes Hefegebäck. Dann zauberte der Ire ein schweres Fahrtenmesser aus seiner Jacke, eine imposante Waffe, die ein Tramp, wie er mir erklärte, immer bei sich tragen müsse, und schälte uns einige halbreife Äpfel, die er gewöhnlich bei den Gärten mitgehen ließ. Schließlich fingen wir eine Balgerei an, und ich bekam einen seiner Füße zu fassen. Ich wolle ihm eine ›Grindberg-Analyse‹ machen, verkündete ich.

»Was ist denn das wohl wieder für ein Quatsch?«, wunderte sich David.

»Nun, eine Methode von diesem Grindberg halt«, amüsierte ich mich. »Der glaubt zu wissen, was mit dir los ist, wenn er deine Füße beguckt! Weil du auf denen sozusagen durch dein Schicksal trabst ...« Schon aber bereute ich, was ich vorgeschlagen hatte, war es doch verflixt intim, jetzt Davids bloßen Fuß, die babyweiche Haut, in meiner Hand zu spüren. Und wie still er nun hielt! »Also ...«, verlegen tastete ich ein wenig herum, »da haben wir die Grindberg-Elemente Erde, Wasser, Feuer, Luft ... Hier, im unteren Feuer, hast du viel Überschuss, was besagen soll, dass du ein arger Draufgänger bist! Dein oberes Feuer ist dagegen harmonisch, soll heißen, dass dir rein alles gelingt ... Und die gebogene Linie hier, von der sagt dieser Grindbergmensch, dass sie am Ende einer Partnerschaft entst ...«

»Käse!«, fiel mir David da ins Wort und ließ sich über »gewisse Quacksalber« aus, die es leider verstünden, nicht nur schlichten Gemütern den Verstand zu vernebeln. »Bei uns allerdings«, meinte er, »beißen sie auf Granit!« Dabei dachte er aber wohl längst an etwas anderes. Der freche Kerl fasste mich nämlich um die Taille und wollte mich an sich ziehen! Klar, ich habe ihm eine gewatscht, ihn weggeschubst ... Dann lagen wir schweigend nebeneinander im Sand, mit nichts als dem Rauschen der Brandung und dem Ruf von ein paar großen Vögeln im Ohr, die über uns im blauen Sommerhimmel Kreise zogen.

Nach einer Weile drehte ich mich auf den Bauch, um David zu betrachten. Er hatte einen schönen Körper, ganz so, wie sie in Magazinen für Männermode posieren, setzte ihn aber nicht in Szene. Ich glaubte, dass er eingeschlafen sei. Ruhig lag er auf dem Rücken, die Hände im Nacken verschränkt, mit geschlossenen Augen, während ich schaute. Der scheinheilige Kerl hat aber doch wohl ein wenig durch die Lider gelinst, wuchs ihm doch was, das nicht zu übersehen war! Dann schlug er überraschend die Augen auf und sah mich derart leidenschaftlich an, dass mir ganz heiß davon wurde, mein Herz wie irre pochte, vermutlich mein Adrenalin, meine Sex-Hormone, was weiß ich, Purzelbäume schlugen ... Hätte es David in jenem Augenblick versucht, ich hätte mich ihm ohne Überlegung hingegeben!

Doch er tat's nicht. Lag nur seelenruhig da, mit diesem begehrlichen Glitzern im Blick, das uns Weiber so elendig schwach macht, sich uns für immer ins Gedächtnis gräbt ... Verlegen kramte ich in meiner Badetasche herum. Dann hatte ich mich halbwegs im Griff.

»Von wegen tote Hose!«, spottete ich.

»Scheißtreue!«, knurrte David.

»Komm, lass uns keinen Unsinn machen!«, schlug ich vor. »Erzähl mir lieber von Conni!«

Mit Conni und ihm sei es nach seinem Rausschmiss steil bergab gegangen, berichtete nun der Ex-Kollege. Zoff habe es vor allem gegeben, weil er sich geweigert hätte, ins florierende Geschäft seines Schwiegervaters einzusteigen, einem hemdsärmeligen Fleischhändler aus Niedersachsen, der trotz oder wegen Rinderwahns und Schweinepest ein Vermögen schaufele und von dem David behauptete, dass er weder lesen noch schreiben könne. Auch auf die Geldspritzen des widerlichen Alten habe er gepfiffen, was seine Conni noch mehr auf die Palme brachte, weil ja nun all das flachfiel, worauf sie ›stand‹. Die schicken Feten, Silvestergalas etwa, von ihren Reisen nach Rom oder Paris, wo sie »geshoppt« habe, während er für seine Firma auf Achse gewesen sei, ganz zu schweigen. Es half nichts, Conni habe in das ihr verhasste Büro zurückgemusst, wo sie es auch gleich mit ihrem Vorgesetzten getrieben hätte. Lust habe man längst nicht mehr aufeinander gehabt. Also hätte er ihr die gemeinsame Wohnung überlassen, sei zu einem Freund gezogen, wo er bleiben wolle, bis er wieder »in Amt und Würden« sei, wie er es nannte. Die Scheidung laufe. »Du bist ein Dreck, Lady, wenn du keine Kohle hast!«, brachte David seine Misere schließlich auf den Punkt. »Kohle garantiert dir alles, Freunde, Ansehn, Sex, egal, welch ein Scheißkerl du auch bist!« Ein böses Funkeln trat dabei in seine Augen, so sehr, dass ich erschrak. Dann streifte sein Blick über den herrlichen Strand, der sich an die smaragdgrünen Gärten der Athener Schickeria schmiegte, zur Landzunge hinüber, wo Fred lebte und auf der nun ein lavendelblauer Schleier lag, schließlich zu einem fernen Boot, in dem ein schlafender Alter vor der tiefstehenden Sonne auf den Wellen schaukelte. Auch eine Idylle wie diese, meinte David da wegwerfend, sei keine Lösung für welche wie uns. Sei man etwa stoisch wie der Bursche dort draußen im Kahn, der so geduldig auf einen Fang warte wie die Fischer hier schon vor Jahrtausenden?

Wieder einmal blies der Ex-Kollege Trübsal, und ich verstand ihn nur zu gut. Doch was hieß ›stoisch‹? Gab es denn bei Martin nicht genug zu tun?! Irritiert schnippte ich mir den Sand von den Schenkeln. Worauf wollte der Gute wohl hinaus? Womöglich, überlegte ich, hat er sich in Wahrheit zu dir durchgeschlagen, um dich ein wenig zu verführen, nun, da er frei ist und sich's erlauben kann …

Also plapperte ich drauflos, dass ich mit Martin keineswegs nur flirte, wie David es sich einzubilden schiene. Dass ich im Übrigen vernarrt in dessen Tiere sei, ins Meer, die Macchia mit ihrem Duft, der Stille, den wundervollen Stimmungen. Immer toller steigerte ich mich hinein, als hätte es dort nie auch nur das geringste Problem gegeben. »Hab angefangen«, versicherte ich und fuhr dem Ex-Kollegen auch noch mit lässiger Geste durchs Haar, »hier Wurzeln zu schlagen, den ganzen Mist daheim zu vergessen!«

Dann aber wurde es Abend und mit dem verlöschenden Licht der untergehenden Sonne schwand, wie so oft in jener Zeit, auch meine Hochstimmung. Hastig, ja überstürzt, erklärte ich David, machten sich dort die Tage davon, setzten Himmel und Erde binnen Minuten der Finsternis aus. »Komm, lass uns besser hier verschwinden!«, schlug ich ihm schließlich vor.

Doch David bastelte jetzt betont gemütlich an seinen Sandalen herum. »Nun überschlag dich nicht!«, meinte er. Überhaupt, stellte er dann fest, wirke ich so anders hier, wie gehetzt. Selbst wenn ich lache, klinge es nicht echt. Und ständig diese dunkle Brille! Ich glaube wohl, man sehe meine Augenringe nicht? »Mal ehrlich, Mädchen«, wollte er dann wissen, »stimmt etwas mit dir nicht?«

Zuerst wollte ich nicht darüber reden. Hatte David nicht genug mit sich selbst zu tun? Doch er ließ nicht locker, und da erzählte ich ihm schließlich von Agapes Eifersucht, davon, wie sie genervt hätte, bevor sie abgezogen sei, auch von Martins Verstimmungen, der darunter litte. Die gespenstischen Nächte allerdings, die ich durchlebt hatte, den ungeklärten Vorfall im alten Haus, mein vages Gefühl, es braue sich etwas Bedrohliches, Unheilvolles um mich zusammen, erwähnte ich mit keinem Wort! Musste der Ex-Kollege denn nicht glauben, ich sei dabei, den Verstand zu verlieren? Ich, die er einst im Team »tough cookie« genannt hatte …?! Für nichts in der Welt wollte ich ihn um meinen Zustand wissen lassen!

Mag sein, dass David dennoch etwas mitbekommen hat. Jedenfalls drückte er mir am Ende meines Lamentos einen Zettel mit der Handynummer seines Freundes in die Hand. »Für alle Fälle!«, meinte er und sah mich dabei nachdenklich an.

Zum Glück sprachen wir aber bald von anderem. So erzählte David, was mich natürlich brennend interessierte, dass er auf einem seiner nächtlichen Streifzüge, die er, wie er augenzwinkernd bemerkte, wegen des »fantastischen Sternenhimmels« unternehme, etwas Amüsantes beobachtet hätte. »Bei euren Nachbarinnen«, meinte er, »tanzt in der Nacht ganz nett der Bär!« Er sei im Dunklen ein paarmal um ihr Haus gestiegen. »Immer gedämpftes Licht, immer andere Kisten in der Einfahrt! Mal eine Edelkarosse, mal ein schäbiger Lieferwagen … die Kundschaft also sehr gemischt …« Einmal seien gerade zwei Kerle hineingegangen. Einer von ihnen, schon recht betagt, sei vom anderen gestützt worden. »Nun ja, Alter schützt vor Torheit nicht!«, fügte David feixend hinzu. Dann kam er auf eine weitere Episode in diesem Zusammenhang zu sprechen. Eines Nachmittags sei wahrhaftig eine der Frauen an den Strand gekommen! Er habe sie mit Sicherheit erkannt, hätte er sie im Lichtschein der Tür doch einmal deutlich gesehen. Aus Neugier, Langeweile, was wisse er, sei er hingegangen und hätte ein paar Takte auf sie eingeredet. »Du«, meinte er, »die war blutjung und wunderschön!« Sie habe in einem Buch gelesen, wohl einer Art technischem Bericht, hätte ihn allerdings überhaupt nicht verstanden, auch sein Englisch nicht. Dabei sei es ein englischer Text gewesen, wie er einem Wortfetzen zu entnehmen meinte, den er auf der Hülle des Schinkens erspäht habe. Im Übrigen hätte sich die Schnepfe mit einer entschuldigenden Geste gleich wieder in ihre Lektüre vertieft. »Wahrscheinlich hatte die auf männliche Anmache nach dem nächtlichen Liebesdienst keinen Bock mehr!«, spekulierte David. Da er bald wie Butter an der Sonne herumgestanden habe, habe er sich getrollt. Auch sie sei kurz darauf gegangen. »Die sind harmlos«, schloss der Ex-Kollege, »machen ihre Knete, was soll's!«

Ich hatte eine vorbereitete Quiche im Kühlschrank, die ich zum Abend backen wollte, und selbstverständlich war David dazu eingeladen. Also trabten wir in der Dämmerung auf einem Umweg um den hinteren Garten, den ich nun schon wie automatisch einschlug, zum Haus, wo uns Martin bereits mit zwei eisgekühlten ›Mühlsteinen‹ erwartete. Sollte er wegen meines Ausbleibens verärgert gewesen sein, war es ihm jedenfalls nicht anzumerken. Überhaupt, mit David verstand er sich, wie es schien, sogar recht gut … Beruhigt gab ich daher drinnen dem Essen den letzten Schliff, während es sich die Männer mit ihren Drinks im Garten bequem machten …

Die Quiche war mir gewiss nicht schlecht geglückt an jenem Abend. Das übertriebene Lob der Männer – angeblich mussten sie sich bremsen, nicht auch noch ihre Teller abzuschlecken – hatte aber doch wohl mehr mit deren Absicht zu tun, sich anschließend noch einen hinter die Binde zu gießen, wie mir Martin zu verstehen gab. Na schön, ich ließ sie also ziehen und verdrückte mich in die Falle, wo ich dann auch ruck-zuck einschlief …

X

Meine Güte, es war mal wieder neun vorbei, als ich am Tag nach meinem kleinen Strandgeplänkel aus den Federn stieg! Die Sonne schien bereits ins Zimmer und ließ, wie auch der leere Platz neben mir, keinen Zweifel daran aufkommen, dass Martin längst seinen Tagesgeschäften nachging.

Was für eine Nacht war das gewesen! Peng! Wumm! ... So etwa hatte es geklungen. Mit tobendem Herzen war ich aus dem Schlaf geschreckt, hatte, steif vor Angst, versucht, mich im Finsteren zu orientieren. Jemand schien im Zimmer zu sein, stieß gegen Möbel! Zu allem entschlossen, hatte ich die Pistole gepackt, die griffbereit neben dem Bett auf einem Hocker lag, sie blindlings dorthin gerichtet, wo es polterte. »Uff! ... haha! ... hups!«, war da aus nächster Nähe zu hören gewesen, nach einem Stoß gegen das Bett, das wie bei einem Erdbeben in Schwingung geriet. Erst da hatte ich begriffen, dass es Martin war, vermutlich mit mächtiger Schlagseite. Mir war wieder eingefallen, dass die Männer am Abend zuvor die Absicht geäußert hatten, sich einen zu genehmigen. Nun war der Gute wohl dabei, sich im Dunkeln seiner Kleidung zu entledigen, eine Rücksicht, die sie, wie ich schätze, vor allem deshalb nehmen, damit wir sie nicht in ihrem erbärmlichen Zustand sehen ...

»Kannst ruhig das Licht anmachen, bin eh'schon wach!«, hatte ich gemault.

»Keine Ursache ... hups! ... haha! Schlaf weiter, Liebes!«, war Martins Antwort gewesen, gelallt, versteht sich.

»So leicht geht das nicht! Hast mich ganz schön erschreckt mit dem Lärm ... Verdammt viel geladen, wie?« Mein hämmerndes Herz hatte sich noch immer nicht beruhigt, und ich war verärgert.

»Nur ein paar klitzekleine Stein ... hups! ... Steinhägerchen ... und ein paar Bierchen dazu ... So ein Klarer aus der Heimat ist doch ... hups! ... was anderes als dieser Ouzo-Scheiß!«, hat Martin gelabert.

»Aha. Die Literflasche Häger, die habt ihr wohl geköpft?«

»Ratzeputz!«

»Hast du gewusst, dass ältere Männer nach solchen Saufgelagen manchmal ein Schlägle kriegen?« Das Wort aus dem Badischen, wo man Sprache gern verniedlicht, war mir so herausgerutscht, und ich bereute es sofort. Zum Glück nahm's Martin nicht krumm.

»So ein ökotrologischer Käse!«, urteilte er unbeeindruckt und landete mit solchem Schwung neben mir, dass das Bettgestell unter uns knirschte.

»Meinst wohl ökotrophologisch?«

»Hab's doch gesagt, ökotro … lo …logischer Käse!« Er war zu mir herangerückt, hat nicht eher Ruhe gegeben, bis seine sonst so sanfte Hand auf meinen Bauch klatschte. Also war ich zur Bettkante gerückt und die Hand war aufs Laken geplumpst. »Komm, sei nicht so, Schätzchen!«, hatte Martin protestiert.

»Ich mag's aber nicht!«

»Okay, okay, will doch bloß lieb sein …«

»Gefällt dir wohl, der alte McCulln?«, hatte ich ihn ablenken wollen.

»Und wie!« Martin war direkt noch mal in Fahrt gekommen. »Hätt ich von dem nicht gedacht … so hip …hups! … hippiemäßig, wie der hier anlatschte …«

»Worüber habt ihr denn getratscht die ganze Zeit?« Schon immer hat mich interessiert, wie's Typen, steif auf einem Stuhl, eine Flasche in der Hand, ganze Nächte miteinander aushalten.

»Ooch, was man so redet … Männerkram …«, bekam ich vage zur Antwort. »Aber dann ha …ben wir … den Damen nebenan … einen Besuch gemacht …«, hatte Martin weiter geplappert, etwas konkreter nun. »Nicht richtig, versteht sich, nur'n bisschen rumgeschnüffelt … Und da ha … habe ich etwas entdeckt, sag ich dir … Aber verraten werd ich's nicht … weil … wir Männer müssen doch zusammenhalten, wo ihr Fraun uns ständig …«

Ich hatte in besagter Nacht Mühe gehabt, Martin, benebelt, wie er war, überhaupt zu verstehen. Auch war er exakt in dem Augenblick, als es ein wenig spannend zu werden schien, mit tiefem Schnaufer eingeschlafen. Kein Wunder also, dass ich seiner mysteriösen Andeutung zunächst keine Beachtung schenkte. Dies allerdings sollte sich bald darauf ändern, und zwar durch ein schockierendes Gespräch, das er mit von Greifenburg führte und das ich belauschte!

Vorerst also noch ahnungslos, warf ich an jenem Morgen einen Blick in die Küche. Sieh einer an, das Geschirr vom Vortag, die Gläser ... alles stand bereits sauber abgespült an seinem Platz! Draußen erwartete mich zudem ein fertig gedeckter Frühstückstisch, auf dem nichts fehlte: Es gab feine, hausgemachte Aprikosenmarmelade – keineswegs selbstverständlich in einem Land, wo dir das Rühren im blubbernden Obst den letzten Schweißtropfen aus den Poren treibt – eine Thermoskanne mit heißem Kaffee, leckere gekochte Landeier und im Korb unterm Küchentuch einen Berg knusperfrischer Brötchen. Martin war demnach bereits beim Bäcker gewesen, hatte wohl auch schon gefrühstückt ...

Wie fürsorglich er doch ist!, ging es mir wieder einmal durch den Kopf, während ich mir den duftenden Kaffee einschenkte. Und wie meist, wenn mir jemand etwas Gutes tat, musste ich auch jetzt an Ma und Pa denken. Hatte ich sie einst in den Ferien, meist noch mit Freunden, in ihrem bescheidenen Häuschen besucht, saßen sie noch in der Nacht mit uns auf, unseren Geschichten nicht nur geduldig, nein, mit wirklichem Interesse lauschend! Und krochen wir anderntags schlapp aus den Federn, war auch dort das Frühstück bereits aufgetragen und aus der Küche, wo Ma längst werkelte, duftete schon das Mittagessen ... Zu selbstverständlich hast du diese Dinge genommen!, sagte ich mir nun reuevoll, und dass ich Martin viel mehr zeigen müsse, was mir's bedeute. Doch wie so oft, wenn ich gute Vorsätze fasste, kam es auch diesmal anders.

Ich saß noch am Tisch, als er und David sich zu mir gesellten. Richtig mitgenommen sahen sie aus. Martin ging auch gleich ins Haus, um noch mehr heißen Kaffee anzuschleppen. »Ich trinke noch ein Tässchen mit euch!«, erklärte er, während er zuerst Davids, dann die eigene Tasse füllte. Dass er so nett zu ihm ist!, wunderte ich mich. Mit Männern verkehrte er nämlich meist ruppig. »Hatten wir letzte Nacht nicht eine kleine Diskussion, Liebes?«, wollte Martin dann von mir wissen.

»Allerdings!«, rief ich. »Hatte ja schon das Schießeisen in der Hand, so hast du mich erschreckt!« In Gedanken an das nächtliche Theater geriet mir die Stimme wohl eine Nuance zu schrill. Jedenfalls starrte mich David einen Augenblick neugierig an.

Als hätte er nur darauf gewartet, setzte Martin jetzt geräuschvoll die Kanne ab. »Aber Mona!«, tadelte er mich mit jenem verdrossenen Zug um den Mund, den ich nicht mochte. »Wo kommen wir Männer denn hin, wenn ihr Frauen uns mit Pistolen bedroht, bloß weil wir uns mal ein Schnäpschen genehmigen!«

»Aber ich hab dich doch gar nicht bedr …« Es verschlug mir die Sprache, versuchte Martin doch nun auch noch, mit David in solidarischen Blickkontakt zu treten! Der aber kämpfte zum Glück mit seinem Frühstücksei, von dessen vorsichtig angeklopfter Spitze er, wie man es mal in besseren Häusern lernte, gerade so viel Schale ablöste, dass der Eierlöffel hindurchpasste.

Nun rückte Martin noch etwas näher an David heran, in der offensichtlichen Absicht, ihn mit sanfter Gewalt ins Gespräch zu ziehen. »War Mona … eigentlich immer schon … ein solches Ner … ein solcher Angsthase …?!«, fragte er ihn doch wahrhaftig mit tief besorgter Stimme, auf bestem Weg, mich vor dem Ex-Kollegen bloßzustellen. So aufgebracht war ich darüber, dass ich ums Haar die Milch vom Tisch stieß.

»Keineswegs!«, ließ sich da unser Gast vernehmen, der wohl doch die Ohren gespitzt hatte. Er stellte das Eierpulen ein und sah mir geradewegs in die Augen. »Sie war beherzt … eine Kämpferin … ist durch die Welt gereist, um mit Experten über schwierige Projekte zu verhandeln … war auch noch erfolgreich … Eine, die uns Männer oft neidisch machte!«

David McCulln! Ich hätte ihn küssen mögen! Doch ich wusste mich zu zügeln, warf nur Martin einen giftigen Blick zu und riet ihm, sich sein Essen nachher selbst aus der Küche zu holen, ich nähme mir nämlich frei! Dann schnappte ich mir das Tablett, knallte mein Gedeck darauf und machte mich davon. Was ich getrieben habe an jenem Vormittag? Nun, erst mal nahm ich mir unser Schlafzimmer vor, weil ich dort richtig Dampf ablassen konnte! Martin pflegte nämlich seine Sachen aus dem Schrank zu zerren und nachher nicht zurückzutun. Was er auszog, blieb an Ort und Stelle auf dem Boden liegen, wurde bestenfalls auf Sessel und Tische geworfen. Er besaß diverse Sandalen, über die ich ständig stolperte, da er sie nie in den Schuhschrank räumte. Und seine Socken legte er in Bettritzen und auf Fensterbänken ab, trug kaum einmal zwei, die zusammengehörten … Kurzum, er war einer jener Chaoten, die es schaffen, ein aufgeräumtes Zimmer binnen Minuten zu verwüsten! Ich tat also, was ich konnte, setzte auch noch eine Ratatouille aufs Gas und ging dann, um mich nicht länger dort herumzuärgern, zum Joggen ans Meer …

Und siehe da, die Extratour machte sich bezahlt! Als ich nämlich gegen Mittag heimkam, war der Hausherr wie verwandelt. Wollte mir nicht mal erlauben, den Tisch zu decken, sondern beeilte sich, es selbst zu tun … Und, kaum zu glauben, David ging ihm dabei zur Hand! Der Dandy steckte doch wahrhaftig in einem von Martins Blaumännern … Ob er sich für dessen Gastfreundschaft revanchieren wollte? Jedenfalls bastelte er etwas später ölverschmiert an Martins eingestaubter Suzuki herum, kurvte gar mit Hängern voll Grünzeug, das Martin für die Pferde geschnitten hatte, zu den Ställen. Anschließend stiegen die beiden auch noch aufs Dach und fummelten an der Solaranlage. Und natürlich nannten sie sich nun beim Vornamen …

Doch warum warf mir der Ex-Kollege plötzlich so nachdenkliche Blicke zu? Und warum schwiegen die Männer, sobald ich in ihre Nähe kam? Nun, ich grübelte nicht lange darüber nach, äußerte doch David, der mir den Aufenthalt dort tags zuvor noch hatte vermiesen wollen, am Abend überraschend den Wunsch, selbst noch eine Weile zu bleiben … Zwar lief in Kürze sein Urlaub ab, und wenn er ausbliebe, würde man ihm die Bezüge streichen. Doch kein Problem! Martin schlug nämlich vor, dass sich unser Gast fernmündlich bei der Behörde krank melden solle. Das außerdem erforderliche ärztliche Attest werde er ihm bei einem griechischen Arzt besorgen, der so was für sechstausend Drachmen mache, ohne dass man dort auch nur anzutanzen brauche ...

* * *

Und doch war es das letzte Mal, als wir einige Tage darauf mit unserem Gast bei der gewohnten Frühstückszeremonie im Garten saßen.

Martin war auf dem Sprung in die Stadt, um das schon erwähnte Attest für David zu besorgen. In einigen Stunden, erklärte er, würde er zurück sein. »Bewegt doch inzwischen mal wieder die Pferde, ihr zwei!«, schlug er uns vor. Dass der Ausritt eine abgekartete Sache zwischen den Männern war, wurde mir bald klar. Jetzt aber schleppten David und ich erst einmal Zaumzeug und Sättel zur Koppel, wo die Tiere bereits vor Aufregung tänzelten. Zugegeben, ich war keine großartige Reiterin. Doch ich liebte es, meine Beine um Peppers warmen Leib zu schlingen, den glatten, muskulösen Hals dieses sonst so ungebärdigen Wesens zu liebkosen. Die Vorstellung, dass sich das riesige Tier zügelte, um mich, wie ich überzeugt war, extra sacht durch die Landschaft zu wiegen, erfüllte mich mit Zärtlichkeit und Respekt. Nie hat mir Pepper, obwohl ich ihn meist mit losem Zügel ritt, den Gehorsam verweigert, mich gar, wie etwa den Dicken, abgeworfen. Django wurde von Martin anders angefasst. Bockte das Pferd, was nicht selten vorkam, machte er es mit donnernden Flüchen gefügig, um dann geduckt wie ein zorniger Wüstenscheich auf ihm davonzujagen. Kein Wunder also, dass dem guten Tier Davids einfühlsame Art gefiel! Wir bewegten uns daher an jenem Morgen, zumindest anfangs, auch recht harmonisch miteinander durchs Gelände.

Ich hatte einen Feldweg vorgeschlagen, der etwas später an den Sommerhäusern der Griechen vorbei zum Strand führte. Zunächst aber war er, soweit es durch die Wildnis um Martins Eigentum ging, ein verborgener Ziegenpfad, den höchstens einmal ein Jäger oder Hirte benutzte. Die fast unberührte Einöde beherrschte, von ein paar Krüppelkiefern abgesehen, das fuß- bis mannshohe Gestrüpp der Macchia, wo bereits jetzt die Hitze flirrte. Nichts war dort zu hören als das an- und abschwellende Gesumse der Myriaden von Insekten, angeführt vom monotonen Ratschen der Zikaden, in das sich zuweilen das Zirpen kleiner Vögel mischte, die sich im Gebüsch vor der Sonne verbargen, aus dem sie sich bei unserem Näherkommen ohne allzu große Hast davonmachten.

Auch mir war heiß geworden, und ich befreite mich von meinem T-Shirt, das ich mir um die Hüfte band. Luftig, im Bikini-Oberteil, saß ich nun auf dem Pferd. Wundert es, dass mir Davids gebräunter Rücken, auf dem die Muskeln spielten, dennoch ganz nett einheizte? Gewiss, es wäre eine Traumgelegenheit gewesen … Doch rasch dachte ich an etwas anderes. Rein freundschaftlich, sagte ich mir, müsse die Sache bleiben!

Bald lag die Wildnis hinter uns, und wir kamen an den schon erwähnten Villen vorbei. Am Spruch, dass Griechenland arm, der Grieche aber reich sei, war wohl was dran! Keines der aufwändig im verspielten Zuckerbäckerstil erbauten Häuser – sie waren nur wenige Sommerwochen bewohnt, wenn in der Stadt die Menschen im Smog, dem ›Nefos‹, gesotten wurden – glich dem anderen, vom großzügigen Einsatz handgefertigten Schmiedeeisens freilich abgesehen, das in der Gegend nicht zuletzt zum Schutz vor Einbrüchen in Mode kam. Auch hier ließen die gepflegten Gärten mit ihrer üppigen Blütenpracht, dem strotzenden Grün den unbekümmerten Umgang mit Wasser und Spritzmitteln ahnen, der in diesem Land noch immer üblich war. Als wir vorbeiritten, hob dort das vielstimmige Gebell all jener Wachhunde an, die ihre Besitzer auf ihren Anwesen zurückließen. Mit gefletschten Zähnen sprangen die aufgebrachten Tiere gegen die Gatter und keuchten sich fast die Kehlen heraus. Wir sahen also zu, dass wir weiterkamen, und waren auch bald am Meer, das so still, glatt und schimmernd dalag, als habe man ein Tal mit flüssigem Silber gefüllt. Geradewegs ritten David und ich zum Strand hinunter und machten die Pferde an einer einsamen Pinie fest. In ihrem Schatten, umschmeichelt von allerlei würzigen Düften, lümmelten wir uns in den Sand. Ein unbeschreibliches Wohlgefühl hat mich da erfüllt. »Klasse, nicht?«, schwärmte ich, in der Annahme, dass mein Begleiter genauso empfand. Und tatsächlich pflichtete mir David diesmal bei. Doch es dauerte nicht lange, da hackten wir bös aufeinander herum! Anfangs drehte sich's noch harmlos um Davids digitale Passion. Ich hatte mich scherzhaft über die Wirkung elektromagnetischer Felder auf die »Irren von der Mausklick-Fraktion« ausgelassen, denn seit seiner Trennung von Conni ging David halbe Nächte online.

»Pass auf, Mädchen, dass du hier draußen nicht zur komischen Alten versauerst!«, fuhr mir der Ex-Kollege schließlich gereizt in die Parade. Auf einem Planeten, fügte er hinzu, wo immer mehr Blödmänner Kinder zeugten, ging's ohne Fortschritt nicht.

Das machte mich nun wirklich wütend. »Aber ich will die Welt behalten, wie sie ist!«, murrte ich, die Hände im Sand vergraben.

»Glaubst du, ich nicht?«, antworte mir David. Doch der so genannten Faunenschnitt, resümierte er dann, werde die Menschheit wohl mal »wegputzen« wie einst die Dinos. Gar vom »Man Upstairs« redete er, den er, albern, auch noch »Evolutio« nannte, und von anderen weit hergeholten Dingen. Und all die Zeit über zupfte er an einem meiner Träger herum. Da wurde mir klar, worum es David in Wahrheit ging. »Fein, dass dir's wieder besser geht, Lady!«, säuselte er nämlich am Ende.

Auf meine Angstattacken also lief es hinaus! Da ich selbst sie bei ihm mit keinem Wort erwähnt hatte, musste Martin geredet haben, was mich so aufbrachte, dass ich nahe daran war, in die Luft zu gehen. Noch aber beherrschte ich mich. »Was meinst du damit – fein, dass dir's wieder besser geht? Ging mir's bisher etwa nicht gut?«, fragte ich spitz.

»Anscheinend nicht!« Mein Begleiter robbte zu mir heran, stützte seinen Kopf dicht bei meinem in die Hand und betrachtete mich mit einem Ausdruck, der mich fatal an den von Martin erinnerte. »Martin ...«

» ... hat wohl geplaudert?«, fiel ich ihm ins Wort. »Da bin ich aber neugierig, welche Geschichten er über mich verbreitet!«

»Gar nichts verbreitet er über dich!«, fuhr mich David an. »Na schön ... er hat über die Sache mit mir gesprochen, verdammt noch mal! Wem sonst könnte er sich hier auch anvertrauen? Im Übrigen war ich 's, der dieses Thema angeschnitten hat ... Weil irgendwas mit dir nicht stimmt ...«

»Und? Was stimmt nicht mit mir?« Ich tat jetzt sehr von oben herab.

Doch David blieb ruhig. »Spar dir die Mätzchen, Mona!«, riet er mir. »Anscheinend bist du krank, Mädchen! Du solltest dich behandeln lassen, und zwar bald!«

»Ich – krank? Du hast eine Meise, David McCulln!« So außer mir war ich, dass ich mich hinreißen ließ, ihm auch noch den Vogel zu zeigen. Aber so empörend ich seine Behauptung auch fand, schließlich hat er mich doch in die Enge getrieben, und ein paar Tränen begannen mir zu kullern.

Sofort legte der Ex-Kollege, dem es nicht entgangen war, den Arm um mich, und seine Stimme wurde sanft wie die einer netten, älteren Dame. »Hab Martin vorgeschlagen«, meinte er, »dass du mit mir nach Deutschland gehst, dich untersuchen lässt, aber davon wollte er nichts wissen ...«

»Fängst du schon wieder damit an, David?«, rief ich aufgebracht und befreite mich aus seinem Arm. »Wenn du Anlass hast, an meinem Grips zu zweifeln, dann sag's!«

»Gewiss nicht!« David starrte auf den Sand zwischen seinen Beinen, in den er mit einem Stöckchen Figuren kratzte. »Nur ... die Symptome ...«

»Symptome?! ... Was, bitte, sind denn meine Symptome?!«

»Nun, du halluzinierst ... hörst Stimmen, die's nicht gibt ... Schritte, Schreie ... Und dein Verhalten, was den hinteren Garten betrifft, ist … sei mir nicht bös … ganz schön paranoid! Martin hätt mir's erst gar nicht sagen müssen … Hab selbst bemerkt, dass du einen Bogen darum schlägst!«

»David!«, schrie ich, unfähig, mich noch länger zurückzuhalten. »Wie du redest, leide ich an Wahnvorstellungen, wie sie Schizophrene haben! Wollt ihr mich in der Klapsmühle sehn?!« Ich sprang auf und griff mir eine Handvoll Sand, in Versuchung, sie ihm ins Gesicht zu schleudern.

»Nun beruhige dich doch!« Er wollte die Sache wohl herunterkochen. »Gibt doch auch leichte, so genannte Borderline-Fälle, die nach extremen, seelischen Belastungen …«

Fassungslos stand ich da, während der Sand durch meine Finger rann. Camille Claudel und Séraphine spukten mir durchs Hirn, jene zwei berühmten Frauen, die man lebenslang wegsperrte, bloß weil sie jemandem im Wege waren … »Ich bin auch kein Borderline-Fall!«, schnitt ich David daher mit eisiger Stimme das Wort ab.

Da sprang dieser auf und packte mich bei den Schultern. »Du wirst mir jetzt zuhören, meine Beste!«, verlangte er in ungewohnt scharfem Ton. Auch er, legte er los, sei zunächst empört über Martins Urteil gewesen. Hysterie? Psychose? Nicht bei Mona!, habe er protestiert. Wie Martin ihm die Sache geschildert habe, sei es für ihn offenkundig gewesen, dass jemand in der Nacht auf dessen Land sein Unwesen triebe, der dort nichts zu suchen hätte, und er habe es ihm beweisen wollen. »Zuerst«, erklärte er, »hab ich mir die Russen vorgeknöpft!« An einem Mittag sei er hinspaziert, auf einem Pfad, der bei der Hütte des Paars als Sackgasse ende. »Du hattest recht«, meinte er, »die sitzen dort wie in der Mausefalle! Ringsum Maschendraht, der aufgegebene Olivenhain, eure Mauer … Vor der Hütte ein Haufen Unrat … Flaschen, zerbrochne Dachpfannen, ein ausrangierter Hasenstall …« Die beiden Alten, erzählte David weiter, »abgewirtschaftete Typen zwischen sechzig und siebzig mit harten Visagen«, hätten vor der Klause über ihren Suppentellern gehockt, ihm misstrauisch hinterher gestarrt, als er am Ende des Pfads so getan habe, als hätte er sich verlaufen. Schließlich aber hätte er sich ihnen über den Zaun hinweg vorgestellt, erzählt, dass er zu Besuch bei uns sei. Da wären die richtig aufgetaut. Der schmuddelige Alte, Stavros Evangelidis heiße er wohl, habe gar ein paar Brocken Englisch gesprochen, ihm die Hand gedrückt und ihn eingeladen, einen Teller Borschtsch mit ihnen zu essen. »Hab ich zwar nicht getan«, kam David zum Schluss, »aber, ums kurz zu machen, Mona, die wollen nichts, als dass man sie in Ruhe lässt nach allem, was sie durchgemacht haben! Im Übrigen haben die vor Martin einen Heidenrespekt! Undenkbar, dass sie da sein Land betreten und dort auch noch Spektakel machen!«

»Habe ich das behauptet?«, brauste ich auf.

»Hast du nicht«, bestätigte David. »Aber diese harmlosen, alten Leutchen machen dir ganz schön Angst!« Außerdem, erklärte er, habe er auch die Verhältnisse bei den Flittchen noch einmal unter die Lupe genommen. Die seien zwar höllisch aktiv – nachts brenne dort Licht bis in die Morgenstunden – von Orgien oder sonstigem Klamauk könne aber nicht die Rede sein. »Versteht sich«, meinte David, »dass sie nicht scharf drauf sind, aufzufallen! Und selbst, wenn ein Freier, besoffen, bekifft, was weiss ich, auf den Gedanken käme, euch auf die Pelle zu rücken … wie denn, Mona? Er müsste ein verteufelt guter Kletterer sein, um's über die Mauer zu schaffen! Am besten ginge es noch die vier, fünf Meter von der Pergola herunter, aber nicht ohne Schrammen, über den Rosenstock weg … Jedenfalls«, beharrte er, »nicht in stockfinsterer Nacht!«

»Mit anderen Worten, ich habe einen Sprung in der Schüssel?!«

David tat, als hätte er es nicht gehört. Selbstverständlich, fing er wieder an, hätte er auch die Lage vor unserem Schlafzimmer gecheckt, bei Tag, wie er betonte. »Aber dort gibt's doch nur den handbreiten Pfad an der Hauswand entlang«, rief er kopfschüttelnd, »wo sich gerade mal eine Person bewegen kann! Gleich nebenan ist das Gestrüpp mannshoch, Schätzchen … so vom Schlingkraut durchsetzt, dass sich einer mit einer Machete eine Schneise schlagen müsste!«

Mann, ging er mir auf den Nerv! »Hat dir wohl Spaß gemacht, die Spurensuche, du Hobbykriminaler!«, spottete ich, entschlossen, sein Gerede abzuwürgen.

Doch David schaltete auf stur. Selbst in der Macchia, behauptete er, sei er nachts herumgestolpert, aber keiner Menschenseele begegnet. Das einzige nennenswerte Geräusch sei ein Ruf wie von einem großen Vogel gewesen, einem Kauz vielleicht, der dort sein Revier hätte. Ein langgezogener Schrei sei's gewesen, der in der Tat ein wenig so geklungen habe, als werde jemand »abgemurkst«. »Im Übrigen, Mona«, kam David endlich zum Schluss, »hast du dich nie gefragt, warum der Hund nicht anschlägt, wenn Fremde nachts durch euren Garten schleichen …?!«

Ja, hielt er mich denn für schwachsinnig? Er selbst kam doch bei Nacht und Nebel unbehelligt rein! King war bekanntlich oft auf Brautschau unterwegs … Und Laut gab der Gute sowieso nur, falls einer noch nicht mit ihm geschäkert hatte … Überhaupt – war der nächtliche Spuk nicht Schnee von gestern? Ich schlief ja doch längst wieder ausnehmend gut … Klar, ich hätt's David entgegnen können. Aber ich schwieg. Schwieg, weil ich mir meiner geistigen Gesundheit nun wohl doch nicht mehr so sicher war. Hatte der Ex-Kollege denn nicht gründlich recherchiert, meine Angst damit ins Irrationale verwiesen, wie das auch Martin ständig tat …?! Stumm ritten wir schließlich, einer hinter dem anderen, zurück.

Schon von weitem sah ich beim Tor Martins Silberschopf in dem Windchen flattern, das über den Hügel strich. »Alles paletti in Athen!«, begrüßte er uns strahlend, Davids begehrtes Attest in der Hand. »Es gibt mal wieder Kartoffeln!«, erklärte er etwas später, als die Pferde mit Wasser versorgt und wir drei auf dem Weg zum Haus waren. ›Mal wieder Kartoffeln‹ war schon ein stehender Begriff bei uns, der nichts anderes hieß, als dass unser Gastgeber einen Berg roher Erdäpfelscheiben zusammen mit reichlich grob geschnittenen Schalotten, Salz und einer Menge Paprika in ein Ungetüm von schwarzverkohlter Eisenpfanne gab und in einer halben Flasche Öl zu braten pflegte. Ein derbes Futter war es, das aber gar nicht übel schmeckte, wenn man richtig Kohldampf hatte. Wir langten dann auch tüchtig zu, während sich die Männer über ihre Kisten austauschten und ich, die gekränkte Heldin, so tat, als ob ich mit meinen Gedanken woanders sei. Anschließend verkrümelte man sich bald. Der Hausherr entschwand zum Mittagsschlaf, David machte sich in sein Häuschen davon, und ich verzog mich im Garten unter eine Palme. Später vergnügte ich mich noch mit dem Plätten von Martins T-Shirts, schrillen, flippigen Fetzen, darunter sein liebster: quittengelb mit rosa Rose drauf. (Er sollte ihm übrigens kein Glück bringen, aber das wusste ich da noch nicht.) Auch mit seinem Grünzeug räumte ich auf, das sich im Wohnzimmer, wohl seit den Tagen, als man sich's noch im plissierten Krepppapier schenkte, zum Dschungel ausgewachsen hatte. Sein Besitzer revanchierte sich auf seine Art: Bis in die Nacht hinein schmusten wir am Meer, im warmen Sand …

Kein Wunder, dass uns David an jenem Tag nicht mehr über den Weg lief. Er habe sich im Übrigen, ließ Martin verlauten, für den Abend bei ihm abgemeldet. Wolle wohl zum Fischessen ins Dorf …

✳ ✳ ✳

Zugegeben, schon bald tat es mir leid, dass ich beim Ausritt derart ekelhaft zu meinem Ex-Kollegen gewesen war. Womöglich sorgte der sich ja um mich?

Daher marschierte ich am nächsten Morgen, als das Frühstück bereits eine ganze Weile aufgetragen und David noch immer nicht erschienen war, mit einem Arm voll frischer Bettwäsche zu seinem Häuschen. Ich klopfte, doch nichts rührte sich. Schließlich trat ich ein. Sieh mal an, sein Bett war schon gemacht und auch sonst sah es dort erstaunlich ordentlich aus! Nicht mal seine Schuhe lagen herum … Im nächsten Augenblick machte es ›klick‹ bei mir. Ich öffnete den Schrank, zog eine Schublade heraus … leer! Dann erst sah ich den Zettel auf dem Tisch. *»Liebe Mona«*, stand eilig hingekritzelt darauf, »*will nun doch schon früher als geplant auf Achse gehen. Dir und Martin Dank für alles! Pass gut auf Dich auf, Mädchen! Der alte McCulln.*«

Beleidigte Leberwurst! dachte ich. Zugleich aber spürte ich – oder habe ich es mir später doch womöglich eingebildet? – eine eigentümliche Unruhe. Sich einfach so davonzuschleichen, war gar nicht Davids Art!

XI

Martin schien mehr als verärgert darüber, dass sich unser Gast, wie er schimpfte, »so klammheimlich aus dem Staub gemacht« habe.

Nun ja, der Ärmste war eigens nach Athen gefahren, um jenes Attest für David zu besorgen, das der in der Eile auch noch hatte liegen lassen. Trotzdem ergriff ich sofort Partei für den Ex-Kollegen, hielt dem Hausherrn vor, dass es erst gar nicht dazu gekommen wäre, hätte er David nicht all das Zeug über mich verzapft. Doch ich konnte Martin einfach nicht böse sein. Also spazierte ich zu ihm in die Werkstatt hinein, wo er verschnupft an seinen Maschinen pusselte, schäkerte mit ihm, bis jener Streit vergessen war …

Genau gesagt, blühte Martin plötzlich mächtig auf! Pfiff ständig Liedchen. Legte seine Arbeit beiseite, um mich in den Arm zu nehmen. Meinte gar, die glücklichste Zeit seines Lebens sei angebrochen! Selbst mit Agapes Kälte, die ihren Vater, seit sie uns verlassen hatte, nicht einmal anrief, schien er klarzukommen. Er kannte seine Tochter und hatte sie wohl abgeschrieben.

Meine Gefühle für Martin waren nun ein wenig abgekühlt. Aber sonst ging es mir gut. David vermisste ich nach dessen ärgerlichem Gerede nicht allzu sehr, schlief im Übrigen auch weiterhin prächtig. Und auch, dass mir im Hirn zuweilen etwas falsch zu laufen schien, mochte ich so recht noch immer nicht glauben …

Allerdings, meine Abneigung gegen den hinteren Garten hatte sich noch keineswegs verflüchtigt! Gar etwa Fauliges glaubte ich neuerdings in den Duftwolken wahrzunehmen, mit denen *Purple Secret of Vrissak*i die Luft erfüllte … Doch ich vermied es jetzt, Martin gegenüber gewisse Formulierungen zu gebrauchen, etwa, dass man mich dort »im Fadenkreuz« hätte. Und es regte mich auch nicht mehr auf, wenn er von meinen »dummen Hirngespinsten« sprach. Es war, als habe ich durch Davids Besuch, so sehr ich mich schließlich auch über ihn geärgert hatte, wieder Tritt gefasst!

Es dauerte etwas, bis zweifelsfrei feststand, dass eines der furchtbaren Verbrechen, wovon noch die Rede sein wird, um die Zeit seinen Lauf nahm, als David bei uns verschwand. Zunächst aber, zwei Tage, nachdem ich seine Bleibe verlassen vorgefunden hatte, ereignete sich etwas, das mir selbst eher harmlos schien, Martin aber wohl nicht, wie sich bald zeigte. Hilfsbereit, wie er war, hatte er sich an jenem Morgen wegen einer Zutat, die ich zum Kochen brauchte, nach Vrissaki scheuchen lassen. Ich selbst wollte mich inzwischen ein wenig mit Pepper am Strand vergnügen. Es kostete mich einige Mühe, den bedauernswerten Django, der im Gehege bleiben musste und Pepper mit geschürzten Lippen neidisch in die Flanke kniff, von seinem gutmütigen Gefährten fernzuhalten. Ähnliche Manöver vollführte King, als ich an Agapes verwaistem Haus vorbei zur unteren Pforte ritt, wo er zurückbleiben musste. Immer wieder schnappte der Eifersüchtige nach Peppers Hacken, der sich's zwei-, dreimal gefallen ließ, ehe er vorsichtig, um seinem Freund nur ja nicht weh zu tun, den Huf hob, als wolle er ihm eine wischen …

Schließlich aber befand ich mich auf dem Weg zum Strand, wo auch David am liebsten geritten war. Auf meinem sanften Pferd fern jeder Menschenseele in jene liebliche, morgenstille Landschaft zu reiten, in die nur das Trällern der Feldlerchen fiel und die in einem Farbton vor mir ausgebreitet lag, den ich von jungen Blaubeeren kannte – gab es was Besseres? Wohl nur die Liebe, sagte ich mir, könne es übertreffen …

Merkwürdig, dass ich gerade jetzt an David denken musste! Und dann entdeckte ich am Wegrand auch noch den Beutel, den er auf der Brust getragen hatte! Ich stieg also ab und untersuchte seinen Inhalt. Ein wenig Geld aus der Heimat war darin, dazu ein paar Drachmen, alles in allem keine fünfzig Deutsche Mark. Bestimmt hat der Bedauernswerte das Täschchen bei seinem letzten Ausritt hier verloren, ist ohne seine Barschaft losgetippelt!, machte ich mir so meine Gedanken.

Als ich etwas später zum oberen Tor kam, war Martin schon dort. Er stieg gerade aus dem Wagen, um aufzuschließen. »Das passt ja gut!«, rief ich und beeilte mich, Pepper zu seinem Gefährten ins

Gehege zu bringen, wo sich die beiden Vierbeiner auch sogleich liebevoll beschnupperten. Martin dagegen begrüßte mich ungewohnt knapp. Es gab auch kein Küsschen. Gemeinsam fuhr man zum Stellplatz unterm Mirabellenbaum.

»Gleich wirst du dich hinsetzen, wenn du hörst, was sich in Vrissaki zugetragen hat!«, bemerkte Martin orakelhaft, während er die Einkaufstüte aus dem Kofferraum nahm. In der Küche stopfte er sie, wie sie war, in den Kühlschrank, aus dem er sich den Orangensaft und die Flasche mit dem Ouzo griff.

»Nun schieß schon los!«, drängelte ich ungeduldig.

»Wart's ab!«, rief Martin, schon auf dem Weg ins Wohnzimmer. »Und hol die Zahnputzgläser aus der Spüle! Wir werden uns einen genehmigen!«

Nanu! Da musste ja etwas Außergewöhnliches vorgefallen sein! Mit den Gläsern folgte ich ihm also in die gute Stube. Martin füllte sie zu zwei Dritteln mit Orangensaft, goss bis zum Rand Ouzo dazu und trank sein Quantum auf einen Zug aus. »Auch wenn du mir's nicht glauben wirst, Mona«, sagte er dann in festem Ton, »aber ich habe in Vrissaki McCulln gesehn!«

Mir verschlug es fast die Sprache. »Ausgeschlossen!«, rief ich. »Der muss doch spätestens morgen daheim in der Behörde sein, da sein Attest hier liegenblieb! Was soll der jetzt noch in Vrissaki?«

»Denk drüber, wie du willst, Kind. Er war's!«

»Mensch, Martin, es laufen doch viele rum wie er!«

»In Athen vielleicht, nicht in Vrissaki! Hier, auf dem platten Land, tauchen im Sommer höchstens ein paar einheimische Touristen auf … Er war in Trekkingkluft, trug seinen schweren Rucksack auf dem Rücken … dazu sein Bürstenschnitt, der Bart … Kein Zweifel, es ist McCulln gewesen! … Das Sonderbarste aber war, dass er es darauf anzulegen schien, nicht von mir erkannt zu werden! Ich sah ihn im Gedränge eines Ladens, wo er sich wohl seine Marschverpflegung holte. Vermutlich aber hat er mich zuerst entdeckt, drehte sich nämlich gezielt von mir weg und ist dann regelrecht losgerannt! Ein Stück bin ich alter Esel ihm noch hinterher, auch in ein Gässchen, in das er verduftet ist … Und genau dort habe ich ihn aus den Augen verloren!«

»Meine Güte!«, rief ich ungläubig. »Warum sollte sich jemand vor dir verstecken wollen …?! Und wenn dieser Mensch tatsächlich David war, heißt das doch nur, dass ihn noch kein verdammter Autofahrer in Richtung Heimat mitgenommen hat!«

»Und gerade das halte ich für äußerst unwahrscheinlich!«, widersprach mir Martin. »Von Vrissaki nach Athen sind ständig Autos unterwegs! Im Übrigen denken Griechen freundlicher über Tramps, als du zu glauben scheinst!«

In diesem Augenblick fiel mir Davids Brustbeutel ein, den ich gefunden hatte, und ich erzählte Martin davon. »Ich hab's!«, rief ich. »Dem dummen Kerl war's einfach peinlich, dich anzupumpen, zuzugeben, dass er blank gewesen ist! Da zog er's vor, noch ein paar Tage dranzuhängen, dort draußen seine Moneten zu suchen … Übrigens«, glaubte ich, Martin auch noch beruhigen zu müssen, »Kerle wie der kommen immer ans Ziel!« Es sei »echt überflüssig«, sich Sorgen um den Iren zu machen.

Die Sache mit dem verlorenen Geld als Erklärung für Davids überraschenden Aufenthalt in Vrissaki schien schließlich auch Martin einzuleuchten. Insgesamt aber, glaubte ich, müsse ihn dessen Verhalten arg enttäuscht haben. Bis ihm am Abend im Bett die Augen zufielen, blieb er nämlich äußerst schweigsam.

* * *

Tags darauf hatten wir erst einmal andere Sorgen! Ein schweres Gewitter suchte da unsere Gegend heim. Und solche schlimmen Wetter mit ihren fürchterlichen Gewalten wirken in freier Natur noch weit bedrohlicher, als wenn man sie im Schutz von Häuserschluchten erlebt …

Ich trieb mich also wieder einmal bei der Koppel herum und flirtete mit den Rappen, da ging es los! Schon eine Weile war es ungewöhnlich still gewesen, als habe sich alles, was krabbeln oder fliegen konnte, an einen sicheren Ort verdrückt. Nun hob ein erster Blitz die Hügellandschaft aus dem grauen Dunst, der wie ein nasser Baumwolllappen auf ihr lastete, und in der Ferne grollte ihm bös ein Donner hinterher. Es war, als habe sich die Natur geduckt und eine Drohung läge in der Luft – prickelnd und gefährlich zugleich.

Da rannte Martin auch schon den Weg herauf. »Komm schnell ins Haus!«, rief er mir zu. »In Kürze ist hier die Hölle los!«

Und in der Tat, kaum war ich über die Sandsäcke gestiegen, die er vorm Hauseingang aufgetürmt hatte, da krachte es nicht weit von uns auch schon hinein. Gezischt und gesplittert hat das – meine Herrn! Bald zuckten die Blitze nur so um die Wette. Als Kind, fiel mir ein, hatte ich mir die Ohren zugehalten, den Kopf unter eine Decke gesteckt, wenn »der liebe Gott schimpfte«, wie's meine Ma nannte. Hier aber wuchs es sich zu einem solchen Inferno aus, dass kein Ohrstöpsel, keine Decke etwas ausgerichtet hätten! Selbst King, der anderen Rüden unerschrocken die Zähne zeigte, kam in erbarmungswürdiger kreatürlicher Angst zu uns hereingeschlichen, ließ seinen Kopf bei jedem neuen Donnerschlag ein bisschen tiefer sacken … Dann wurde es finster, und so gewaltige Wassermassen stürzten herab, als schütte man ganze Badewannen vor dem Fenster aus, hinter dem ich mich, stumm vor Schreck aber auch Staunen über die entfesselten Elemente, an Martin drückte. Den wiederum, der das ja nicht zum ersten Mal erlebte, plagten Sorgen anderer Art. Bald nämlich hielten die Anstriche, Folien oder womit immer er sein ›alternatives‹ Dach abgedichtet hatte, den ungeheuren Fluten nicht mehr stand, und es fing an, bedrohlich von der Decke zu rieseln! Das zunehmend heftige Plätschern in den Eimern und Töpfen, die wir aufstellten, war ein zermürbendes Geräusch, ließ es die ganze häusliche Geborgenheit doch nun als bloße Illusion erscheinen …

Unterdessen war aus dem Garten eine Art strudelndes Wildwasser geworden, das sich mit großer Geschwindigkeit bergab bewegte und dabei allerlei Gegenstände mit sich riss: Der Hundenapf kam angetanzt, ein Sonnenschirm, Geröll … Als sich der Himmel endlich wieder beruhigt hatte und Martin daran ging, sich draußen um die Schäden zu kümmern, stand ihm das Wasser dort bis zum Knie. Fast einen halben Tag sollte es noch dauern, bis es der steinhart ausgedörrte Boden vollends aufgenommen hatte.

Nur im hinteren Garten, dort, wo *Purple Secret of Vrissaki* über der Sickergrube der Nachbarinnen so exorbitant in den Himmel strebte, war eine Pfütze zurückgeblieben, die den Hausherrn beunruhigte. »Es stinkt ganz schön da hinten!«, knurrte er ärgerlich – nicht zuletzt, sagte ich mir, weil er's bis dahin immer abgestritten hätte – und spekulierte, ob etwa die Grube dort am Überlaufen sei. Die Sache könne aber auch mit einer Verteilerpumpe zu tun haben, einem Ding, das Wasser, wie er mir erklärte, aus Vorratsbecken in Leitungen pumpe und das er glaube, nebenan schon eine Weile laufen zu hören. Ja, es schiene ihm gar, als habe er das Geräusch schon vor dem Unwetter wahrgenommen ... »Bestimmt sind die leichtfertigen Vögelchen ausgeflogen und haben es versäumt, die Chose abzuschalten!«, meinte er. »Das kann die Damen teuer zu stehen kommen, weil sich so eine Pumpe im Leerlauf schließlich selbst erledigt ... Na, warten wir's einen Tag ab!«, schloss er. »Sollte die Brühe bis dahin nicht verschwunden sein, unternehmen wir was!«

* * *

Am Tag nach jenem Unwetter – es war ein Sonntag Ende Juni – wachte ich mal wieder reichlich spät, doch in umso glänzenderer Verfassung auf. Genüsslich räkelte ich mich im Laken und versuchte, einen schönen Traum zurückzuhalten, der mir entgleiten wollte. »Guten Morgen, alte Schlafmütze!«, meldete sich da Martin in der Tür. Er war noch feucht vom Duschen und ein Sonnenstrahl, der ins Zimmer fiel, ließ den rötlichen Flaum auf seinen Unterarmen schimmern. »Hier darf man sogar Obstflecken ins Bettzeug machen!«, neckte er mich, während er mir eine kühle Schale mit Beeren auf den Bauch stellte. »Und wenn du fertig bist«, fügte er hinzu, »können wir auch gleich frühstücken!«

Als er weg war, schwebte ich so richtig ins Bad. Wirklich, mir war, als ob ich auf Wolken ginge! Hatte ich nicht einen fabelhaften Kerl beim Wickel? Bestimmt würde ich's noch eine Weile mit ihm aushalten! Ich erinnere mich noch gut, dass ich mir an jenem Tag ein hübsches T-Shirt überzog, dessen Vorderseite ein prächtiger Kakadu aus buntschillernden Pailletten schmückte. Obendrein legte ich mir auch noch die Silberkette mit dem Aquamarin um den Hals, die mir meine Ma hinterlassen hatte und worin ich eine Art Talisman sah. Fast war es als spiegelten Martins Augen all das Geglitzer, als wir etwas später im Garten tafelten.

»Na, du süße Biene?«, neckte er mich, erneut meine Kaffeetasse füllend. Kein Zweifel, er war noch immer verliebt!

»Und was tun wir an diesem herrlichen Tag?«, fragte ich ihn unternehmungslustig, während ich mir Butter aufs krispe Brotende strich, das er stets für mich beiseite legte.

»Muss mich zuallererst um Nachbars Wasser kümmern!«, bekam ich zur Antwort. »Ist schon ein richtiger Teich bei uns entstanden!«

»Was hast du vor?«

»Nun, werd wohl nach drüben steigen und schaun, wo die Brühe herkommt. Die Pumpe läuft im Übrigen immer noch …«

Ich vergaß augenblicklich, in das Brot zu beißen, das ich zum Mund führte. »Du willst zu den Callgirls?!«, fragte ich Martin atemlos. Ein leichter Schauder, aber auch eine hochgespannte Neugier hatten mich gepackt.

»Erstens«, dämpfte Martin meine Aufregung, »ist's doch noch gar nicht sicher, ob's überhaupt welche sind … Und zweitens sind sie ja nicht da! Müssen, nebenbei, ziemlich eilig aufgebrochen sein, weil noch die Außenlampe brennt …«

Nach dem Frühstück holte er dann eine lange Leiter aus dem Schuppen, die er gewöhnlich zum Obstpflücken benutzte. »Und nun?«, wollte ich wissen.

»Komm mit, dann siehst du's!« Er schleppte das Ding darauf zum hinteren Garten und manövrierte es beim Rosenbaum an die

Mauer, bis seine oberste Sprosse einen Schritt unterhalb der Pergola der Nachbarinnen zu liegen kam.

»Hast du nicht Sorge, für einen Dieb gehalten zu werden, wenn das bemerkt wird?«, fragte ich beklommen. Meine Neugier war schlagartig verflogen und das nur zu bekannte Unbehagen hatte mich wieder im Griff.

»Keineswegs!«, meinte Martin, während er die Leiter hinaufstieg, so geschmeidig, als tue er das jeden Tag. »So macht man es in Hellas ... Ein Nachbar hilft dem anderen! Darin sind sie wirklich groß!« Er hatte sich in die Pergola geschwungen und schaute schmunzelnd auf mich herab. »Komm auch hoch!«, rief er. »Platzt ja vor Neugier!«

»Ich denk nicht dran!«, rief ich zurück. »Weiß der Himmel, was uns blüht, wenn sie uns erwischen!«

»Nun sei nicht albern, Mona, komm schon!«

»Aber mir wird schwindlig auf einer Leiter!«, sträubte ich mich.

»Dann wird's Zeit, etwas dagegen zu tun!«, antwortete mir Martin. Außerdem, meinte er noch, müsse er womöglich das Haus betreten, da sei es besser, wenn ich bei ihm sei. Nun ja, da gab ich meinen Widerstand auf, schaffte es mit Martins Hilfe doch nach oben. Und dort stand ich nun unmittelbar vor dem geheimnisvollen Rollladen, der so oft meine Fantasie beschäftigt hatte! Mir fiel auf, dass unser Garten der Betrachtung von dort oben wegen der mächtigen Bäume zwar weitgehend entzogen, mein Sonnenplätzchen am Pool aber voll einzusehen war. Wie die Bühne eines Puppenspiels! dachte ich. Eigenartig verfremdet, ja märchenhaft-entrückt schien mir sein Anblick aus jener Vogelperspektive.

Nachdem Martin in einem Schuppen verschwunden war, in dem in der Tat eine Pumpe lief, ging ich um das rätselhafte Haus herum, um einen Blick in dessen Garten zu tun. Es war einer von der Sorte, wie man sie dort auf dem Land nun häufiger sah und die diesen Namen eigentlich nicht mehr verdienten: Mit Ausnahme zweier ausgesparter Quadrate beim hohen, das Grundstück sichernden Gitterzaun, in denen Olivenbäume wuchsen, war er bis in den kleinsten Winkel zementversiegelt und mit geschliffenen Steinplatten ausgelegt, auf denen ein paar halb vertrocknete Kübelpflanzen kümmerten. Sonst gab es nur noch eine Wasserstelle darin und an einem Tischchen die jetzt allgegenwärtigen Plastikstühle in Weiß. Doch so nüchtern mir der Ort bei näherer Betrachtung auch erschien – der Spruch: *maison sans fleurs, femme sans coeur* ging mir durch den Kopf, worüber ich mich noch immer wundere – er hatte für mich keineswegs seine unselige Ausstrahlung verloren! Im Gegenteil, ohne erkennbaren Anlass begann ich plötzlich zu schwitzen, und mein Herz schlug derart schnell, dass mir ganz schwindlig davon wurde, ich mich einer Ohnmacht nahe fühlte …

Um mich abzulenken, beschloss ich, ein wenig Wasser in die Blumenkübel zu gießen. Und als ich auf der Suche nach einem Gefäß zur Haustür kam, stand die zu meinem Erstaunen offen. War etwa doch jemand drinnen, während Martin und ich so dreist dort durch den Garten liefen? Ich rief ein paarmal laut »Hallo!«, doch keiner rührte sich. Da trat ich, warum, weiß ich bis heute nicht, trotz meines äußerst starken Widerwillens in das unheimliche Gebäude! Nachdem ich dort ein paar Schritte durch einen dunklen Korridor getan und eine angelehnte Tür geöffnet hatte, nahm ich, wie betäubt und doch luzide, all dies auf einmal wahr: Den zum Erbrechen ekelhaften Verwesungsgeruch, der mir aus jenem von Lichtreflexen auf den Lamellen eines heruntergelassenen Rolladens nur dürftig beleuchteten Zimmer entgegenschlug, das aufgeregt gierige Summen und Brummen eines hochstiebenden, riesigen Fliegenschwarms darin, und die leblose Mädchengestalt, die, zusammengesunken und seltsam verrenkt, auf einem Stuhl saß, mit dunkler Mähne, die im Dämmerlicht metallen schimmerte, ihr vom tief vornüber gebeugten Kopf in den Schoß fiel, sich mit dem vielen Blut dort vermengte, das schwarz und eingetrocknet war wie die Rinnsale an ihren nackten Beinen, die Lachen, in denen ihre bloßen Füße standen. Auch das blutbesudelte, blaue Kleidchen, das sie trug, und die braunen Klebestreifen, die ihre weißen, brutal nach hinten gedrehten Arme an den Stuhl fixierten, ihre zierlichen

Fesseln umspannten, prägten sich mir unauslöschlich ein ... Und obwohl das Haar der Toten gnädig deren Gesicht verbarg, die kleine Seele längst davongeflattert war, wusste ich: Es ist die unglückliche Fremde vom Fenster gewesen!

Rückwärts taumelte ich ins Freie und muss dort so gellend geschrien haben, dass Martin augenblicklich aus dem Pumpenhäuschen stürzte, wissen wollte, was sei.

»Da drinnen ... die Kleine vom Fenster ... sie ist tot!«, rief ich in blankem Entsetzen.

»Verdammt!«, fluchte Martin und rannte ins Haus, während ich, verstört, benommen, unfähig war, mich vom Fleck zu rühren. Wie lange er wegblieb? Ich könnte es zuverlässig nicht sagen. Waren es fünf Minuten? Zehn? Eine Viertelstunde? Als er herauskam, wischte er auch noch umständlich am Türknopf herum. »Mord, Kind!«, flüsterte er, während er mich zur Pergola zog.

»Nur sie?«, hauchte ich.

»Alle! Das reinste Schlachthaus!«

»Gütiger Gott!«

Bei der Leiter angekommen, versagten mir fast die Beine, die jetzt nicht nur wegen meiner Höhenangst schlotterten. Doch Martin zischte, für so was sei keine Zeit. Sprosse um Sprosse langsam vor mir hinuntersteigend, brachte er mich sicher zu Boden. Bevor er die Leiter wieder im Schuppen verstaute, rieb er auch die sorgfältig ab. Dann schleppten wir uns ins Wohnzimmer, wo ich mich erschlagen aufs Sofa warf, während Martin den Ouzo holte, in Wassergläser goss. »Trink's aus!«, meinte er. »Das brauchst du jetzt!« Dann ließ auch er sich aufs Polster sinken. »Bestie, wer so was macht!« Er schüttelte sich.

»Warum, glaubst du, hat man's getan?«

Erst nach einer Weile antwortete er mir. »Weiber wie die ... leben nun mal gefährlich ... Da geht's um Geld, viel Geld ... Oft wissen sie auch zuviel ... Die hier waren wohl ein ganz besonderes Kaliber ...«

Hatte er sie nicht mal »nette Dinger« genannt?! »Wieso denn das?«, wisperte ich.

Nun war's so still im Raum, als hätte man es hören können, wäre dort der Flaum von der Brust eines Vogels gefallen. »Ihre Herzen ...«, sagte Martin dann. »Man hat sie ihnen rausgenommen ... alle vier ... in der Küche, auf der Anrichte, liegen sie ... fein säuberlich nebeneinander aufgereiht ... Nur gut, dass dir's vor Schreck entgangen ist!«

Ich schluckte, schauderte und es dauerte, bis ich etwas sagen konnte. »Wann, meinst du, ist es geschehen?«

»Ein paar größere Lachen sind noch feucht ... Kann demnach nicht sehr lange her sein ...«

»Oh Gott! ... Was tun wir jetzt ...?«

»Ich möchte, dass du dich zuerst beruhigst, Liebes!«, antwortete mir Martin, schon wieder halbwegs gefasst, wie es schien. »Selbstverständlich werd ich's melden müssen! Du aber darfst auf keinen Fall hineingezogen werden! Als Fremde hättest du mit reichlich Ungemach zu rechnen ... Besser, du warst nicht dort ... hast unten bei der Leiter auf mich gewartet, als ich wegen des Wasserschadens raufgestiegen bin ... Etwa zwei, drei Minuten hat das gedauert ... Zwei, drei Minuten, Mona! Wiederhole das!«

»Hab zwei, drei Minuten bei der Leiter gewartet, bis du zurück warst ...«, leierte ich, wie ein Zombie. Ich kam noch immer nicht klar.

»Gut, Kind!«, lobte mich Martin. »Und erwähne bloß nicht noch die Geräusche, die du hier nachts hast hören wollen!«, fügte er hinzu. Es schaffe nur unnötig Probleme. Er telefonierte dann mit Stefossi, und als wir, auf diesen wartend, in schwarze Gedanken versunken so nebeneinander auf dem Sofa saßen, sagte Martin plötzlich in die Stille hinein: »Die Sache mit den Handschellen damals ... die ich Dummkopf dir nicht glauben wollte ... mag sein, dass es zusammenhing ... Aber höre auf mich, Liebes, erwähne auch das nicht! Die Tatsache, dass man ein Verbrechen meldet, bedeutet ja nicht, dass man nicht auch verdächtigt wird!«

Klar, was er sagte, leuchtete mir ein. Warum sich selbst in Schwierigkeiten bringen, bloß um es den Ordnungshütern leicht zu machen ...?

Etwas später traf dann Stefossi ein, zwei seiner Leute im Schlepptau. Er hatte bereits den Tatort besichtigt, wo der Rest seiner Männer jetzt Spuren sicherte. Im Übrigen habe er, wie er Martin wissen ließ, Meldung an seine vorgesetzte Behörde in Athen gemacht, die den heiklen Fall höchstpersönlich übernehmen, eigene Leute schicken wolle. Martin bot den dreien Ouzo an, und es blieb nicht bei einem. Bleich hingen die jüngeren Kerle in ihren Sesseln. Der Typ, der den Streifenwagen gesteuert hatte, als wir bei von Greifenburg waren, sprach ein leidliches Englisch und übersetzte die paar Fragen, die mir Stefossi stellte. Ich sagte also mein Sprüchlein von der Leiter auf und die Sache schien geritzt.

Anders erging's Martin! Nach und nach hatte sich der Raum nämlich mit den Bullen aus Athen gefüllt und die nahmen ihn kräftig in die Mangel. Mir hatte man gestattet, mich zurückzuziehen, und ich wollte gerade zum Klo, als mich Martin, der vorgegeben hatte, dass er pinkeln müsse, dort hineinzog und die Tür hinter uns schloss. »Pass auf, Mona«, flüsterte er, »die werden dich fragen, was ich gesehen habe nebenan … Sprich dich nur offen drüber aus, … auch über die drei Herzen …«

»Drei …? V i e r sagtest du!«, erinnerte ich ihn.

»Unsinn, Kind! Du verwechselst was!«, widersprach er mir. »Es waren drei, Dummerchen! Sind ja auch bloß drei Leichen … Besser, du bleibst bei dem, was logisch ist – okay?«

»Kein Problem!« Zwar hätte ich schwören mögen, dass er v i e r sagte, doch wer vertat sich nicht mal? Und wirklich, es machte keinen Sinn … Dann schoss mir eine Gedanke durch den Kopf. »Und du … kein Wort von David … einverstanden?«

»Aber Mona!«, zischte Martin. »Der Mann hat Dreck am Stecken! Hat sich dort rumgetrieben, seinen Geldbeutel …«

»Keine Silbe von ihm, sonst kannst du mich vergessen!«, fiel ich ihm heftig ins Wort.

Mit reichlich säuerlicher Miene ging Martin wieder zu den Bullen, während ich mich in die Küche verdrückte, tat, als gäbe es dort was zu pusseln. Und plötzlich stand doch dieser Oberkriminale, keine Ahnung, ob der sich bei denen Inspektor nennt, hinter mir! In tadellosem Englisch wollte er von mir wissen, was mir Martin über den Mordfall gesagt habe. Als ich ihm dessen Version berichtete, durchbohrte er mich mit seinem Blick. Schließlich hackte er noch eine ganze Weile auf der Frage herum, ob Martin, als er vom Nachbarhaus zurückgekommen sei, nicht etwas bei sich trug. In seinen Taschen womöglich? Kein Problem, dem Bullen klarzumachen, dass der bei der Hitze in der Badehose war. Wo sollte da einer was verstecken?!

Bevor sich die Männer schließlich davonmachten, schwatzten sie noch recht offenherzig über die Sache. Wenn die Bluttat auch wie ein Ritualmord an Prostituierten erschiene, denen ein psychopathischer Freier den Garaus gemacht habe, führten sie mit zweideutigen Mienen aus, sei das vermutlich doch nur vorgetäuscht, um einen Raubmord zu verschleiern …

Und genauso brachten es die Medien schon am nächsten Tag unters Volk. Einige Zeit füllte das Verbrechen mit all seinen scheußlichen Details nun die Gazetten, bei deren Lesern offenbar die Meinung vorherrschte, ein Hellene sei zwar fähig, im Zornesrausch zuzustechen, nicht aber, ein so grausiges Massaker anzurichten, zumal an Frauen … Martin knirschte vor Wut. Hatten ihm die Bullen nicht Diskretion versprochen? Nun stand sein Name in allen Blättern! Auch auf die Journaille war er sauer, die es ihm offenbar heimzahlte, dass er einige Reporter, die uns allzu unverfroren auf den Pelz rückten, von seinem Grundstück wies. In sämtlichen Artikeln trat man nämlich breit, dass es der d e u t s c h e Nachbar gewesen wäre, der die verstümmelten Leichen entdeckt, als Erster das Haus der als steinreich geltenden Ärztin betreten habe, die dort, wie es hieß, ein sagenhaftes Vermögen gebunkert hätte, das nun daraus verschwunden sei. »Die hetzen mir noch die Ganoven auf den Hals!« wetterte Martin. Er war außerdem überzeugt, dass man ihn unauffällig überwache. »Man hält mich zwar nicht für den perversen Killer«, knurrte er, »aber eine saftige Leichenfledderei traut man mir zu!«

Mit dem leichten Leben war es jedenfalls vorbei. Allein die Nachrichten aus der Heimat, die wir hin und wieder deutschen Zeitungen entnahmen, lenkten uns noch ein wenig ab. Es waren die Turnschuhrebellen der achtundsechziger Jahre, die dort jetzt regierten, welke ›Genossen‹ in Maßanzügen, die gern dicke Cohibas pafften. Das rote Halstuch von einst trug nun die Kanzlergattin in Seide. Martin nahm es gelassen. Die Deutschen würden's überleben, belehrte er mich. Das sei das Erstaunliche an diesem Volk, das viel erdulde, um dann wie Phönix aus der Asche zu steigen, behauptete er.

XII

»Versprichst du mir was?«, fragte mich Martin eines Nachts, nicht lange nach dem grausigen Vorfall im Nachbarhaus. Wir waren zum ersten Mal wieder zärtlich miteinander gewesen.

»Gern!«, rief ich im Überschwang der Gefühle.

»Wenn ich mal nicht mehr sein sollte …«

»Wie redest du denn?!«

»Wenn ich mal nicht mehr sein sollte, Liebes – tu's nie mit Fred!«

»Na hör mal!«, entrüstete ich mich.

»Schwör mir's!«

»Also gut, ich schwör's!« Es schien ihm dermaßen ernst damit, dass ich zu seiner Beruhigung auch noch einen lausigen Spruch über dicke Männer vom Stapel ließ, obwohl ich für die, zugegeben, ein Faible habe.

Noch hielt ich sein absonderliches Begehren für einen Anflug von Eifersucht, hatte Fred doch angerufen, um uns für den Abend seinen Besuch anzukündigen. Er sei einige Zeit geschäftlich unterwegs gewesen, habe von der monströsen Tat aus der Zeitung erfahren und wäre neugierig, Näheres darüber zu hören, erklärte er. Zu seiner heftigen Auseinandersetzung mit Martin kein Wort.

Als Fred dann angewalzt kam – es wurde schon dunkel und der Hausherr brütete hinter einem Windlicht in einer der Lauben – ging er sofort zu diesem hinein. Auf die lärmende Begrüßung seines Freundes reagierte Martin kalt. Dann kamen sie aber doch ins Palavern und es wurde zudem kräftig ›gekübelt‹, wie sie ihr Saufen gewöhnlich umschrieben. Ich kam gerade mit Nachschub vom Haus, da hörte ich sie auch schon wieder streiten. »Nun mach einen Punkt!«, rief Fred aufgebracht.

»Und ich habe ihn gesehn!«, beharrte Martin.

»Wenn ich dir's doch sage … Es stimmt einfach nicht!«, schnaubte Fred.

Unbemerkt von den Männern blieb ich hinter einer Hecke stehen, wo ich sie gut beobachten konnte. Im flackernden Kerzenlicht wirkten ihre Gesichter wie Fratzen.

»Du bist der Einzige hier, der diesen Wagen fährt!«, fing Martin in gespielter Ruhe wieder an. »Glaubtest wohl, bei den Zypressen wär er gut versteckt?!«

»Vorsicht, Mann!«, zischte Fred in höchster Erregung. »Ich wiederhole es, ich war nicht in dem Haus! In meinem Leben hab ich keinen Fuß hineingesetzt! Es scheint dir dran zu liegen, mir was anzuhängen, wie?«

»Regst dich ja ganz schön auf!« Martin schien wie versessen darauf, den Disput auf die Spitze zu treiben. Er maß Fred mit verächtlichem Blick. »Die Bullen sagten, der Mörder müsse kräftig gewesen sein … die Statur dazu hättest du … Und was den perversen Aspekt anbetrifft … wer noch an Muttis Nippeln hing, als andere schon mit der Schultüte rumliefen, Mann, der ist doch versaut fürs Leben!«

Meine Güte, was erlaubte er sich! Fred redete zwar recht ungeniert darüber, dass er als Knirps seine Flucht aus dem Osten nur so habe überleben können, und Martin, dem die Vorstellung unangenehm war, riss unter vier Augen schon mal Witze darüber. Dies aber ging mir zu weit! Ich wollte ihm also gerade Zeichen machen, da hob Fred auch schon die Faust. »Wenn du die Schnauze noch mal darüber aufreißt, Kerl, dann fängst du eine!«, donnerte er los. »Im Übrigen denke ich gar nicht daran, mich zu rechtfertigen für etwas, das ich nicht verbrochen habe! Außerdem … könntest du's nicht selbst gewesen sein? Wohnst gleich nebenan, schleichst nachts dort herum … Bist du nicht auch bei m i r herumgeschlichen?!«

Energisch trat ich in die Laube. »Nun gebt doch Ruhe, ihr Streithähne!«, schimpfte ich. »Bist ja ganz bleich!«, fügte ich, an Freds Adresse, hinzu.

»Sollte ich bleich sein, Mona«, antwortet mir dieser mit einer Handbewegung zu Martin hin, »dann seinetwegen, der mir das Ungeheuerliche unterstellt! Und nun hör zu, du Oberschlauer!«, wandte er sich an seinen Freund. »Na schön, ich hab in meiner

Jugend manchen Scheiß gebaut! Will auch nicht leugnen, dass ich mein Geld in Steuerparadiesen parke, die Konkurrenz das Fürchten lehr ... Hab Weiber betrogen, mich in Puffs rumgetrieben, gefressen und gesoffen ... Dinge, nebenbei, für die dich manch einer hier respektiert ... Doch Mord und Totschlag, Kerl, das nicht!«

Es trat eine Pause ein. Dann sagte Martin, dem anscheinend nicht zu helfen war, in die Stille hinein: »Da hast du wohl auch eins der Opfer beglückt ...?!«

»Ab und an in der Tat ...«, stieß Fred da zu meiner Verblüffung zwischen den Zähnen hervor. »Doch es ist Jahre her ... längst vergessen! In der Mordnacht lag ich in Kalamata im Bett – ich schwör's! ... Mensch, Martin, ich bin doch kein Frauenschlächter!« Er sprang so heftig auf, dass mitsamt seinem Stuhl auch sein Sakko zu Boden ging, das er nun an sich raffte. Ein paar Schritte war er schon losgestürmt, da drehte er sich noch einmal um. »Halt dich da raus, Kerl!«, drohte er. »Ich warne dich! Nicht, dass du's eines Tages bereust!« Dann warf er sich in seinen Wagen, ließ dessen Motor aufheulen und schon hatte ihn die finstere Macchia verschluckt.

Ich war wie vor den Kopf geschlagen. »Sollte das heißen, dass du Fred für einen dreifachen Mörder hältst?!«, herrschte ich Martin an.

»Warum nicht?«, knurrte der vage.

»Sagten die Bullen nicht auch, selbst, wenn der Mörder kräftig war, allein wär's äußerst schwierig gewesen ...?« Ich konnte noch immer nicht fassen, was er sich, wie ich glaubte, zusammenspann.

»Typischer Fall von Inkompetenz!«, hielt Martin dagegen. »So einer braucht doch nur ein Sadomasospiel verlangen ... er fesselt ... sie lassen sich's gefallen ... und er sticht zu ...«

»Nun aber Schluss damit! Die Sache ist zu schrecklich, um Witze drüber zu reißen!«

»Es sollte nicht gerade ein Witz sein!«, brummte Martin.

»Quatsch! Welches Motiv hätte Fred gehabt?«

»Perversität, wie gesagt, so, wie er redet ... Vielleicht ist er auch ihr Lude gewesen, sie haben ihn übers Ohr gehauen, beim Finanzamt hochgehn lassen, Dinge ausgeplaudert ... denkbar wär manches ...«

»Jetzt mal im Ernst ... du unterstellt ihm, dass er 'ne solche B e s -
t i e ist?!«

»Hab ich das?«

»Ja oder nein?«

»Hör zu, Kind, ... Fred könnte auf mancherlei Art in den Fall
verwickelt sein ... hab so meine Überlegungen ... Wir werden's
sehn... Da fällt mir dein Versprechen von letzter Nacht ein ... Wirst
du's auch halten?«

Er fing schon wieder damit an! »Na schön, du eifersüchtiger
Kerl!« lenkte ich ein. »Auch wenn mich's ein gewaltiges Opfer kosten würde, dem attraktiven Herrn von Greifenburg 'nen Korb zu
geben!«, fügte ich, in einem Anfall von schwarzem Humor, hinzu.

Es sollte das letzte Mal sein, dass dieses Thema zwischen uns er-
örtert wurde. Und es hatte einen mehr als traurigen Grund.

* * *

Die Nacht, die kurz darauf vermutlich zur längsten meines Lebens werden sollte, war unerträglich schwül. Kein Lufthauch wollte
sich regen, hat auch nur den Vorhang bewegt. Mit bloßem Arm
war ich wohl an ein Netz geraten, das Martin zum Schutz vor
den uns plagenden Mückenschwärmen übers Bett gespannt hatte.
Jedenfalls war ich übel zerstochen worden. Nun lag ich da, kratzte
mich und starrte ins Zimmer, das der Vollmond mit irisierendem
Licht erfüllte. Neben mir schlief Martin so tief und mit so lautlosen
Atemzügen, als sei er tot. Würde er sich doch nur ein klein wenig
bewegen! dachte ich. Dann beschloss ich, dass er bei Tag einen
Tümpel zuschütten sollte, wo all die Mücken brüteten. Auch das
Quittenkompott ging mir durch den Kopf, das ich anderntags bereiten wollte und das er, Hommage an meine Kochkünste, ›Ragout‹
zu nennen pflegte. Schließlich aber kreisten meine Gedanken doch
wieder nur um das schaurige Verbrechen im Nachbarhaus, die un-
durchsichtige Rolle, die Fred, sollte Martins Unterstellung zutreffen,
womöglich dabei gespielt hatte ...

Und dann, bei Gott, ist es wieder passiert! Deutlich war es zu hören, das Rascheln! Dazu ein Knarren und Quietschen, tappende Schritte ...

»Martin!«, flüsterte ich atemlos. »Martin!« Er bewegte sich leicht. »Hörst du's nicht? Hör nur!« Wieder war da der tappende Schritt, jetzt auch ein leises Klirren ...

Nun warf sich Martin, hellwach, herum. »Fängt das schon wieder mit dir an, Mona?!«, stöhnte er.

»Aber da ist was, Martin, da ist was!«, wisperte ich.

»Ich höre absolut nichts, mein Kind!«

War es denn möglich? Er hörte es nicht? »Ja, spinn ich denn?«, zischelte ich. »Es ist da, ob du's hörst oder nicht!« Das leise Klirren war nun so leise gar nicht mehr und kam, wie mir's schien, aus dem Wohnzimmer.

»Pass auf, Mona«, sagte Martin und befreite sich von seinem Laken, »dies eine Mal noch werd ich nach draußen gehn! Dann aber ist Schluss! Du musst dich endlich zusammenreißen!« Er stieg in seine Jeans, zog sich sein T-Shirt über.

»Lieber«, flehte ich, »geh besser nicht!« Dumpfe Angst hatte mich gepackt, wollte mich schier überwältigen. Schweiß trat mir aus den Poren.

»Nein«, antwortete mir Martin ruhig, »es muss ein Ende haben!« Er ging schon zur Tür, als mir sein Messer einfiel, das immer noch auf dem Bord überm Bett lag. »Nimm wenigstens dein Messer mit!«, bettelte ich.

Er kam eigens noch mal zurück, um das Messer an sich zu nehmen. Im fahlen Licht sah ich, wie er kopfschüttelnd auf mich herunterlächelte. Dann ging er hinaus, schloss leise die Tür hinter sich ...

Da lag ich nun, bebend vor Angst, und horchte. Zuerst war da ein Lärm, als ginge etwas zu Bruch. Auch gedämpfte Stimmen glaubte ich zu hören. Dann wurde es für Augenblicke still ... Schließlich aber waren wieder Geräusche da, undefinierbare, wie ein Schleifen und Knacken ... Auch Schritte hörte ich erneut, eilige diesmal, als renne jemand davon … Nach einer Weile schlich ich zur Tür, legte mein Ohr daran. Nun aber war es still – totenstill! Meine Gedanken überschlugen sich. Bestimmt, sagte ich mir, hat Martin jemanden beim Klauen erwischt, rennt dem Dieb, furchtlos, wie er ist, hinterher … will ihm die Beute abjagen, einen Denkzettel verpassen … Gleich wird er zurück sein!, redete ich mir ein.

Doch Martin kam nicht zurück und nur die grauenvolle Stille blieb. War er vielleicht verletzt? So schwer verletzt womöglich, dass er sich nicht mehr selber helfen konnte …? Du musst ihn suchen!, überlegte ich zitternd. Doch von Angst paralysiert, brachte ich es nicht fertig … Dann, als mir bewusst war, dass mich niemand und nichts mehr schützte, dachte ich nur noch an mich. Schloss in Panik das Fenster, das – o Gott! – immer noch offen stand, zerrte einen Sessel zur Tür, stülpte den Tisch darauf und den Stuhl obenauf und wartete unter Schock, die Pistole in der Hand, bis der Morgen durch den Vorhang kroch. Taghell musste es werden, bis ich mir eingestand, dass etwas unumkehrbar geschehen, etwas unwiederholbar zu Ende war. Auch Einer wie Martin war ja nur ein Mensch!

So weit ich mich überhaupt erinnere, muss ich die Barrikade abgebaut, mich ins Wohnzimmer geschleppt haben, wo auch gleich zu sehen war, dass der Schrank offen stand, halb leer geräumt war, Scherben herumgelegen haben … Mechanisch wählte ich Freds Nummer, der auch augenblicklich an den Apparat kam. »Fred! Hier ist was Schreckliches passiert! Diebe waren da … Martin ist raus und nicht zurückgekehrt …!«, wimmerte ich gerade noch in den Hörer. Dann wurde mir es finster vor Augen.

∗ ∗ ∗

»… zu töten, als sei es nichts … dem anderen sein Recht zu nehmen, ein einziges Mal, atmend, mit schlagendem Herzen, auf Erden zu sein …« Ich klagte es, in Tränen aufgelöst, Fred, der mit ernster Miene, meine Hand in einer seiner Pranken haltend, auf der Kante meines Bettes saß, in das er mich vermutlich höchstpersönlich befördert hatte, nachdem man mich am Morgen ohnmächtig neben dem Telefon fand. Das gedämpfte Licht in Martins Schlafzimmer kündigte schon den Abend an. Den ganzen Tag hatte ich dort wie in Narkose zugebracht.

»Gewiss!« Es klang erschüttert, aber gefasst. Fred hatte mich nicht geschont. Berichtet, dass er nach meinem Anruf unverzüglich in Stefossis Begleitung hergeeilt sei. Dass sie Martin hinter den Fliederbüschen entdeckt hätten, ein Messer im Herzen, das ihn augenblicklich getötet haben müsse. Dass in der Tat alles auf einen Raubüberfall deute, insbesondere das Fehlen eines Teils seiner Fayencen, nicht eben wertloser Stücke. Dass Martin den Dieb vermutlich gestellt, es ein Handgemenge gegeben habe, in dessen Verlauf die schreckliche Tat geschehen sei. Schließlich, dass Martins Leichnam bereits eingesargt und zur Bestattung freigegeben wäre, die schon morgen »über die Bühne« ginge, wie dort »im Allgemeinen üblich«.

»Ich hoffe, ich durfte diese Formalien für dich erledigen, meine Liebe!«, meinte Fred nun. Martin werde Berge von Blumen haben, einen prächtigen Stein. Ich allerdings müsse in meinem Zustand zu Hause bleiben. Leider, berichtete er noch, sei Agape unauffindbar, werde nun auch in Hamburg gesucht, wo sie sich hin und wieder aufhalte. Mich dagegen werde man in Ruhe lassen, dafür habe er gesorgt. »Nun aber«, sprach Fred rasch weiter, »lass mich dir konkrete Vorschläge machen! In diesem Haus kannst du nicht länger wohnen! Wenn du willst, schließen wir es ab und fahren zu mir … Dort lebst du, solange dir's passt. Willst du zurück nach Deutschland, okay, dann kaufen wir ein Ticket! Möchtest du bleiben – noch besser!« Zaster, erklärte Fred, habe er genug, den könne man gar nicht verprassen. Und dass er meine Gesellschaft genösse, müsse er wohl nicht betonen. »Jetzt aber«, wie eine Preziose legte er meine Hand aufs Kissen, »vertrete ich mir erst mal die Füße! Überleg dir's also inzwischen … Und falls du einverstanden bist, pack deine Sachen!«

Wenn das Schiff, auf dem wir reisen, untergeht, zählt nicht, ob der rettende Balken aus Buche oder Eiche ist. Ja, man wird sogar nach einem morschen greifen … So viele Vorbehalte ich auch hatte, ich ließ es Fred nicht zweimal sagen. Nur weg, fort aus dem finsteren Haus, in dem ich vor Angst fast umgekommen wäre! Ich rappelte mich also auf, wusch mir die Tränen vom Gesicht, warf meinen Krempel in den Koffer. Und als Fred wieder ins Zimmer trat, stand ich fix und fertig da.

Beim Tor tat ich einen letzten Blick auf Martins Reich. Am Abendhimmel, hoch über seinem Land, funkelte ein einzelner Stern. In der Luft wogte der Duft von Gras, Vieh und Limonen. Gegenüber, auf dem abgeernteten Weizenfeld, wartete schon der Bentley mit weit geöffneten Türen. In einer Mischung aus Wehmut und Schmerz, aber auch unverhohlener Erleichterung ließ ich mich, umschmeichelt von den schmelzenden Klängen Nat King Coles, in einen der komfortablen Ledersitze fallen. Ich hatte ja keinen Schimmer, worauf ich mich da eingelassen habe!

XIII

Die erste Woche in von Greifenburgs Haus verbrachte ich wie in Trance, einem Schockzustand, hieß es. Von Zeit zu Zeit daraus aufwachend, sah ich mich, in raschelnden, champagnerfarbenen Satin gebettet, in einem eleganten Zimmer liegen, mit Blick ins Grüne, wo Fred mit besorgter Miene auf und ab spazierte. Anfangs saß seine Wirtschafterin an meinem Bett, fütterte mich mit Häppchen und flößte mir Getränke ein. Auch einen Arzt hatte man aus Athen herbeigeschafft, der ein paarmal an mir herumhorchte, mir strikte Bettruhe verordnete.

Schließlich aber kam der Tag, an dem ich wie neugeboren aus den Federn stieg, recht angetan meine schicke Umgebung zur Kenntnis nahm und Fred, der mal wieder auf der Terrasse vorbeidefilierte, durchaus munter zuwinkte.

»In einer halben Stunde wird hier draußen gefrühstückt!«, rief er ins offene Fenster hinein.

Also ging ich, vom Bad erfrischt und in einen seiner seidenen Hausmäntel gehüllt, zu ihm hinaus, wo er mich lautstark begrüßte, mir einen Riesenberg Rührei auf den Teller packte, das er, wie er betonte, höchstpersönlich für mich zubereitet habe. »Despina kommt nämlich nicht mehr!«, erklärte er. Wenn Angestellten dort eine Laus über die Leber liefe, ließen sie die Kröten sausen, blieben einfach weg. »Doch du wirst sehn«, gab er sich zuversichtlich, »in ein paar Tagen stehn sie dutzendweise auf der Matte!«

»Aber Fred!«, rief ich. »Bin ja doch auch noch da! Hab nicht vor, die ganze Zeit am Beach zu liegen! Und aufs Pflanzenwässern ist doch sicher schon der Gärtner scharf?«

»Also schön«, stimmte er mir nach kurzem Zögern zu, »aber wirklich nur fürs Erste! Schließlich sind wir nicht die Steinbergs!«

Die Steinbergs!

Siedend heiß fielen mir jetzt Martins Tiere ein. Ich fragte meinen

Gastgeber danach, wobei meine Stimme, ich erinnere mich noch gut, bereits beträchtlich zitterte.

»Nun ...«, sagte Fred, auffallend ins Verspeisen seines Rühreis vertieft, »King war zunächst bei den Russen untergeschlüpft, die ihn aber nicht behalten konnten. Da hat ihn ein Freund von mir nach Thessaloniki mitgenommen ... Falls du gesteigerten Wert darauf legst, bekommst du ihn selbstverständlich zurück ...«

»Gesteigerten Wert, Fred?!«, rief ich fassungslos. »Ist doch wohl klar, dass ich das Tier zurück haben will! ... Was ist mit den Pferden?«

»Nun ... Pepper habe ich zum Bauern gegeben, wo er schon öfter stand, bestens versorgt, wie du weißt ... Sobald wir einen Stallburschen haben, holt der ihn her!«

»Und Django ...?«, fragte ich, längst aufs Schlimmste gefasst.

»Django? Also ... der Bauer hatte keinen Platz für den, auch sonst wollte ihn keiner haben ... Kein besonders edles Tier, weißt du, nicht mehr der Jüngste ... Schließlich hat ihn für ein paar Drachmen der Zigeuner gekauft ...«

»Du hast Django an den Zigeuner verschachert?«, kreischte ich.

»Ja, bist du denn von allen guten Geistern verlassen?! Du weißt so gut wie jeder hier, dass der die Tiere nach Frankreich schafft, wo sie den sogenannten Gourmets als Delikatesse gelten!«

»Nun, nun ... nimm's nicht so tragisch, Chérie!«, versuchte Fred, die Sache unter den Teppich zu kehren. »Schließlich war's nur ein einfacher Ackergaul! Wir dagegen werden eine Menge edler Pferde haben ... echte Araber ...«

»Hör zu, Fred«, stöhnte ich, »edel oder nicht! Pepper, King und ich lieben ihn! Das Gnadenbrot sollte er bekommen ...«

»Schon gut, schon gut!«, fiel mir da Fred, den es zu nerven begann, ins Wort. »Gleich morgen früh kauf ich den Gaul zurück!«

»Nicht morgen, Unhold – j e t z t !«, rief ich aufgebracht.

»Na schön, Gnädigste!« Fred, auf einmal watteweich, legte seine Gabel aus der Hand. »Du weißt wohl längst, dass du alles von mir haben kannst, wie?«, brummte er.

Tatsächlich zog er dann auch los, um die Sache in Ordnung zu bringen. Doch als er zurückkam, wusste ich gleich, dass der Rappe nicht mehr zu retten war. Schon am Vorabend, berichtete Fred, sei der Viehtransport nach Frankreich abgegangen. Es sei nun mal passiert, nichts mehr zu machen, punktum!

Armer, guter Django-Freund! Heulend lief ich in mein Zimmer und warf mich aufs Bett, während Fred, dem es womöglich nun leid tat, mit seiner Serviette fuchtelte, mir nachrief, das Tier sei bald im Pferdehimmel …

Pferdehimmel! Es war die Höhe! Hatte er mir nicht erst kürzlich erklärt, in Wahrheit sei es eine »schauerliche Manege«, wo es für viele »so heimelig« funkele? Dass er nun vom »Pferdehimmel« redete, machte die Sache nicht gerade besser! Auch als meine Tränen schließlich getrocknet waren, rührte ich mich für den Rest jenes Tags nicht mehr aus meinem Zimmer.

* * *

Sicher, ich habe mich wieder mit Fred versöhnt. Allerdings erst, nachdem er versprochen hatte, King unverzüglich zurückzubringen!

Ans freie Leben auf dem Land gewöhnt, wollte der sich in der fremden Stadtwohnung nämlich nicht fügen, weshalb ihn sein herzloser Halter ins Tierheim gegeben hatte. Fred, der nun richtig Manschetten zu haben schien, rief aber gleich dort an, um mitzuteilen, dass wir den Hund in Kürze holen würden. Auch Tickets für den Flug bestellte er sofort. Nicht nur wegen King konnte ich die Reise kaum erwarten. Bekanntlich galt es, viel zu verdrängen, und mir kam jede Ablenkung recht.

Vor diesem Trip nach Thessaloniki machte ich, heimlich, hinter von Greifenburgs Rücken, allerdings noch eine Visite.

Schon ein paarmal war ich beim Versuch, meinem Gastgeber den Grund für das plötzliche Ausbleiben seiner Wirtschafterin zu entlocken, abgeblitzt, was mich so wurmte, dass ich beschloss, der Sache auf eigene Faust nachzugehen. Auch schulde ich der Frau, sagte ich mir, einen Dank für die Pflege, die sie geleistet hätte. Also stieg ich eines Morgens, nachdem Fred in die Stadt gedüst war, mit einer Schachtel Mozartkugeln bewaffnet in einen jener klapprigen Linienbusse, die meist im Höllentempo um die Ecken bogen, dich, falls du zeitig genug gesichtet wurdest, wo auch immer aufpickten. In einem Bergdorf schließlich kletterte ich, nachdem mir Anwohner den Weg gezeigt hatten, zwischen Rebstöcken und Tomatenstauden zu Despinas Häuschen hinauf. Bestimmt hatte mich die Frau bereits kommen sehen, war sie doch ungeachtet der Wärme in der Laube, in der sie ruhte, in wollene Decken gepackt. Wortreich legte sie mir dar, wie elend sie sich fühle und dass an Arbeit nicht zu denken sei. Ich schaute etwas genauer hin. Despina mochte um sechzig sein, und hatte in der Tat dunkle Schatten um die Augen, wie man sie aber auch bei jungen und gesunden Frauen dort häufiger sah. Unzählige Falten furchten ihr Gesicht, verrieten zu viel Arbeit in sengender Sonne, zu wenig Schlaf. Ihre Nase war so gerade wie deren klassische Vorbilder, und an ihren unregelmäßigen Zähnen blitzte hier und da ein wenig Gold. In ihrer fraulichen Körperfülle, der geblümten Polyesterbluse, in der ein großer Busen wogte, den ausgefransten Stoffschlappen, die unter den Decken hervorsahen, gefiel sie mir recht gut. Eifrig zeigte sie mir ihre abgenutzten Hände. Ihr Lebtag habe sie die ohne Bedenken in schädliche Flüssigkeiten getaucht. Am Frankfurter Flughafen habe sie Klos geschrubbt, fremder Leute übelste Hinterlassenschaften weggewischt. Trotzdem sei sie's zufrieden gewesen, auch wegen der guten Kontakte zu den anderen Frauen der Putzkolonne. Nein, Eine wie sie sei keine Drückebergerin!

Jorgos, Despinas Mann, der jetzt mit Gläsern, Wein und Gebäck aus dem Dunkel des Hauses schlurfte, ging schon ein wenig krumm vom vielen Schweißen in »Germania«, wie er erzählte, wo auch er sich eine kleine Rente verdient habe. Zum Neid so mancher Dorfbewohner, meinte er, die aber auch alle ihre Häuschen hätten, von vielen Vettern, Onkeln und so weiter gebaut. Leider treibe ihr Mann, klagte nun Despina, Raubbau an seiner Gesundheit, gönne

er sich im Kafenion doch zu viel Mokka, Ouzo und all die Glimm-
stängel ... (Jorgos' schwärzlicher Teint, oft vertreten bei den Knei-
penhockern dort, verriet in der Tat einen vorzeitigen Verfall, weshalb ich am Wahrheitsgehalt offizieller Statistiken zur angeblichen
Langlebigkeit der Hellenen auch so meine Zweifel hatte.) Doch
Unvernunft hin oder her, diese beiden guten und gastfreundlichen
Menschen ließen mich beschämt an einige unerfreuliche Begeg-
nungen in den Seitentälern meiner Heimat denken, wo einem die
Bauern schon mal mit verkniffenem Mund den Rücken kehrten, gar
bissige Hunde laufen ließen, wenn man sich zu nah an ihre Höfe
wagte ... Despinas offenkundige Notlüge entging mir deshalb aber
nicht. Als ich etwas später aufbrach, warf die angeblich so Kranke
nämlich plötzlich ihre Decken beiseite und bestand darauf, mich
noch zur Straße zu begleiten. Dort ergriff sie meine Hand, nachdem
sie sich zuvor mehrfach umgesehen hatte. »Geh zurück in dein Heimat, Täubchen!«, riet sie mir eindringlich. »Nix gutt für dich hier!«
    »Warum nicht, Despina?« Endlich kam sie zur Sache!
    »Nix gutt bei diese Mann ... Deutschland gutt ... schön Land,
schön Geschäften ... alles gutt ...«
    »Warum bist du dann nicht dort geblieben?«, fragte ich. Leider,
wie ich nachher fand, lenkte es doch nur vom Thema ab.
    »Deutschland nix mein Heimat!«, antwortete mir die Griechin.
    »Ach, meine bald auch nicht mehr!«, rief ich ärgerlich. »Das Land,
das du meinst, g a b ' s einmal ... Zu viele Bürokraten jetzt, Gesetze,
Clowns am Regieren!« Ein endloses Thema, sah ich doch mich,
David und all die anderen, die dort nun ohne Arbeit waren, als
Opfer verfehlter Politik.
    »Is aber dein Heimat!«, beharrte Despina tadelnd. »Muss man nix
schimpfen auf sein Heimat!« In diesem Augenblick rumpelte mein
Bus herbei. »Jia su! Jia su!«, verabschiedete mich die Frau. Dann aber
trat sie noch einmal näher, so nahe, dass ich ihren warmen Atem an
meinem Ohr spürte. »Hör auf mich, Täubchen«, zischelte sie wie
beschwörend hinein, »geh weg von diese Mann!«
So wohlüberlegt jener Abstecher ins attische Bergland auch war,

über das Motiv für das Fernbleiben von Freds Wirtschafterin verriet er mir also nichts! Gewiss, Despina hat mich unmissverständlich vor von Greifenburg gewarnt. Und hatte das nicht auch Martin getan?

Für allzu viel Grübeln aber fehlte die Zeit, sollte ich doch schon am Tag darauf mit dem schillernden Menschen nach Thessaloniki fliegen …

* * *

Bald ist King bei mir!, dachte ich froh, während ich, neben Fred im Flieger sitzend, in den halbgaren Salzkartoffeln stocherte, mit denen die Airline an jenem Tag ihre First-Class-Gäste ›verwöhnte‹. Von Greifenburg hatte das Zeug unbesehen zur Seite geschoben, gebrummt, wir hätten Besseres vor.

Der neue Flughafen von Thessaloniki, wo wir dann landeten, gefiel mir gut. Fred wiederum hatten es die jungen Damen an den Informations- und Abfertigungsschaltern angetan, die alle ein wenig so aussahen, als ob sie träumten, Abflugzeiten schon mal Kritzeleien auf der Rückseite ihrer Schreibunterlage entnahmen und doch das Timing spielend schafften, wenn auch all die funkelnden goldenen Ührchen an ihren zierlichen Handgelenken – man dachte unwillkürlich an verknallte Piloten – nicht notwendigerweise synchron gehen mussten.

Draußen erwartete uns neben einer geleasten Limousine schon unser mazedonischer Fahrer, ein Typ wie ein Catcher, mit dickem Schnauzbart und blitzenden schwarzen Augen unter buschigen Brauen. Fred, dem der Schweiß in Strömen lief, ließ ihn sofort die Scheiben herunterfahren. Dann ging es zum Lunch nach Chortiati, einem hübschen Nest in den Bergen, wo sich ein Lokal ans andere reihte. Es thront, von einer Handvoll Nobelschuppen gesäumt, hoch über einer Ebene, deren großartiges Szenarium damals allerdings zwei Hügel verschandelten, von denen einer halb weggebaggert, der andere, Natostützpunkt der Amis, von massenhaft Sendemasten und Satellitenschüsseln verunstaltet war. Doch kaum hatten wir ein paar Schritte in den Ort getan, fing mein Begleiter auch schon an, beängstigend zu schnaufen. Und so begaben wir uns geradewegs in sein bevorzugtes Gartenlokal, wo wir uns unter Schatten spendendem Weinlaub an einem der sauber gedeckten Tische niederließen.

»Die Wurzel alles Guten ist die Lust des Bauchs!«, zitierte Fred einmal mehr Epikur. Dann streckte er sich wohlig und seufzend zugleich in seinem Stuhl, der leckeren Dinge harrend, die uns hier zweifellos erwarteten.

Zwei Kellner flitzten auch bald um die Wette, sich um unsere Wünsche kümmernd. In der gepflegten Küche, die durch große Scheiben einzusehen war, wurde fleißig gebrutzelt. Die Gäste, durchweg Griechen, hatten sich in Schale geworfen, trugen Sonntagsstaat, wie es in der Heimat aus solchem Anlass längst nicht mehr üblich war. An einem der Nachbartische saß ein besonders feingemachtes Paar. Er, ein hochgewachsener junger Mann in eleganter schwarzer Hose und Seidenhemd, Rolex am Handgelenk, schaukelte ein quengelndes Kleinkind auf den Knien, während sie, jung wie er, die Mähne blondiert und schick im weißen Spitzenmini, dazu hochhackige, geflochtene Goldsandaletten und Brillies bis in die Haarspangen, anfangs neugierig zu uns herübersah, dann aber lautstark mit den Kellnern stritt, weil diese uns zuerst servierten, obwohl wir doch noch längst nicht an der Reihe waren …

Und wirklich, Fred wurde dort in einer Art hofiert, ehrfürchtig fast, dass ich mich zu wundern begann! Er dagegen hielt sich nicht damit auf, schlemmte er doch nun, die Speisen dabei lautstark rühmend: »Lamm«, tönte er, »so zart, dass dir's im Munde schmilzt! Ein Spanferkelchen … ganz außergewöhnlich pikant mariniert! … Und dieser Reis! Duftig, wie ihn selbst Götter geliebt hätten!« Die Pommes nannte Fred »golden, aus taufrisch geernteten Erdäpfeln«, die nirgends besser gediehen als im mazedonischen Bergland. Die Auberginenscheiben serviere man uns, wie er feststellte, im »hauchdünnen Knusperteig«, von dem man jegliches Fetttröpfchen abgetupft habe. Und die Tomaten schließlich pries er als »saftstrotzend, süß und aromatisch«, ja, noch original nach ihren Sträuchern schmeckend, da sie traditionell, ohne Genmanipulation, angebaut seien. Selbstverständlich war auch der Feta, mit dem sie angerichtet wurden, der »allerköstlichste der Welt«. Kurzum, ein Essen, schwärmte Fred, das Bauch und Sinne gleichermaßen betöre. Keine Frage, es floss auch wieder reichlich Wein, und wie so oft staunte ich über die Mengen, die er vertrug. Als es ans Zahlen ging, meinte Fred, es seien doch nur Peanuts, richtig teuer essen müsse man woanders, und das würden wir künftig oft miteinander tun.

»Haben geschmeckt?«, fragte der freundliche Kellner, der in Deutschland als Koch gejobbt hatte. »Machen das gutt, griesch Olivenöl!«, fügte er stolz hinzu, als ich begeistert nickte.

»Von wegen!«, zog ihn Fred auf. »Das aus Ligurien ist besser!«

Doch der Grieche blieb standhaft. »Nix besser, kratzig!«, meinte er lächelnd.

»Kratzig?«, polterte Fred los. »Ranzig, Kerl, weil du's zu alt werden lässt!«

»Nix alt, nix ranzig … kratzig!«, beharrte der junge Mann, immer noch mit Respekt. »Kommt von die Wirmer in Oliven … Griesch Oliven nix Wirmer, nix kratzig …«

»Und warum habt ihr keine Wirmer drin?«, schnaubte nun Fred, ihn nachäffend. »Weil ihr spritzt wie die Teufel! Alles spritzt ihr ja, ihr Narren, auch den Wein … Ist doch dritte Welt hier!«, schimpfte er, als der Kellner, merklich in seinem Stolz getroffen, aber immerhin mit einem dicken Trinkgeld in der Tasche, gegangen war. »Bestenfalls in fünfzig Jahren herrschen hier europäische Verhältnisse!«

»Aber bei uns … auf der Mainau … in den Niederlanden … wo du hinguckst, spritzt man doch auch!«, gab ich zu bedenken.

»Aber es gibt Maximalwerte, Kontrollen!«, hielt Fred dagegen. »Hier kocht doch jeder sein eigenes Süppchen … Paragrafen gibt's zwar genug, doch keiner hält sich dran!«

Als wir zum Wagen kamen, hielt unser Fahrer schon die Türen für uns auf, und ich kletterte, wie zuvor, auf den Rücksitz. Ich glaubte, Fred werde sich, seiner Länge wegen, wieder nach vorn setzen. Doch Pustekuchen! »Du erlaubst?«, murmelte er, während er sich auf Tuchfühlung neben mir in den Sitz fallen ließ. Ob er ausnahmsweise nun doch einen Schwips hatte …? Jedenfalls legte er plötzlich den Arm um mich und es wäre gelogen, wollte ich bestreiten, dass mich ein Schauer durchrieselte, als dieses Trumm von Mann jetzt zart und wie beiläufig seine Finger auf meiner nackten Schulter spielen ließ.

Bald glitt der Wagen zwischen den Hügeln der Hochebene dahin, die weithin wie mit Gold überzogen schienen. Zigtausende Sonnenblumen hatten dort ihre Gesichter nach Süden gekehrt. »Wohin fahren wir?«, fragte ich. Durch die offenen Fenster strömte die Sommerluft, verwöhnte uns mit dem Duft von Heu, Rosmarin und Oregano.

»Panorama!«, antwortete mir Fred knapp.

»Ist das nicht dort, wo's mal die große Feuersbrunst gab, ein Teil von Thessalonikis grüner Lunge vernichtet wurde? Es müssen schöne Wälder gewesen sein …« Ich hatte, noch in Deutschland, davon gelesen.

»Richtig.«

»Was ist aus dem verbrannten Land geworden?«

»Bauland«, antwortete Fred, »zum Teil zumindest …«

»Dann waren's wohl wieder Grundstücksspekulanten, die dort zündeln ließen?«

»Weiß der Himmel … Jedenfalls gab's in der Gegend auch privaten Grundbesitz, was nicht mal die Behörden wussten …« Er machte Anstalten, das Thema zu wechseln, doch ich hatte mich dran festgebissen.

»Warum hat man nicht die Wiederaufforstung betrieben, einen Baustopp verhängt, um der Zündelei ein für allemal 'nen Riegel vorzuschieben?«, empörte ich mich.

Fred warf mir einen komischen Blick zu. »Keine Ahnung …«, meinte er. »Interessenskonflikte womöglich …«

»Soll das heißen, dass sich vor allem Bonzen dort nun Häuser bauen dürfen?!«

In diesem Augenblick – der Wagen war schon eine Weile bergab gefahren – tauchten zu beiden Seiten der Straße verkohlte Baumstümpfe und dahinter öde, von Asche bedeckte Anhöhen auf, traurige Reste jener Wälder, die das Feuer, von dem wir sprachen, weggefressen hatte. Bagger hatten kreuz und quer Schneisen in die verkarstete Landschaft gefräst, wo sich nun Laster und Pick-ups tummelten, Baumaterial herankarrend. Hier und dort ragten die Gerippe von Kränen über kahle Hügelkuppen.

»Entschuldige mich für ein Momentchen, Chérie!«, beendete Fred das Gespräch, ohne meine Frage zu beantworten. Er ließ den Fahrer anhalten, wuchtete sich aus seinem Sitz, und schon waren die beiden hinter einem der Erdwälle verschwunden. Die werden pinkeln!, sagte ich mir. Obwohl … sie ließen sich reichlich Zeit … Als sie zurückkamen, war Fred in Bombenstimmung. Schwungvoll pflanzte er sich neben mich. »Und jetzt«, verkündete er unternehmungslustig, »zeige ich dir das Bachtal!« Das sei eine Schlucht mit altem Baumbestand, durch die ein Wanderweg führe, auf dem besonders die deutschen Einwohner Thessalonikis gern spazierengingen.

Jenes Bachtal werde ich nie vergessen, erhielt ich dort doch eine denkwürdige Lektion! Eine dicke Enttäuschung war es sowieso … Schon der Eingang zur Schlucht schien mir trist. Auf den von vielen Füßen kahlgetretenen Waldboden hatte man unter die hohen, alten Laubbäume eine hässliche Imbissstube gestellt, die an jenem Tag aber geschlossen blieb. Auch waren dort, aus schwarzgestrichenem Holz, Schaukeln, Wippen und anderes Spielgerät montiert, das so bedrohlich wie Totempfähle wirkte und wo sich auch nicht ein einziger Knirps tummelte. Außerdem gab es, im Halbkreis angeordnet, einige gleichfalls schwarz gestrichene Picknicktische, zwei davon mit tafelnden Griechen besetzt, die sich wohl aus der Hitze ihrer Häuser dorthin geflüchtet hatten. Denn in der Tat, angenehm kühl war es hier, zumal es auch noch ein Tümpelchen gab, grünlich-trübe und brackig zwar, und nur von einem dürftigen Rinnsal gespeist, das aus dem Berg heruntersickerte …

Soeben hatten wir es auf einem Holzbrückchen überquert, da

schleppte sich vom Wald ein dürrer Hund herbei. So abgemagert war er, dass ihm sein Bauch wie ein Lappen ums Skelett schlug! All seine Knochen konnte man sehen! Als diese arme Kreatur zum ersten der Tische kam, an dem die Griechen schmausten, hielt sie, wohl vom Essensgeruch dazu verführt, einen Augenblick inne. Doch entweder zu schwach oder zu hoffnungslos, hob sie nicht mal den Kopf, und es kümmerte sich auch keiner um sie.

»Der ist am Krepiern!«, sagte Fred.

Nun hinkte das bedauernswerte Tier auf uns zu, und ich sah schaudernd, dass es einen etwa vier Meter langen Strick hinter sich herschleifte, so dick, wie man ihn für Pferde gebrauchte und gleich mehrfach um einen seiner Hinterläufe geknotet. Mit letzter Kraft schleppte es sich zur Wasserpfütze, um daraus zu trinken, taumelte aber hinein und wäre vor Schwäche fast darin versunken.

»So macht man es hier«, bemerkte Fred trocken. »Wenn sie sie leid sind, binden sie sie in den Wäldern an Bäumen fest, wo sie verhungern … Dem hier ist's wohl geglückt, sich loszureißen …«

Jetzt hatte es der dürre Hund nach einigen vergeblichen Versuchen doch noch aus der Brühe geschafft. Wieder humpelte er in unsere Richtung, schlug dann aber den Weg übers Brückchen ein, wo wir hergekommen waren. Bum … bum … bum …, klopfte dabei der Knoten an seinem Lauf auf die Bohlen.

»Was für gemeine Kreaturen solche Menschen sind!«, rief ich erschüttert. Noch heute klingt mir das Geräusch des Stricks in den Ohren. »Und wie herzlos jene Leute an den Tischen sitzen … Nimm ihm das Ding ab, Fred!«, flehte ich.

Doch Fred schüttelte den Kopf. »Sonst gern und für dich sowieso!«, meinte er. »Aber nicht bei diesem! Die Tiere sind krank, Chérie, mehrfach infiziert … Würmer, Flöhe … sind noch die geringsten Übel! Viele haben eine Augenkrankheit, von der sie erblinden … die sie auf Menschen übertragen können … Und auch du wirst den Köter nicht anfassen!«, fügte er, als ich Anstalten dazu machte, in einem Ton hinzu, der keinen Widerspruch duldete.

Und dann geschah eines jener Wunder, bei denen man nur selten im Leben Zeuge wird. Ein Moped knatterte die Straße ins traurige Bachtal hinunter. Ein hübscher Junge im weißen T-Shirt, siebzehn mochte er sein, stieg ab und fing an, herumliegende Bierdosen und Colaflaschen einzusammeln, die er in einen Müllcontainer warf, ein Schüler vielleicht, der sich damit ein paar Drachmen verdiente. Da humpelte, am zweiten, üppig gedeckten Tisch vorbei, wo man ihm ebenfalls keine Beachtung schenkte, der arme Hund geradewegs auf den Jungen zu. Und da beugte sich dieser Bursche doch tatsächlich zu ihm hinunter, streichelte ihm den Kopf, hat sich dann hingehockt, dem Geschundenen geduldig den verschlissenen Knoten vom Lauf gelöst, den Strick in die Tonne geworfen, dem Tier noch mal den Rücken geklopft, ist dann aufs Moped gestiegen und davongeknattert! So bewegt hat mich, was jener Griechenjunge tat, dass mir entging, wohin sich das sterbende Tier am Ende verkroch. »Wie warmherzig!«, rief ich, nach diesem Wechselbad der Gefühle den Tränen nahe. Hatte ich nicht soeben einen Engel gesehen?

»Was denn nun, Mona, warmherzig oder grausam? Entscheide dich!«, gab Fred mit zynischem Mund seinen Senf dazu. »Ich sag dir was … die Grausamkeit der Menschen überwiegt … hier wie anderswo … In Asien hängt man die Köter, bevor man sie tötet und verspeist, kopfüber an Bäumen auf, um sie besser mit Stöcken schlagen zu können … Ihre Stresshormone, heißt es, machen ihr Fleisch mürbe … Bestien sind wir! Habe ich dir's nicht schon mal gesagt?!«

»Du glaubst wohl an gar nichts mehr, wie?«, jammerte ich.

»No, Madam!«

»Auch Martin hätt ihm den Strick abgenommen!« Jetzt liefen mir wirklich die Tränen.

Da spürte ich Freds Hand an meinem Gesicht. »Gewiss!«, murmelte er. Ob ich nicht Lust hätte, meinte er dann, beim *Weißen Turm*, auf der *Paralia*, noch ein wenig mit ihm zu shoppen? Nachher könne man sich im *Makedonia* die Hucke voll gießen – zwei schicke Zimmer wären dort reserviert. Morgen früh ginge es ins Tierheim und dann auf schnellstem Weg nach Haus, wo's sowieso am schönsten sei.

Der *Weiße Turm*, wo wir dann bummelten … na ja … Auf jeden Fall waren dort die Schwulen unterwegs. Und dann das ›Shoppen‹ … Mit mancher Metropole Europas, fand ich, könne es diese von Leben durchpulste Stadt aufnehmen! Schaufenster gab es, einen Luxus, darin, der schon unanständig war. Und Fred, keine Frage, gehörte zu jenen, die sich's noch gönnten! Von Kopf bis Fuß kleidete der sich ein, für Summen, die mich schlucken ließen. Anschließend wollte er mich mit einer Lederkombi beglücken, die ich in einer Auslage bewundert hatte: Altrosa und wie gepudert das kostbare Zeug, die Hose raffiniert im Jeanslook gestylt und wie die Jacke mit weißer Seide gefüttert … Ein paar Riesen wollte mein Gastgeber locker dafür hinblättern, auch noch passende, rosé Stiefelettchen und ein irre teures Perlentäschchen dazu erstehen, hätte jener Laden nicht just vor unserer Nase dichtgemacht … Und dann auf der *Paralia* all diese hochtoupierten, strohblondierten Osteuropäerinnen! In ausgetretenen Spitzenstöckeln, billigen Synthetikfähnchen kamen sie daher, mit verrutschtem Kohlstift um die Augen, schaurig übermalten Mündern, altbackene Henkeltäschchen schwenkend … Sie waren es, nach denen sich die einheimischen Machos die Hälse verrenkten, während die jungen Griechinnen, die in der lauen Nacht wie Pilze aus dem Boden schossen, scheinbar unbeachtet blieben: Frühreife, nussbraune Schönheiten mit Prachtmähnen in der warmen Farbe von Ebenholz, die nichts als süß und sexy waren in ihren transparenten Blüschen, die ihre Möpschen wippen ließen, den enganliegenden Leggings in Stretch und Leder, den waghalsigen Plateaus, die ihnen freche Pos und lange Beine machten …

Später, im *Makedonia*, habe ich mich bald verdrückt. Dort tauchte nach dem Dinner nämlich unser Fahrer wieder auf, hat schwer mit Fred gebechert und schien ihm Wichtiges mitzuteilen.

Ich selbst dachte nur noch an King, bis wir anderntags, vom Hotel kommend, kurz vor einer Brücke, die über ein ausgedörrtes Flussbett führte, zum Tierheim abbogen. Hübsch lag es da, unter Bäumen versteckt, als sei es der Garten Eden. Beim Eingang liefen ein paar schnieke Pinkel herum, die Haare gepflegt, die Hosen vornehm dunkel, wohl die Betreuer. Einer von ihnen führte uns zur Hundeabteilung. Die war ein Gang mit einer Abflussrinne darin, zu deren beiden Seiten sich die Käfige – je zehn oder zwölf mochten es sein – aneinanderreihten. Peinlich sauber, ja steril wirkten die, hätte es dort nicht diesen niederschmetternden Gestank gegeben, diesen Dunst aus Kot und Tod, der einem in die Kleidung kroch … Und welch ein Lärm, als all die Tiere, die noch die Kraft dazu hatten, bei unserer Ankunft an die Gitter sprangen! Die Mehrzahl schien es in einer fürchterlichen Wut zu tun, und nur wenige, neu vielleicht oder unbelehrbar, schwänzelten dabei hoffnungsvoll … Zögernd trat ich zu den Käfigen, mich irgendwie schämend, als gehöre sich's nicht, dort hineinzusehen, aus Angst auch, was meinem Liebling in dieser Hölle womöglich geschehen war. Tiere gab es … ausgemergelte, kranke … welche, die zu schwach waren, aufzustehen, welche, die bereits verendeten, auf denen andere herumtrampelten … Dann die Riesendogge mit dem Wasserkopf, ein Monster, groß wie ein Kalb, auf spindeldürren Beinchen torkelnd … Und all die Futternäpfe aus Edelstahl, wie blankgewienert, nicht ein Krümelchen Essen darin …

Ganz hinten schließlich fand ich King, allein in einem Käfig. Nicht ans Gitter gesprungen wie die anderen, lag das stolze Tier da, mir beleidigt den Rücken kehrend, seinen schönen Kopf zwischen den Pfoten und den Blick starr auf die Wand seines elenden Kerkers geheftet. Ich rief es beim Namen, doch es zuckte bloß, bewegte sich kaum. Beim zweiten Mal, als ich es rief, hob es ein wenig den Kopf und sah mich traurig an. Erst als sein Käfig geöffnet und ich bei ihm war, mich zu ihm gehockt, ihm die Leine angelegt habe, erst da ist es wie von Sinnen hochgeschnellt, hat gewinselt, gehechelt, geschleckt, mich fast umgeworfen vor Freude!

Nachdem ein Wisch unterschrieben war, konnte ich den Hund, der Wahnsinnssprünge vollführte, mit zu unserem Wagen nehmen, in dem es bald darauf heimwärts ging. So einen Luxus hätte der noch nicht gesehen, meinte Fred, der kopfschüttelnd zusah, wie der

Fahrer eine Decke auf den Rücksitz breitete, auf der sich's King auch gleich gemütlich machte, den Kopf fest an eins meiner Knie gepresst. Die ganze Fahrt über, bis auf die Pinkelpäuschen, hielt er's in dieser Stellung aus, als ob es das Paradies auf Erden sei.

Ich selbst nickte unterwegs ein paarmal ein. Kam ich dann wieder zu mir, hörte ich meine Begleiter lautstark palavern, wobei es anscheinend um horrende Geldsummen ging. Mehr konnte ich ihrem Wortwechsel der Sprache wegen aber nicht entnehmen. Zurück in Athen, wollte Fred dann noch in der *Plakia*, der Altstadt, »lecker essen« gehen. Ich erinnere mich, dass wir dort an einem Schaufenster, das voller rosa Schweinchen war, abbogen und in einer Kneipe landeten, wo Fred, wie schon in Chortiati, wie ein großes Tier behandelt wurde. Zum Klo ging es dort steil in eine Katakombe hinab, wo gleich nebenan die Küche war, aus der mir singende, Teig knetende Frauen mit bemehlten Händen fröhlich zuwinkten … Später gab's noch ein Riesenhallo, als eine Gruppe fein gekleideter Herren an unseren Tisch kam, Freunde von Fred, wie's schien. Nun wollte das Saufen und Quatschen kein Ende nehmen! Nachdem, begleitet von bedeutungsvollen Mienen, mehrfach auch der Name Papandreous fiel, was mich neugierig gemacht hatte, erzählte mir Fred auf der Heimfahrt unter allerlei Räuspern, dass jener Staatschef in den Achtzigern um ein Haar den Abriss der *Plakia* verfügt habe, hätten die Herren dort doch, Architekten allesamt, supermoderne Gebäudekomplexe errichten wollen. Und weil dann doch nichts geworden sei aus der Abrissbirne, wären die statt schwerreich jetzt ›nur‹ reich. »Pech gehabt!«, schloss er trocken. »Vielleicht klappt's ja beim nächsten Anlauf!«

Gegen Morgen waren wir wieder in seinem Traumhaus am Meer. Während Fred noch den Anrufbeantworter abhörte – Stefossi hatte ihm eine Nachricht aufgesprochen – lag ich bereits, geschafft wie ich war, in voller Montur auf dem Bett, meinen Hund kraulend, der selig daneben auf dem Boden lag. Sonst haben Tiere in meinem Schlafzimmer nichts verloren. An jenem Tag aber sollte eine Ausnahme sein. Da klopfte Fred an meine Tür und stand auch schon im Zimmer. »Halt die Luft an, Mona!«, sagte er. »Sie haben Agape in Hamburg geschnappt! Ihre Fingerabdrücke ... Sie fanden sie auf der Tatwaffe und der zerbrochenen Amphore ... Nur ihre und Martins waren drauf! Die Schlampe hat ihren Vater nicht nur ausgeraubt – sie hat ihn auch noch umgebracht!«

Er sagte es kalt und so, als hätte er es längst gewusst.

XIV

Eines Nachmittags im September – drei Wochen waren seit Stefossis schockierender Nachricht vergangen – lag ich mit King an
meiner Seite unterm Sonnensegel am Strand. Fred war, wie meist
um diese Tageszeit, in Athen bei seinen Geschäften. Nicht weit
von mir pinselte gerade ein Bursche ein großes »M« auf dessen
Motoryacht, die nun MONA heißen sollte. Der Buchstabe weckte
Erinnerungen. Martin … dachte ich. Fehlte er mir? Sicher, und sein
Schicksal schmerzte. Der Ernst seiner Gefühle aber wäre mir wohl
noch zur Fessel geworden! Hatte er mir denn gar nichts bedeutet?
Oh doch, und es war mehr gewesen als nur ein Flirt, weniger aber
als eine w i r k l i c h e Liebesgeschichte … Es war eine Affäre gewesen, und Affären pflegten vorüberzugehen … Auch ohne sein
schreckliches Ende hätte es für Martin – ich machte mir nichts
vor – kein Glück gegeben …

In meiner Badetasche trug ich einen Umschlag mit mir herum,
der am Morgen für mich angekommen war. Agape, meine erbitterte
Feindin, hatte ihn mir aus Fuhlsbüttel geschickt! Ich hatte bisher
keine Lust verspürt, hineinzusehen. Nun aber gab ich mir einen
Ruck und öffnete ihn. Es fand sich ein dicker Packen eng beschrie-
bener, loser Blätter darin, deren letztes mit Regine gezeichnet war,
dem Namen, auf den man Agape getauft hatte, und das Spuren von
Tränen trug. Und während ich las, was sie, ohne jedoch die ganze
Wahrheit zu kennen, Schleier um Schleier lüftend, von sich preis-
gab, wurden mir erstmals die tragischen Folgen meiner Liebschaft
bewusst! Doch so sehr mich der Brief bedrückte, so schaurig er war,
ich konnte ihn auch in der Folge nicht vernichten. Und da er vieles,
wenn auch bei weitem nicht alles erklärte, gebe ich ihn hier, statt
zu erzählen, am besten wieder.

»Mona«, schrieb sie mir also, »weil ich nicht weiß, wohin es dich
inzwischen verschlagen hat, schicke ich diese Zeilen an Fred, der
sie dir sicher zukommen lässt. Du wirst dich fragen«, hieß es wei-

ter, »warum ich mich ausgerechnet an d i c h wende. Es ist wahr, ich habe dich gehasst. Und wenn mich quält, was ich getan habe, dann vor allem Vaters wegen. Seinetwegen, der dich liebte, sollst du erfahren, wie es wirklich war. Es könnte dich sonst dein Leben kosten! Aber ich möchte auch, dass du verstehst, warum ich so handelte, solche Schuld auf mich lud. Und dazu ist es nötig, etwas auszuholen …

Zunächst musst du wissen, dass Martin nicht mein leiblicher Vater war. Dein kaum verhohlener Verdacht, ich hätte verbotene Wünsche gehegt, hat mich immer köstlich amüsiert! Tatsache ist, dass sich Mutter noch in Deutschland einen Seitensprung erlaubte, dem ich mein Leben verdanke. Vater verzieh ihr zwar, machte aber zur Bedingung, dass sie meinen Erzeuger nicht wiedersah. Zu mir sprachen sie erstmals davon, als der gestorben war. Ich war fünf oder sechs, und wir waren soeben nach Griechenland gekommen. Warum es die Eltern gerade dorthin zog, weiß ich bis heute nicht. Viel mehr als Athen und seine nächste Umgebung haben sie sich von dem herrlichen Land nämlich nicht angesehen. Es waren womöglich Sonne und Meer, das ländliche Leben in der damals noch unverdorbenen Natur, was sie lockte.

Von Anfang an hat sich mein Vater liebevoll um mich gekümmert. In der Heimat hatte er einen kleinen Bauhandel betrieben. Mutter arbeitete im Nachbarort als Verkäuferin, und so schleppte er mich den ganzen Tag mit sich herum. Ich lernte daher früh, was auf dem Bau benötigt wird, und drängte mich darum, ihm zur Hand zu gehen. Aber auch in seiner Freizeit waren wir bald unzertrennlich. Statt in Kneipen herumzusitzen, joggte Vater mit mir durch die Felder, lehrte mich Tricks zur Selbstverteidigung und schwamm im Fluss mit mir um die Wette. In Griechenland ging das weiter so. Nie setzte er sich, wenn er am Abend nach getaner Arbeit aus Vrissaki herüberkam, zu den Männern ins Kafenion. Stattdessen brachte er mir das Autofahren bei, oder er nahm mich in seinen Schuppen mit, wo ein eigener kleiner Arbeitstisch mit Werkzeugen für mich stand. Oft galoppierten wir auch auf Wotan und Blues, den ersten Pferden, die er kaufte, zum Strand hinunter, wo wir wilde Jagden veranstalteten. Mutter, übergewichtig und schwerfällig, konnte dabei nicht mithalten, und so hatte ich ihn meist für mich allein. Ehrlich gesagt, ich legte es darauf an, ihn nicht mit ihr teilen zu müssen! Schon als Kind war ich so verliebt in ihn, dass ich Mutter für die Macht zu hassen begann, die sie über ihn besaß …

So vernarrt war ich in meinen Vater, dass ich mich jeder Trennung von ihm entzog. Nach dem Besuch der Grundschule in Vrissaki etwa weigerte ich mich, in Athen in die höhere Mädchenschule zu gehen. Es liegt zwar, wie du weißt, keine fünfzig Kilometer entfernt. Die Busfahrt dorthin war jedoch so zeitraubend, dass es hieß, einen ganzen Tag ohne Vater zu sein! Auch eine Lehre in einem Reisebüro brach ich deswegen ab …

Stattdessen machte ich mir bei den Eltern einen feinen Lenz. In ihrem Schlafzimmer gab es eine Schublade, wo sie ihr Handgeld verwahrten, über das auch ich verfügen durfte. Viel habe ich aber nicht gebraucht. Ich ließ mich von Mutter bekochen und jagte in Vaters Wagen über die Pisten, um dessen gut gefüllten Tank er sich gewöhnlich selber kümmerte. Am Abend zog ich mit meiner griechischen Connection durch die Discos von Athen. Da ich in die Gesellschaft der Hellenen hineingewachsen war, beherrschte ich ihre Sprache akzentfrei und war im Unterschied zu meinen Eltern als eine der Ihren akzeptiert.

Zu meinem fünfzehnten Geburtstag schenkte mir Vater das kleine Haus. Ich richtete es mir gemütlich ein und war nun endlich Mutters Bevormundung entzogen. Etwa sechzehn mag ich gewesen sein, als ich dort nachts die ersten Männer empfing. Das hatte meine Mutter spitz gekriegt. Anders als Vater, der wie nicht wenige Väter heranwachsender Töchter der Meinung war, dass junge Frauen ihre Freiheit brauchen, wollte sie mein »Lotterleben«, wie sie es nannte, nicht länger dulden. Also wurde ich ins deutsche Bielefeld geschickt, eine langweilige Stadt, »wo der Hund begraben liegt«, wie ich jammerte. Tatsächlich bin ich dort auch in eine Grafikschule marschiert und hatte sogar ein wenig Talent. Doch es war kein Vierteljahr vergangen, da habe ich den Krempel hingeschmissen und stand erneut vor meines Vaters Tür. Gutmütig, wie er war, brachte er es nicht fertig, mich zurückzuschicken und nahm es hin, dass ich von nun an meine Füße unter seinen Tisch streckte.

Jetzt ging mein ›Lotterleben‹ erst so richtig los! Von Kostas abgesehen, der bis zu seinem tragischen Tod, von dem ich kürzlich durch einen Anwalt erfuhr, mein Vertrauter blieb, hatte ich auch einige heiratswillige Verehrer. Die aber wies ich spöttisch ab. Ich war jetzt achtzehn, und mein Herz gehörte Vater ... Auch Fred fing an, mir den Hof zu machen. Zwar war er zwanzig Jahre älter als ich. Trotzdem hätte ihn Vater nur zu gern zum Schwiegersohn gehabt! Die beiden waren dick befreundet, und selbst Mutter blieb da außen vor. Vater, der aus bescheidenen Verhältnissen kam, eine entbehrungsreiche Jugend gehabt hatte und über seinen engeren Lebenskreis kaum hinausgekommen war, beeindruckte Freds ›Savoir vivre‹, was ihn allerdings nicht hinderte, ihn als »Gigantomanen« zu verspotten ...

Anfangs war Fred, der in Athen ein kleines Dentallabor betrieb, nichts weiter als ein armer, adeliger Schlucker. Oft genug hat er sich da in Mutters Küche durchgefuttert! In der Heimat hatte er wohl einige Semester Zahnmedizin studiert, war aber wegen irgendeiner krummen Sache von der Uni geflogen. Danach trieb er sich eine Weile in der Weltgeschichte herum, bis er sich schließlich in Griechenland niederließ. Quasi über Nacht ist er dann reich geworden, anscheinend durch ein paar lukrative zahntechnische Patente, wie er durchblicken ließ ... Jedenfalls kam er plötzlich in dicken Schlitten daher und baute sich die Luxusvilla, die du kennst.

Ich zumindest war überzeugt, dass es dem Herrn, den ich im Übrigen für einen Eunuchen hielt, bei seinem Werben um mich in Wahrheit um Vaters Eigentum ging! Fred war nämlich verrückt nach Landbesitz, den er sich zunächst ja noch nicht leisten konnte. Eine Passion, die etwas Hysterisches bei ihm hatte, was vielleicht mit seiner Vertreibung von einem böhmischen Gut in seiner Kindheit zusammenhing ... Allerdings hatte Vater beim Kauf seines Landes ja auch ein besonders glückliches Händchen gehabt! Wie du sicher weißt, ist es wegen seiner prachtvollen Lage, dem alten Baumbestand, der eigenen Wasserversorgung und einiger anderer Vorzüge die begehrteste Liegenschaft in der Gegend.

Als Fred mal wieder Gefahr lief, mit einem seiner Anträge bei mir abzublitzen, wollte er mich wohl mit einem – zugegeben verlockenden – Plan becircen. Er schlug mir vor, gemeinsam auf Vaters Land einen exklusiven Freizeitclub zu eröffnen, etwas für Athens Schickeria im Stil eines Safariparks, dessen exotisches Ambiente mit seiner ausgefallenen Fauna und Flora in Europa so einmalig sein sollte, dass sich Prominente wie Montserrat Caballé darum reißen würden, unsere Gäste zur blauen Stunde mit ihrem Vortrag zu beglücken!

Es gab Dinge, die Fred in seiner taktierenden Art nie bei Vater angesprochen hätte. Das kam mir gelegen, konnte ich diesem Freds mir genial erscheinende Geschäftsidee doch als die eigene verkaufen! Selbstverständlich wollte ich Mittel und Wege finden, Fred zu gegebener Zeit von jenem Unternehmen auszuschließen ... Es würde Vater und mich, so hoffte ich, für alle Zeit zusammenschmieden! Tatsächlich hatte dieser, von meinem Eifer angesteckt, bei dem Projekt auch angebissen. Mutter aber vereitelte den Plan! Tagelang lag sie ihm in den Ohren, es sei an der Zeit, ihren Lebensabend zu genießen ... Lebensabend! Wie ich sie hasste! Sie machte Vater zum alten Mann!

Seit meiner Kindheit hatte Mutter unsere Beziehung gestört, sich auch sonst ständig meinem Willen widersetzt. Als sie dann schließlich aus dem Leben schied, empfand ich es, ich kann es nicht leugnen, eher als Erleichterung ... Nicht, dass du jetzt auf falsche Gedanken kommst! Sie hatte seit Langem ein Herzleiden und ist daran gestorben. Nun aber war der Platz an meines Vaters Seite frei, der mir, wie ich überzeugt war, seit jeher zustand!

Während mich Mutters Tod, wie gesagt, keine Träne kostete, stürzte er Vater in tiefe Verzweiflung. Oft fand ich ihn in seiner Werkstatt bitterlich schluchzend über eine Arbeit gebeugt. Da eröffnete ich ihm, dass ich nicht die geringste Absicht hätte, jemals zu heiraten. Stattdessen wolle ich ihm den Haushalt führen, bis an sein Lebensende für ihn sorgen. Mein Vater hörte es sich schweigend an und hat sich auch später nie mehr dazu geäußert. Ich hielt es für Zustimmung und nahm entschlossen das Zepter in die Hand ...

Bald aber wollte ich, wie du dir bereits denken wirst, nicht mehr nur die Wirtschafterin sein! Also fing ich an, mich ihm hin und wieder nackt zu zeigen. Zunächst richtete ich es so ein, dass es wie zufällig, etwa beim Duschen am Pool, geschah. Der Nachbar Evangelidis, der bei einer solchen Gelegenheit einmal auf seinen Feigenbaum stieg und über die Mauer spähte, tratschte danach in der Gegend herum, dass Vater und ich Unzucht trieben ... Mir war das reichlich schnuppe. Wo die Nächte zum Schlafen zu heiß und die Tagesgeschäfte meist eintönig sind, klatscht man hemmungsloser als anderswo. Aber man vergisst auch schneller ...

Als mich mein Vater zum ersten Mal unbekleidet sah, hat er mich übrigens durchaus mit Interesse betrachtet. Sein Blick glitt von meinen Schultern über meine Brüste zu meinen Schenkeln hinab, wo er für Augenblicke auf meinem Schamhaar lag. Wie das von Mutter, das mal ihr Stolz war, ist auch meines dicht gekraust und schwarz. Danach allerdings nahm mein Vater, wenn ich wieder einmal unbekleidet vor ihm stand, von meiner Erscheinung kaum noch Notiz. Auch in seinem Bad, das ich unter einem Vorwand mit ihm teilte, schenkte er meinem Körper wenig Beachtung. Ich aber wollte es nicht hinnehmen, gab ihm, der ja nicht mein eigen Blut war, versteckte Zeichen, sich seiner Möglichkeiten zu bedienen ...

Doch Vater entzog sich mir täglich mehr, hat schließlich dich in sein Haus geholt! Schlimmer hätte er mich nicht demütigen können! All mein Trachten, Wollen, Wünschen, all meine Liebe waren ja auf ihn fixiert! Nun schlug er mir diese Wunde ... Und du? Du warst in unser Paradies gekommen, um mir den einzigen Menschen zu nehmen, der mir in meinem Leben etwas bedeutet hat! Da ist aus meinen übermächtigen Gefühlen für Vater Hass geworden, der sich anfangs aber gegen dich gerichtet hat ... Ich weiß noch gut, wie ich mein erstes Spiel mit dir trieb! Vater hatte sich zur üblichen Siesta ins Schlafzimmer begeben, und auch du warst gerade hineingegangen. Ich wusste, er würde jetzt nackt auf dem Bett liegen, die schwitzenden Schenkel von sich gestreckt ... Also stürmte ich ins Zimmer und ließ die Zeitung, die ich ihm aus Vrissaki mitgebracht hatte, mit schallendem Gelächter auf sein stattliches Gemächte fallen. Ich seh's noch vor mir – feuerrot bist du geworden!

Am Abend kam Vater zu meinem Haus und verlangte von mir, das künftig zu unterlassen, da es deine Gefühle verletze. Auch möge ich gefälligst seine Dusche nicht mehr benutzen. Ich kochte! Du hattest mich, wie ich glaubte, um meine beste Waffe gebracht, Einfluss auf ihn zu nehmen ...

Von nun an tat ich in meines Vaters Haus und Garten keinen Handschlag mehr. Beleidigt zog ich mich im Schatten des Eukalyptusbaums in meinen Schaukelstuhl zurück. Scheinbar in einer Illustrierten blätternd, beobachtete ich schadenfroh, wie du dich in sengender Hitze mit Unkrautjäten, Rosenschneiden und ähnlichem abgerackert hast. Dann begann ich, systematisch vorzugehen ... Als Erstes riss ich dein Foto von Vaters Armaturenbrett, in einem unbemerkten Augenblick, als er gerade mit dem Wagen aus Athen gekommen war. Belustigt sah ich aus der Ferne zu, wie du es aus dem Dreck gelesen hast ...

Bei meinen Versuchen, dich zum Rückzug zu bewegen, war mir bald jedes noch so kindische Mittel recht. Argwöhnisch hatte ich beobachtet, wie du dir in meinem Elternhaus zu schaffen machtest. Zuerst, hast du verkündet, müssten die Kakerlaken weg! Da lachten Vater und ich noch wie mit einem Mund. Kakerlaken, erklärten wir dir, seien aus Häusern dort genauso wenig wegzudenken wie weiße Häkelspitze! Mit dem Scheuern hatten wir nämlich nichts am Hut und waren uns einig, dass die Koexistenz der Biester in unseren Wohnräumen unvermeidbar sei. Längst hatten wir es aufgegeben, sie zu jagen, wir hatten uns einfach daran gewöhnt. Du aber weißeltest, hast gefegt und geschrubbt, sie tatsächlich vertrieben ...

Es kränkte mich, als dir Vater da ein dickes Lob aussprach, mich dagegen, weil ich weniger gründlich sei, tadelte … Alles was ich seit Mutters Tod geleistet hatte, schien plötzlich ohne Wert zu sein …

Bald sammelte ich jede Kakerlake ein, deren ich habhaft wurde. Ich warf sie nachts in deine Küche, steckte sie gar in die Bügelwäsche. Auch für die tote Ratte habe ich gesorgt, die hinter der Anrichte faulte, die Frösche, die zuweilen unter den Schränken quakten, die Mäusebabys in deinem Pantoffel – frisch geworfen und hässlich wie kleine Föten – und natürlich auch dafür, dass der Topf mit den verdorbenen Hundekuchen, in dem es von Motten wimmelte, immer wieder unterm Küchentisch stand … Ich hoffte, dass dich der schiere Ekel aus meines Vaters Haus vertrieb! Du aber wolltest nicht loslassen. Und da kam ich auf den Dreh mit der Angst …

Schon als du ankamst, fand ich dich überspannt. Und ich hatte mich nicht getäuscht! Ich beobachtete dich genau, als ich mich eines Tages zum Schein, während Vater außer Hörweite war, über sein ungesichertes Haus ausließ, dir vor Augen führte, in welcher Abgeschiedenheit wir lebten, von dem Gesindel sprach, das in den leer stehenden Sommerhäusern der Griechen sein Unwesen trieb, den Zigeunern, die vorm Tor mit heiserer Stimme und in unverständlicher Sprache ihren Plunder feilboten. Tatsächlich waren die Einheimischen, wo immer diese Fremden auftauchten, auf der Hut, denn Einbrüche, Raub, ja Mord kamen jetzt in der ehemals friedlichen Gegend vor. Und da auf dem Land die Telefone meist nicht funktionierten, war man im Ernstfall ganz auf sich allein gestellt. All das hat dir Vater natürlich verschwiegen, und ich ließ mich nun gründlich darüber aus. Die südliche Nacht, deren gewaltige Himmelskulisse ja etwas Schauriges haben soll für Menschen, die nicht damit aufgewachsen sind, tat wohl ihr Übriges. Jedenfalls hörte ich dich einmal zu Vater sagen, du fühltest dich unter dem überklaren Gestirn »wie von oben beobachtet«, und es bereite dir »nicht gerade Behagen« …

Zwar lachte ich mir eins über dein verschrobenes Gerede, doch wusste ich nun, wo du zu packen warst! Da ich tags in meinem

Schaukelstuhl lag, machte es mir nichts aus, nachts auf den Beinen zu sein. Ich sorgte also dafür, dass du in Vaters Bett nicht zur Ruhe kamst, indem ich euer Haus umkreiste, Stimmen imitierte, auch schon mal einen Schrei ausstieß, vom Theater, das aufs Konto meiner nächtlichen Besucher ging, ganz zu schweigen …

Einmal war ich in mondheller Nacht vor dem offenen Fenster eures Schlafzimmers hin und her spaziert. Wie ich es hasste, dass du in meines Vaters Armen lagst! Plötzlich ging drinnen das Licht an. Durch einen Spalt im Vorhang sah ich, dass du dich aufgesetzt hattest … In deinem Hemd, mit den gebräunten Armen, den blonden Locken, sahst du wie ein kleiner Rauschgoldengel aus … Wie plump, wie hässlich war ich dagegen! Der Gedanke, ich könne Vater nichts mehr bedeuten, wollte mich schier zerreißen! Inzwischen hattest du ihn geweckt und redetest auf ihn ein, du hättest Schritte vorm Fenster gehört, dort einen Schatten gesehen. Mein Vater hat dich zwar ausgelacht, einen »kleinen Angsthasen« genannt, wollte zu deiner Beruhigung aber nachschauen. »Nein, nein, geh nicht hinaus!«, riefst du hysterisch. Zwar ließ er sich dadurch nicht beirren. Aber bis er sich in jener Nacht aus seinem Laken geschält hatte, war ich längst über alle Berge!

Vermutlich hat dir Vater auch sein Hörproblem verschwiegen? Ich zumindest wusste davon und fühlte mich daher bei meinen nächtlichen Aktionen vor ihm sicher. Umso verblüffter war ich, als ich gelegentlich einer heimlichen Inspektion, die ich mir in seinem Haus erlaubte, auf deiner Seite des Bettes eine geladene Pistole und auf dem Bord über seiner jenes Messer sah, das seinem Leben schließlich ein so schreckliches Ende setzte. Vater, wie ich selbst, kannte keine Furcht. Warum dann diese für ihn ungewöhnliche Bewaffnung? Hatte er etwa doch Verdacht geschöpft? Gerade hatte ich nämlich wieder etwas angestellt …

Bis zum betreffenden Tag warst du zuweilen mit einem Buch unterm Arm in unserem alten Haus verschwunden. Gewiss hattest du herausgefunden, wie angenehm es sich an jenem kühlen, stillen Ort verweilen ließ? Ich aber habe dort die glücklichste Zeit meiner Kindheit erlebt und empfand deine Besuche daher als Entweihung meiner kostbarsten Erinnerungen! Also wollte ich sie dir gründlich vergällen ... Vor allem aber hoffte ich, dass Vater dich danach hysterisch fand und für ein Leben mit ihm ungeeignet ... Als er sich wieder einmal in Athen aufhielt, platzierte ich deshalb eine Auswahl meines Instrumentariums auf dem Tisch, den wir im alten Haus zurückgelassen hatten. Mir selbst war der Umgang mit derlei Dingen alltäglich. Dich Unschuldslamm dagegen, überlegte ich, müssten sie in Panik versetzen ...

Zu jenen Gegenständen sei etwas angemerkt. Wie du weißt, liegt mein Haus auf unserem Besitz etwas abseits, nicht weit von der unteren Gartenpforte. Dort schlichen, sobald es dunkel war, meine Besucher herein. Mein Vater, davon gehe ich aus, wusste und duldete es. Aufgrund väterlicher Idealisierung durchschaute er aber sicher nicht, was ich in Wahrheit trieb ... Bei den Griechen der Umgebung dagegen, bis hinein in gewisse Athener Kreise, galt es als Geheimtipp ... In der Tat kamen aus der Stadt regelmäßig ein paar geile Schnösel herüber, gelangweilte Sprösslinge schwerreicher Väter, die sich auf ziemlich perverse Weise bei mir die Zeit vertrieben ... Nicht wenige Männer des Südens wollen die Peitsche, musst du wissen! Dass die eine stattliche Deutsche schwang, und dazu kostenlos, erhöhte wohl noch den Reiz ... Mir selbst allerdings hat die Nummer den Puls nicht mehr beschleunigt, wie wenn ich als Kind in Evangelidis' Garten Feigen stahl. Ich glaube, ich machte nur meiner aufgestauten Wut darüber Luft, dass ich den Mann, den ich liebte, nicht haben konnte ...

An jenem Tag also kamst du schon nach kurzer Zeit aus dem alten Haus gestürzt, wie ich hinter meiner Gardine mit Genugtuung sah. Auch bist du meines Wissens danach nie mehr hineingegangen. Gewiss hast du mit Abscheu und Entsetzen mein Spielzeug untersucht, es mit allerlei Gefahren, die dir davon drohen könnten, in Verbindung gebracht? Als Vater zurück war, sah ich auch ihn, in deinem Auftrag wohl, in dem Gemäuer verschwinden. Es versteht sich, dass ich besagte Gegenstände längst daraus entfernt und an einem geheimen Ort in Sicherheit gebracht hatte!

Anschließend kam ich unter einem Vorwand in euer Haus. Mir fielen deine Augenringe auf. Die Angst schien dich jetzt richtig auszuzehren! Auch herrschte zwischen dir und Vater dicke Luft … Dass dieser, wie gesagt, nicht mehr sehr gut hörte, setzte dich wohl mehr und mehr ins Unrecht … Bald, sagte ich mir voll Zuversicht, gibt sie ihn frei!

Ach, hättest du es nur getan!

Eines Abends faulenzte ich mal wieder im Schaukelstuhl vor meinem Haus. Ich aß Pflaumen und spuckte die abgenagten Steine auf die marmorne Putte, die dort stand, ein Geschenk meines Vaters aus glücklicheren Tagen. Wieder einmal grübelte ich, wie ich dich piesacken könne. Wenn du doch nur von unserem Grund und Boden verschwändest! Da sah ich Vater mit strenger Miene auf dem Weg zwischen den Zypressen zu mir herüberkommen. Schwer ließ er sich auf einen meiner Gartenstühle fallen. Zum ersten Mal fiel mir auf, dass er alterte. »Vorhin«, sagte er grimmig, »haben wir beobachtet, wie du mit dem Fahrrad über Monas Rosenbeet gefahren bist! Dabei hast du einen Teil ihrer Pflanzen zerstört!«

»Kann ich wissen«, fauchte ich, »dass dort, wo seit Menschengedenken mein Trampelpfad war, plötzlich ihr Rosenbeet ist?!«

»Du bist jetzt dreißig, junge Dame!«, antwortete mir Vater, immer noch beherrscht. »Es wird Zeit, dass du erwachsen wirst!« Dann sprach er von »einigen weiteren kleinen Attacken«, mit denen ich dich reizen wolle. »Sei nicht dumm, Kind, und überwinde deine Eifersucht!«, beendete er seine Strafpredigt etwas freundlicher. »Versuche, dich mit Mona zu vertragen, und du wirst sehen, ihr werdet Freundinnen!«

Natürlich bestritt ich, was er mir vorwarf, suchte Ausflüchte, erfand Gründe. Dann machte ich dich nach Strich und Faden schlecht und beschwor ihn, dich wegzuschicken, da du zickig und hysterisch wärst, für unseren Lebensstil nicht taugtest.

Mit einem Mal ist Vater leichenblass geworden. »Du wirst Mona als meine künftige Lebenspartnerin akzeptieren müssen, Agape«, sagte er kalt, »oder du verschwindet besser von hier!« Ich erinnere mich noch genau seiner Worte!

Ich bebte. S o also sah es aus! Er wäre demnach im Stande, seine Tochter, der er a l l e s bedeutete, einer Hergelaufenen zu opfern?! ... Auf die Straße wollte er mich setzen für sein Flittchen, mir mein Zuhause nehmen? Hatte ich ihm denn nicht meine g a n z e Liebe zu Füssen gelegt?! Nun trat er darauf wie auf Dreck! Oft genug hatte ich dich schon mit ihm rennen, reiten, Unfug treiben sehen, was von jeher m e i n Privileg gewesen war! Auch aus seiner Küche hattest du mich verdrängt mit deinen Speisen, nach denen er sich »die Finger leckte«, den Pfannkuchen, die »nie pappig« waren, dem »unwiderstehlichen Apfelstrudel« ... Schätzchen hier, Schätzchen dort ... Wie ich es hasste, wie ich es hasste! Und hatte er nicht getönt, dass unerschrockene Frauen seine Leidenschaft seien? Nun warf er sich an solch ein Nervenbündel weg!

Erst jetzt erfasste ich mit ganzer Wucht, dass alles, was ich für meinen Vater fühlte oder tat, längst eine Nebensache für ihn war. Du hattest eine solche Macht über ihn, wie sie nicht einmal Mutter besessen hatte ... Ich hatte ihn an dich verloren, und selbst, wenn ich dir dein kleines Genick gebrochen, dich in unserem Pool ertränkt hätte – es hätte mir nichts genutzt. Agape hatte ihre Schuldigkeit getan!

Da wurdest du mir von einem Augenblick zum anderen so gleichgültig, als hätte es dich nie gegeben. Vater war es, der mir das angetan, mich von sich gestoßen hatte! Ein ungeheurer Zorn übermannte mich, in dem sich meine unerfüllbaren Wünsche, wohl auch die Angst vor Verlassen- und Verlorensein entluden. Das Blut schoss mir zu Kopf und tobte in meinen Schläfen. Hätte ich die Augen geschlossen, ich hätte gewiss gegen ein loderndes Geflecht heftig pulsierender Adern gesehen ... Stattdessen blickte ich Vater frech ins Gesicht. Kreischte, ich dächte nicht daran, vor seiner ›Mätresse‹ zu kuschen, ihr gar auch noch mein mütterliches Erbe abzutreten. Rief, dass ich mir es notfalls gerichtlich erstreiten werde, ihn damit ruinieren könne, da er dann einen Teil der Besitzung veräußern müsse. »Fragt sich, wer d a n n von hier verschwinden muss!«, habe ich auch noch gespottet. Mit dem ›hübschen kleinen Lustgarten‹ sei es jedenfalls vorbei.

Da lief mein Vater blutrot an. »Genug!«, brüllte er so laut, dass es von den Gebäuden widerhallte. »Geh mir aus den Augen, Luder, und lass dich besser nicht mehr hier blicken!« Dann ging er, schwankend vor Erregung, zu seinem Haus.

Für einige Stunden war ich wie betäubt. Schließlich aber kehrten meine Lebensgeister zurück, und ich fasste einen finsteren Plan. So leicht sollte mir Vater nicht davonkommen!

Meine Mutter hatte eine kostbare Lalique-Brosche hinterlassen, um die Jahrhundertwende gefertigt und eines der schönsten Stücke des heute hochgefragten Juweliers. Das Prachtstück war aus schwerem Gold und reich mit Brillanten und seltenen Edelsteinen besetzt. Vor allem aber besaß es Liebhaberwert. Die Eltern hatten es einmal einem griechischen Kenner gezeigt. Als der die Brosche berührte, haben ihm vor Gier die Finger gezittert. Er bot ihnen dafür zwei Millionen Drachmen auf die Hand – ein späteres Gutachten ergab, dass sie leicht das Doppelte erbringen konnte! Mutter war fassungslos, dass man ein solches Wertstück besaß. Also wanderte es aus ihrer abgeschabten Schatulle in den Tresor und wurde fortan als eiserne Reserve für Notlagen betrachtet.

Ich machte mir nichts aus Schmuck, und das Ding hatte mich nie interessiert. Nun aber wollte ich Vater kränken! Ohnehin war ich der Meinung, dass der Schmuck der verstorbenen Mutter der Tochter gehört, und betrachtete die Brosche daher als mein Erbstück. Zwei Tage nach meinem Hinauswurf, den ich zunächst nicht allzu ernst genommen hatte, war niemand im Haus und auch Vaters Wagen vom Stellplatz unterm Mirabellenbaum verschwunden. Demnach wart ihr ausgeflogen ... Ich ging also in euer Wohnzimmer, nahm den Schlüsssel zum Tresor aus der Keramikvase, wo Vater ihn gewöhnlich aufbewahrte, und holte die Brosche heraus. Es lag auch noch ein dickes Bündel Drachmen darin, das ich, nach kurzem Zögern, ebenfalls an mich nahm. Gerade wollte ich den Geldschrank wieder schließen, da stand zu meinem Schrecken Vater hinter mir! Ich war in eine Falle getappt ...

»Was treibst du da?!«, herrschte er mich an.

»Ich nehme mir nur, was mir meine Mutter hinterlassen hat!«, antwortete ich frech. Da packte er mich beim Handgelenk und drückte es so hart, dass ich vor Schmerzen aufschrie und Brosche und Geld zu Boden fielen.

Vater hob das Schmuckstück auf und legte es in den Tresor zurück. »Du irrst!«, sagte er, bleich vor unterdrücktem Zorn. »Die Brosche kam durch m e i n e Mutter in die Familie, mit der d u keine Blutsverwandtschaft hast! Das geraubte Geld«, fügte er hinzu, »kannst du behalten, Diebin! Und nun verlasse augenblicklich mein Haus!«

»Nichts lieber als das!«, kreischte ich. Wieder fühlte ich mich von ihm gedemütigt, umso mehr, als ich nun gezwungen war, die auf dem Boden verstreuten Geldscheine, auf die ich unter den gegebenen Umständen nicht verzichten mochte, in gebückter Haltung vor ihm einzusammeln. »Sobald ich eine Bleibe gefunden habe, verschwinde ich von hier!«, keifte ich noch. Mein Vater würdigte mich keiner Antwort mehr.

In mein Haus zurückgekehrt, machte ich Kassensturz. Ich hatte ihn um sechs Millionen Drachmen erleichtert, damals etwa siebenunddreißigtausend Deutsche Mark. Ein stattliches Sümmchen also, mit dem es sich in Hamburg einige Zeit locker leben ließ! Denn zum Glück gab es dort ja meine Freundin Sylvie. Ich beschloss, wieder in ihrer Bar zu jobben, wie ich es schon bei früheren Deutschlandbesuchen getan hatte. Fürs Erste aber wollte ich bei Kostas unterschlüpfen …

Es dämmerte gerade erst, als ich am anderen Morgen meinen Koffer zur unteren Gartenpforte schleppte. Ich hatte so viel wie möglich hineingepackt, wusste ich doch nicht, ob ich jemals zurückkehren würde. Als ich das Tor hinter mir schloss, sah ich in mein Paradies zurück. Im Gras, in Büschen und Bäumen sangen die Vögel so betörend, als ahnten sie, dass es ein Abschied war. Von einem Stück Land, das mein Vater gepflügt hatte, wehte der gute Geruch frisch aufgebrochener Erde herüber. Und dort, beim mächtigen Kirschbaum, umfächelt vom lichten Laub des Eukalyptus, eingerahmt von Rosen und Oleander, den sattgrünen Opunzien, mein geliebtes Haus … In eurem, jenseits der Pinien, rührte sich nichts. Nur King kam, mit trägem Schwanzwedeln, im letzten Augenblick angetrottet. Ich aber beachtete ihn nicht. Ohnmächtige Wut und ein beißender Schmerz hatten mich übermannt. Mit gebrochenem Herzen schlug ich die Wagentür zu und fuhr los …

Bei Kostas bin ich allerdings nicht lange geblieben. Wie stets, wenn ich bei ihm nächtigte, was zuweilen vorkam, hatte er seine Frau Maria in eine Art Abstellkammer verbannt, während wir zwei es uns auf dem Ehelager bequem machten. Es versteht sich, dass mir mein Freund in allem zu Willen war. Doch Marias vorwurfsvolle Blicke verdarben ihm den Spaß. Ohnehin war er jetzt viel für seine diversen Auftraggeber unterwegs. Da fanden wir es besser, wenn ich auch mal Bekannte in Patras besuchte, statt ständig bei der mürrischen Maria herumzuhängen.

In jener Zeit geschah das scheußliche Verbrechen in unserem Nachbarhaus. Alle Zeitungen berichteten über die Bluttat, Vaters Leichenfund. Auch ich wurde in Patras dazu verhört. Ein Anruf bei Stefossi aber genügte, und die lästige Sache war vom Tisch! Schließlich war auch jener kleine Macho mein devoter Gast gewesen – wozu hatte man seine Verbindungen? Auch mit Sylvie war ich bestens klargekommen. Sie hatte ihren Macker vor die Tür gesetzt, und gemeinsam wollten wir ihren Laden ›schmeißen‹. Etwas aber musste noch erledigt werden …

Besessen vom Gedanken, Vater, von dem ich mich verraten und verstoßen fühlte, irgendwie ins Herz zu treffen, hatte ich ununterbrochen über verschiedene Möglichkeiten nachgedacht. Dann war die zündende Idee geboren! Also hatte ich mich ins Auto geschwungen und war zu Kostas zurückgefahren, um ihn in meine Pläne einzuweihen. Er war sofort d'accord! Mein Vater hat ihn nämlich einmal angeherrscht, er möge, wenn er mich besuchen käme, »gefälligst den Hintereingang benutzen«. Und das verzeiht ein Grieche nicht …

Bei meinem Vorhaben ging es um Folgendes: Durch einen besonderen Umstand war Vater eine Sammlung bedeutender antiker Fayencen zugefallen, die du bestimmt in seinem Schrank gesehen hast. Wie du weißt, war er nicht gerade gebildet und besaß auch wenig Kunstverstand. Zu jener Sammlung aber, die ihm ein Freund bei seinem Tod hinterließ, hatte er einen sentimentalen Bezug. Jeder meiner früheren Versuche, das eine oder andere schöne Stück davon bei ihm loszueisen, war gescheitert, obwohl er mir sonst kaum etwas abgeschlagen hat. Nun also wollte ich ihm die gesamte Sammlung rauben! Glaube mir, es ging mir nicht um den Wert der Stücke. Ich wollte allein Vaters Gefühle verletzen, so, wie er meine verletzt hatte. Er soll mir büßen für das, was er mir angetan hat! war alles, was ich noch denken konnte. Kostas, nur zu verständlich, wollte in meine Racheplänen nicht verwickelt werden, bot aber an, mir einen verschwiegenen Helfer zu besorgen, der mir das Diebesgut nach gelungener Tat für ein Trinkgeld zum Auto trug.

In einer mondhellen Nacht, in der es geschehen sollte, machte ich mich auf den Weg. Ich war gelöst wie lange nicht mehr und summte im Wagen vor mich hin. Ich liebe die Nacht, musst du wissen. Schon als Kind streifte ich, während die Eltern schliefen, oft durch den nächtlichen Garten, um das Sternbild der *Kassiopeia* zu suchen, hatte mir doch Vater von der stolzen Königin erzählt, die zur Strafe, weil sie mit der Schönheit ihrer Tochter geprahlt habe, nun dort oben Kopfstand mache … Als mich mein holpriger Weg jetzt im geisterhaften Licht durch die totenstille Landschaft führte, spürte ich auch nicht das geringste Unbehagen … An einer Wegbiegung wartete eine dunkle Gestalt. Es war ein kräftiger, untersetzter Mann, der heruntergekommen wirkte. Mehr war bei der diffusen Beleuchtung aber nicht zu erkennen. Kostas hatte mir gesagt, dass mein Helfer Karelier sei und sich in keiner fremden Sprache verständigen könne. Ich hielt also an und kurbelte das Fenster herunter. Leise rief mir der Unbekannte ein mit meinem Freund vereinbartes Codewort zu. Ich ließ ihn einsteigen, und wenig später waren wir am Ziel, dem unteren Eingang unseres Gartens, angekommen!

Wie so oft war das Tor dort unverschlossen und auch von King, der wohl einer läufigen Hündin hinterherfegte, keine Spur. Auf leisen Sohlen schlichen wir zu euerem Haus … Erwartungsgemäß stand auch das Fenster zum ebenerdigen Wohnzimmer offen, ein Leichtsinn von Vater, der ihm, wie du weißt, nicht abzugewöhnen war. Kein Problem für mich, nun dort einzusteigen! Drinnen setzte ich behutsam die Fayencen in die mitgebrachten Kartons, die ich dem Karelier nach draußen reichte. Soeben war er, lautlos wie eine Raubkatze, mit einem Teil der Beute zum Auto gelaufen, als ich glaubte, ein Geräusch zu hören. Ich saß gerade rittlings auf dem Fenstersims, eine besonders kostbare Amphore im Arm, die ich eigenhändig im Wagen verstauen wollte. Da sah ich, dass Vater um die Hausecke bog! Er war in Jeans und T-Shirt und trug ein Messer in der Hand, das im Mondlicht blinkte …

»Du bist es also wieder, Diebin!«, sagte er verächtlich, während er das Messer in seine Gesäßtasche steckte. »Du wirst jetzt deine erste Tracht Prügel von mir beziehen, junge Dame, und die wirst du so schnell nicht vergessen!« In drohender Haltung kam er auf mich zu. Da sprang ich vom Fenstersims, wobei mir die Amphore entglitt und auf den Steinen zerbrach. Mein Vater aber beachtete es nicht. »Komm nur, Feigling, schlag zu!«, rief er herausfordernd. »Vielleicht ist es das, was du brauchst?!« Er wollte mir wohl einen Vorsprung lassen, da er mir ungeschützt seine Brust entgegenhielt. Doch statt darauf einzugehen, zog ich ihm mit rascher Bewegung sein Messer aus der Tasche.

»Wage nicht, mich anzurühren!«, fauchte ich und fuchtelte Vater mit der Waffe vor der Nase herum.

Wieder rief er, dass ich ein Feigling sei. Die Zeit, da seine Tochter ehrlich mit Fäusten gekämpft habe, sei wohl vorbei … In meinem Stolz getroffen, warf ich das Messer weg und griff ihn an! Eine Weile haben wir nun miteinander gerungen. Und obwohl er immer noch der Stärkere von uns war, gelang es mir doch, ihn mir irgendwie vom Leib zu halten. Da plötzlich schoss ein Schatten aus dem Dunkel – der Fremde war zurückgekommen! Mit einem gewaltigen Satz sprang er Vater in den Rücken und warf ihn zu Boden! Nun wälzten sich die Männer im Staub. Mein Vater, der immer ein kraftvoller und mutiger Kämpfer gewesen war, hielt seinen wohl dreißig Jahre jüngeren Gegner auch eine Zeit lang in Schach. Dann aber wendete sich das Blatt. Der Karelier bekam Oberwasser! Er kniete sich auf Vaters Brust, fing an, ihn zu würgen! Als Vater mit ganzer Kraft versuchte, sich zu befreien, sah er sein Messer, das ich wegwarf und dem sich die Männer beim Herumwälzen auf Armeslänge genähert hatten. »Nimm das Messer an dich, Agape!«, keuchte er, als er einen Augenblick Luft bekam. »Es könnte sonst ein Unglück geben!« Ich aber lachte bloß belustigt, stieß gar mit der Fußspitze daran, es auskostend, ihn endlich einmal in wirklicher Bedrängnis am Boden zu sehen ... Selbstverständlich sollte Vater kein Leid geschehen! Mein Helfer sollte ihm lediglich eine Abreibung verpassen, falls er uns Schwierigkeiten machte – so war es mit Kostas besprochen!

Immer verzweifelter hat nun mein armer Vater versucht, sein Messer zu fassen, das dem Fremden bis dahin entgangen war. Von mir hat er wohl keine Hilfe mehr erhofft, auch sonst keinen Ausweg gesehen. Ob es deshalb geschah, dass er d i c h beim Namen rief? Nur einmal übrigens und kaum so laut, dass du es drinnen hättest hören können ... Mehr so, als wolle er um Gnade für dich bitten ... Jetzt konnte ich ihn erst richtig demütigen. »Ruf ihn nur, deinen kleinen Angsthasen!«, höhnte ich. »Die wird sich doch nicht hinaus in die Dunkelheit wagen! Die hat sich da drin doch jetzt bis zur Decke verrammelt!«

»Bastardin!«, stieß mein Vater da röchelnd hervor. Nun erst erkannte ich, dass ihn seine Kraft verlassen hatte, es dem Fremden, der seine Kehle umklammerte, tödlicher Ernst war!

Im selben Augenblick muss mich eine Art Absence überkommen haben, wie mir das manchmal geschieht. Ein Bild erstand da vor meinem inneren Auge, das wohl schon lange in meinem Bewusstsein verschüttet lag. Wir waren erst kürzlich in das fremde Land gekommen. Es war ein sonniger Herbsttag und Vater führte mich an seiner Hand zu einem Stoppelfeld, wo uns ein prächtiger Rappe erwartete. Deutlich sah ich auch wieder die rosa Plastiksandälchen vor mir, wie ich sie damals trug. »Komm, Prinzessin, zerstich dir die Füßchen nicht!«, sagte da Vater, schleppte mich huckepack übers Feld und hob mich aufs Pferd. »Nur keine Angst, Kind!«, beruhigte er mich und sah mich dabei stolz und erwartungsvoll an. Da jauchzte ich. Doch nicht allein vor Lust, auf einem Pferderücken zu sitzen. Es war, weil meines Vaters Augen mein Glück gespiegelt haben …

Jetzt aber kehrte mit der Ernüchterung die grausige Realität zu mir zurück. Noch immer berührte meine Fußspitze Vaters Messer, und noch immer waren seine Finger danach ausgestreckt. Da bückte ich mich, ich schwöre es! Ich wollte es ihm in die Hand geben, den Karelier von oben angreifen, der ihn erbarmungslos zu Boden drückte. Doch meines Vaters Uhr war abgelaufen! Im selben Augenblick nämlich hatte die Bestie die Waffe entdeckt, blitzschnell ergriffen und sie ihm ins Herz gestoßen!

All dies, was dir jetzt wie in Zeitlupe erscheinen mag, geschah in Sekunden. Auch mein Zögern, Vaters Leben zu retten, hatte ja nur den Bruchteil einer Sekunde gedauert, den Bruchteil einer Sekunde zu lang … Ich fasste nicht, was ich angerichtet hatte! Kraftlos lagen Vaters muskulöse Arme im Staub und sein schönes Silberhaar war mit Blut und Schmutz beschmiert. Nur einmal hatte er aufgebrüllt, als ihm das Messer in die Brust gefahren war. Er trug jenes gelbe T-Shirt mit der Rose überm Herzen, erinnerst du dich? Es war die Rose, die sein Blut als Erstes tränkte, dunkel färbte … Im Garten herrschte jetzt grausige Stille.

Der Mörder war aufgesprungen, stieß mich grob zur Seite. Er packte Vater unter den Schultern und schleifte ihn ins nachtdunkle Dickicht der Fliederbüsche. Erst nach einer Weile, die mir endlos schien, tauchte er wieder auf. Vermutlich hat er da die Leiche mit Laub und Zweigen bedeckt, wie man sie später gefunden hat. Gemeinsam rannten wir zum Wagen. Nur fort! Nicht eine Sekunde dachte ich dabei an das Messer, auf dem meine Fingerspuren waren! Mit dem Elenden auf dem Beifahrersitz raste ich los. Nicht weit vom Strand, wo er mir ein Zeichen gab, hielt ich an und er verschwand in der Dunkelheit, so lautlos, wie er daraus gekommen war. Wolken hatten sich vor den Mond geschoben. Ich hatte nicht e i n m a l sein Gesicht gesehen!

Eine gute Stunde war ich nicht fähig, etwas zu denken oder zu tun. Mehr unbewusst nahm ich dabei wahr, dass in der Nähe ein Motor aufheulte, ein Boot übers Meer davongefahren ist. Gewiss hat der abgerissene Mensch nicht selber eines besessen. Ein Helfer muss ihn am Strand erwartet und in Sicherheit gebracht haben! Als ich halbwegs beisammen war, bin ich in Panik zu Kostas gejagt, der mich bereits erwartete. Natürlich war auch er über das entsetzliche Unglück außer sich. Immer wieder hat er mir in jener Nacht versichert, dass mit dem Karelier alles bis ins Kleinste besprochen war. Unter gar keinen Umständen sollte Vater ernsthaft Schaden nehmen! Auch Verständigungsprobleme hatte es nicht gegeben, da Kostas als Sohn von ›Russengriechen‹ der Sprache des Fremden ausreichend mächtig war. Leider, beteuerte Kostas, kenne er aber weder dessen Namen noch Bleibe. Jemand habe ihm den Mann empfohlen, den er wiederum nicht preisgeben wolle, zumal er, Kostas, den Fall für ein tragisches Missgeschick halte …
Kostas allein hätte mich also entlasten können. Das Schicksal hat es anders gewollt!

In aller Frühe bin ich nach jener Nacht in meinem Wagen zum Flughafen gerast. Vaters Kostbarkeiten hatte mein Freund bereits daraus entfernt – ich konnte das Zeug nicht mehr sehen! Das Auto ließ ich auf einem Parkplatz zurück und saß kurz darauf schon in einer Maschine nach Hamburg. Dort allerdings haben mich die deutschen Bullen im Auftrag der Griechen rasch gefasst! Ich selbst hatte Stefossi wohl den Tipp gegeben, als ich mich einmal mit meinen Erlebnissen in Sylvies Bar vor ihm brüstete …

Unter dem Verdacht, dass ich Vater getötet hätte, nahm man mich fest. Angebliches Tatmotiv: Habgier! Darauf kamen sie wegen der zerbrochenen Amphore, dem halb ausgeräumten Wohnzimmerschrank und den sechs Millionen Drachmen, die ich bei mir trug. Entscheidend aber war, dass die Griechen standhaft versicherten, die Tatwaffe habe ausschließlich Vaters und meine Fingerabdrücke getragen! Da nutzte es mir wenig, dass ich in den zahllosen Verhören immer wieder auf den Fremden verwies, der mir beim Diebstahl half. Der »große Unbekannte«, wie ihn die Bullen höhnisch nannten, kostete sie nur ein zynisches Lächeln …

Tag und Nacht habe ich seither über diese Dinge nachgedacht, und da ist mir einiges aufgefallen. Die Sache mit den Fingerspuren vor allem. Der Mörder m u s s seine auf dem Messer hinterlassen haben! Auch beginne ich, an eine Verknüpfung von Vaters Schicksal mit dem der Nachbarinnen zu glauben … Beide Verbrechen trugen ja dieselbe Handschrift, sind von größter Brutalität, geradezu wie eine Vergeltung gewesen! Von den Frauen muss ich dir nichts erzählen. Und Vater? Wie ein reißendes Tier ist ihm der Unbekannte ins Genick gesprungen. Auch wenn das Messer nicht ins Spiel gekommen wäre, mein Vater hätte keine Chance gehabt!

Darum glaube ich, anders als Kostas, nicht mehr an ein Missgeschick. Jemand ließ Vater mit Vorsatz aus dem Wege räumen! Doch w a r u m musste der Arme sterben? Die Brillantbrosche jedenfalls soll unberührt im Safe gelegen haben! Was also war dem Drahtzieher im Hintergrund so über alle Maßen wichtig, dass er Vater dafür töten ließ? Wusste dieser etwas, das ihm zum Verhängnis wurde? Und Kostas … hätten die Griechen nicht jedes Fremdverschulden bei seinem Unfall, der sich kurz darauf ereignete, ausgeschlossen, man könnte meinen, auch er hat daran glauben müssen!

Doch wer immer den Mörder schickte, es ist mein kindischer Kampf um meinen von mir vergötterten Vater gewesen, der ihm den Weg dazu ebnete! Erst jetzt, in der Eintönigkeit meiner Tage, wird mir die Maßlosigkeit meiner Gefühle bewusst, womit ich den Armen quälte. Nun quält e r m i c h, der in dem Glauben starb, ich habe ihm, womöglich auch dir, nach dem Leben getrachtet. Doch ich beuge mich dieser Strafe, wie auch der, dass vom Glück meiner Kindheit nichts geblieben ist als eine traurig-schaurige Geschichte, die in den Köpfen der Menschen spukt, die sie vielleicht in Zeitungen lesen … Du aber, Mona, solltest du noch in jener Gegend sein, sieh zu, dass du fortkommst! Jemand läuft dort herum, der keine Gnade kennt. Er könnte auch dich im Auge haben! Nicht zuletzt dies wollte ich dich wissen lassen.«

XV

An jenem Nachmittag am Meer, um darauf zurückzukommen, war meine Hand mit Agapes Brief in den Sand gesunken, und King legte – sei es, weil er einen Hauch der Absenderin daran erschnüffelte, sei es, weil er spürte, wie aufgewühlt ich war – sanft seinen Kopf darauf. Längst hatte sich der Bursche von der Yacht davongemacht, und in der abgeschiedenen Bucht herrschte nun wieder, was ich »die Musik der Stille« nannte, eine Art pochendes Atmen der Natur, das ich, wenn das Meer ruhig war, dort draußen zu hören glaubte.

Schwer zu beschreiben, was der Brief in mir auslöste! In mein kaum überwundenes Entsetzen über Martins sinnloses Ende, das seine Tochter mit ihrer minuziösen Schilderung erneut entfacht hatte, mischte sich Zorn. Ihr also verdankte ich es, dass mir Zweifel an meinem Verstand gekommen waren! Und nun auch noch die nebulöse Warnung … Hatte mir Agape nicht schon genug getan? Doch auch Mitleid mit der Unglücklichen begann, mich zu plagen. Und in gewisser Weise, ich sagte es schon, fühlte ich Schuld.

Ein Stein fiel mir vom Herzen, als ich hörte, wie Fred beim Weg den Bentley parkte. Gleich darauf kam er, eine Kühltasche auf der Schulter, im schrillen Outfit – bunt geblümtes Flatterhemd, knallrote Bermudas, weiße Basecap, den Schirm nach hinten – strahlenden Blicks zum Strand herunter. »Hallo Baby!«, rief er gut gelaunt und machte sich daran, auf dem Holztisch der Fischer seine Tasche auszupacken. »Prachtvolles Wetterchen hier draußen! In Athen krepiert man vor Hitze! … Wo bleibt denn mein Begrüßungskuss?!«

Ich ging zu ihm, Agapes Brief in der Hand. Er küsste mich auf die Wange, während er Kaviar, Champagner und andere Leckerbissen auf dem Tisch verteilte. Dann pflanzte er sich vor mir auf und sah mir bedeutsam in die Augen. »So lässt sich's leben!«, posaunte er. »Da, lies!«, meinte er darauf, und ließ sich mit einem Seufzer des Behagens auf eine verwitterte Bank fallen. »Ein klares Schuldbekenntnis!« Er packte King beim Nacken, um ihn zu sich heranzuziehen, doch der entwand sich ihm wie üblich mit ungnädigem Knurren.

Es war ein bekanntes Boulevardblatt aus Deutschland, drei Tage alt, das mir Fred auf den Tisch legte. Auf der Titelseite prangte das Foto einer kräftigen jungen Frau mit verwischten Gesichtszügen, das jede beliebige, etwas üppige Person hätte zeigen können. Dann aber las ich die in dicken Balken gedruckte Schlagzeile: »VATERMÖRDERIN AGAPE ERHÄNGTE SICH IN IHRER HAMBURGER ZELLE«.

»Mein Gott, Fred! Die arme Agape!«, rief ich erschüttert. Ich sah auf den Brief in meiner Hand. Sie hatte ihn vor zehn Tagen datiert, ihn demnach geschrieben, kurz bevor sie sich das Leben nahm.

»Arme Agape! Arme Agape!«, äffte mich von Greifenburg nach. »Entschuldige, meine Liebe, aber immerhin hat die Kanaille ihren Vater auf dem Gewissen! Es wird ihr keine Ruhe gelassen haben! Da hat sie nur die gerechte Strafe ereilt!« Er machte sich an einer der Flaschen zu schaffen, ließ ihren Korken knallen.

»Aber hier schreibt sie, sie war's nicht!«, widersprach ich ihm. »Ein Fremder soll Martin erstochen haben! Mit demselben Messer, das zuvor sie und ihr Vater in Händen hatten! Sie konnte nicht glauben, dass er keine Spuren darauf hinterließ … Sieh selbst, was sie geschrieben hat!« Aufgeregt reichte ich ihm Agapes Brief.

»Verdammt!«, fluchte Fred, dem soeben eins seiner hübschen Kristallgläser aus der Hand geglitten und auf einem Stein im Sand zersprungen war. Er lächelte entschuldigend, dann beugte er sich über Agapes Zeilen. Er las sie aufmerksam, mit einem spöttischen Zug um den Mund, der gegen Ende seiner Lektüre einem zornigen Ausdruck wich. »Nun hör aber auf, Mona!«, rief er, als er fertig war, knallte den Brief auf den Tisch und schlug mit der flachen Hand darauf. »Natürlich war's mal wieder der große Unbekannte, der die Fäden zog! Dazu der Mörder, der aus dem Dunkel kam … Zu dumm, dass man den Kostas nicht mehr fragen kann …«

»… von dessen Tod du mir nicht e i n Wort gesagt hast!«, unterbrach ich ihn aufgebracht.

»Mein Gott, all die Toten, Chérie … ist ja schon bald wie im Fernsehn … nicht mehr auszuhalten …«

»Wie starb denn der Ärmste?«

»Ärmster, na ja … Mitsamt seiner Karre ist der beim Teufel, rückstandslos verglüht … in der Schlucht bei der kleinen Kneipe von der Verkrüppelten, erinnerst zu dich? Muss dort mit einem Schweinetempo reingerauscht sein! … Das Übliche, meinte Stefossi, besoffen natürlich … lausige Autofahrer obendrein, die Leute hier …« Dann kam Fred noch einmal auf Agape zurück. »Versteht sich«, erklärte er, »dass die sich reinwaschen wollte! Versuchen sie vor ihrem Abgang immer … Gott hab das Biest selig, Chérie! Nun aber tu mir den Gefallen und lass die Sache ruhn! Ich bin ein bisschen abgekämpft und trotzdem hergeeilt, den Tag mit dir zu feiern!« Er hielt ein kühles Glas an meine Lippen, randvoll gefüllt mit goldenem Champagner, in dem es silbrig perlte.

Durstig nahm ich einen Schluck. »Feiern, Fred …?«, fragte ich gedehnt. »Du findest, dass da ein Grund zum Feiern wäre?«

»Aber ja, Chérie!«, rief Fred, »Wir feiern unser wunderbares Leben! Die Geschäfte laufen glänzender denn je! Wir besitzen ein Traumhaus am herrlichen Strand, der nur uns und ein paar Fischern gehört … Und du, du bist die Frau, auf die ich mein Lebtag gewartet habe!« Er fing an, mich mit Chips zu füttern, schenkte mir Champagner nach, klopfte an eine zweite Flasche. »Die köpfen wir auch noch!«

Es war in der Tat ein hinreißend schöner Tag. Der Alkohol, der mir langsam zu Kopf stieg, das Blut in meinen Adern rauschen ließ, brachte die ganze Welt zum Lodern. Der Himmel hatte jetzt etwas vom dunklen Violett des Flieders, die Wellen funkelten in der Sonne wie silberblaues Lametta, und in der Ferne glitt lautlos ein weißes Traumschiff dahin. Könnte es dir, überlegte ich, denn überhaupt noch besser gehen?

»Was Fred betrifft …«, meldete sich da eine Stimme in mir, »in seiner ungeheuren Leibesfülle ist er gewiss nicht jedermanns Geschmack … Auch redet er zu derb, ist zu Tieren reichlich grob …«

Aber hat er mir, widersprach ich, nicht in schwerer Stunde beigestanden? Sich als großzügiger Gastgeber erwiesen? Mir eine exquisite Bleibe geboten? Badet er nicht täglich in arabischen Ölen, ist charmant und galant und obendrein verdammt gebildet? »Arabische Öle! Gebildet!«, schimpfte da die innere Stimme. »Und was ist mit Küssen? Kuscheln? Poppen?« Aber … »Lüg nicht!«, unterbrach mich die Stimme. »Du bist hier, weil du das Abenteuer liebst … Und wer weiß, ob dir nicht auch noch seine Kröten imponieren …« In diesem Augenblick erfasste eine Windböe das Blatt mit der schlimmen Nachricht von Agapes Tod und trieb es auf dem Strand davon.

»Lass es fliegen!«, meinte Fred gemütlich. »Zeit, dass Gras über all das wächst!« Er hatte beim Champagner kräftiger noch als ich selber zugelangt und streckte sich nun wohlig, den Rücken gegen die Planken gedrückt, die Füße im Sand vergraben. Mit geschlossenen Augen zog er mich an die Brust, wo es angenehm nach *Uomo* roch. »Wie die Dinge stehen«, hörte ich ihn da über mir und spürte seinen Atem in meinem Haar, »sollte Martins Land zunächst versteigert werden … Wetten, du hättest gewollt, dass ich mitbiete, Baby …? Nun, es gehört bereits uns! Ein paar Anrufe, ein paar Scheinchen, und der Deal war perfekt!«

»Aber Fred!«, rief ich erstaunt. »Gerade hast du noch verlangt, dass wir's vergessen sollten!«

»Ja, würdest du es denn ertragen«, entgegnete Fred, »wenn sie Martins Paradies platt gemacht, womöglich eine Wurstfabrik, einen hässlichen Wasserturm darauf errichtet hätten …?! Wir dagegen werden es uns etwas kosten lassen, die prachtvolle Wildnis dort zu erhalten … Pflegen werden wir sie, perfektionieren …« Er schien jetzt hellwach, sprach schneller und schneller, fast obsessiv. In der Tat ereiferte er sich, sei die Idee vom Safaripark seine gewesen, wie ich ja nun wisse. Vergebens habe er versucht, sie den Steinbergs schmackhaft zu machen. Es sei richtig, dass er selbst zunächst nicht die Mittel dazu gehabt hätte. Entscheidend aber sei gewesen, dass ein ähnlich superbes Stück Land dort weit und breit nicht mehr zu haben war. »Doch die Tochter, diese Hure«, rief er im Stakkato,

»hatte außer Martin ja nur Stroh im Kopf! Und der, entschuldige, wenn ich's sage, war zu kleinkariert, um sich an etwas so Großes zu wagen!«

Zu meinem Befremden hatte sich Freds Gesicht auf einmal unnatürlich gerötet. Sein Mund war auf absurde Weise verzerrt, die Augen starrten ins Leere und Schweiß rann ihm in dicken Tropfen von der Stirn. »Wir werden tropische Pflanzen haben, Baby, die wir uns aus Übersee holen«, ratterte er weiter, »einen Riesenpool natürlich, aufgeteilt in einen Bereich für Schwimmer und einen für prächtige, exotische Fische, die in den schönsten Farben schillern, durch gläserne Trennwände zu bestaunen sind … Es wird auch noch andere, großartige Tiere geben, Raubkatzen etwa, Greifvögel, edle Pferde … Alles, was du willst, Chérie! Glaub mir, die Prominenz rennt uns die Türen ein! Und du, das Weib an meiner Seite« – er riss mich geradezu an sich – »bist genau die Richtige dafür!« Dann lehnte sich Fred erschöpft zurück. »Wir werden es MANFRED's RANCH nennen, was meinst du, Baby?«, hörte ich ihn noch murmeln, da war er auch schon eingeschlafen.

Meine Güte, bist keine Psychologin!, sagte ich mir. Doch ein bisschen verrückt schien mir's schon. Saß also bei ihm, habe über die irre Szene nachgedacht. Und wie ich so grübelte, war mir mit einem Mal eisig kalt, kalt von dem Schreck, der mich übermannte! Mit äußerster Vorsicht löste ich mich da aus den Armen des Mannes, der jetzt mit tiefen Atemzügen schlief, streifte unendlich behutsam meine Klamotten übern Bikini, bin in die Turnschuhe geschlüpft, habe mir die Badetasche gegriffen … Sogleich erhob sich auch der Hund, und lautlos schlichen wir davon, kletterten ein Stück weiter über einen Steinwall und rannten, rannten und rannten, ohne stehen zu bleiben oder uns umzusehen, immer dem Meer entlang, während das Abendrot kam und ging, die Dämmerung und dann die Nacht hereingebrochen ist mit ihren Sternen. Erst da warf ich mich zitternd in den Sand, drückte mich schaudernd an meinen Begleiter.

Mona, sagte ich mir, dies ist kein Spaß mehr! Jetzt heißt es, deinen Grips gebrauchen! Agapes ›Drahtzieher‹ im Hintergrund – nur Fred konnte es gewesen sein! Dass ich nicht eher darauf kam! Er hatte die Macht, die Mittel dazu, war zynisch, gierig und besessen! Dazu seine undurchsichtigen Geschäfte ... Hatte er nicht auch gewisse Kontakte zu den Nachbarinnen eingeräumt? Und Martin ... hatte der, wie auch Despina, mich nicht vor ihm gewarnt? War es nicht auch Martins Rede gewesen, Fred neide ihm, was immer er besitze? Durch seinen Tod fiel ja dem Ungeheuer a l l e s zu! Immer mehr sprach nun dafür, dass Fred ein Gangster war!

Sicher, da wäre ein geordneter Rückzug klüger gewesen. Doch jetzt war es müßig, darüber zu jammern. Was also tun? Wenn Fred aus seinem Rausch erwachte, würde er wissen, dass ich ihn durchschaute, alles daran setzen, mich aufzuspüren ... Ich musste also aus dem Land verschwinden, und zwar schnell! Irgendwo dort in der Dunkelheit gab es bestimmt ein Dorf. Falls ich es fand, konnte ich mir bei Tagesanbruch ein Taxi besorgen und nach Athen zum Konsulat fahren. Wenn ich erzählte, ich sei im Wagen eines Freundes hergekommen, der mich im Streit, ohne Ausweis, Geld und Gepäck, mit meinem Hund am Strand zurückgelassen hätte, würde man mir sicher glauben ...

Ich rappelte mich also auf, lief weiter, King dicht an meiner Seite. Bald aber schafften wir es nicht mehr. Immer öfter türmten sich jetzt Steinhaufen vor uns auf, zerscheuerten uns die Knöchel. Zuweilen ragte auch ein Fels ins Meer, den ich umschwimmen musste, den wasserscheuen Hund mühsam am Halsband hinter mir her zerrend. Schließlich hat sich auch noch der Himmel bezogen, und es ist finster geworden. Es hieß also, sich auf eine Nacht im Freien einzurichten!

Da mir es am Strand nicht ganz geheuer war, tappten wir zur nahen Macchia hinüber, die sich in jener Gegend über ein paar Hügel erstreckte, deren Umrisse eben noch zu erkennen waren. Tatsächlich machte ich dort auch ein weiches Plätzchen aus, wo ich mich niederlegte und King sich neben mir zusammenrollte. Gar nicht übel war's, so in der warmen Nacht zu liegen. Doch kaum hatte ich begonnen, mich in Sicherheit zu wiegen, da ist der Hund auch schon unruhig geworden, immer wieder aufgestanden, hat leise geknurrt. Und plötzlich bewegten sich, wie von Geisterhand, ringsum die Büsche! Es knackte, raschelte. Dann war auch dort, verhalten zunächst, bald aber scharf und drohend, ein Knurren zu hören! Hatte uns eine Meute verwilderter Hunde aufgespürt? Mir fielen die mageren Gesellen ein, die der kräftige King, wenn sie um unser Anwesen strichen, spielend in die Flucht geschlagen hatte. Dort aber war es s e i n Revier gewesen, während hier, in der Wildnis, s i e die Herren waren, dazu ausgehungert und in der Übermacht … Auch an die Dorfbewohner musste ich denken, die nie ohne Prengel über Land zu gehen pflegten, an Freds Hengst, der gerissen wurde, vor allem aber an die unglückliche Angestellte des Popen … Erst jetzt bekam ich richtig Angst! Ich sprang also auf die Füße, raffte, da der Mond soeben aus den Wolken trat, ein paar dicke Brocken zusammen und schleuderte sie ins Gebüsch, während der Hund, mit zur Bürste gesträubtem Nackenhaar, das Gebiss gebleckt und die Nase dicht am Boden, sonderbar dumpfe Drohlaute von sich gab, wie ich sie nie zuvor von ihm gehört hatte. Sofort trat hinter den Büschen Ruhe ein. Ob die Angreifer von uns abgelassen hatten? Bestimmt lagerten sie aber noch in der Nähe! Es schien daher zu gefährlich, auch nur einen Augenblick länger dort zu bleiben. Also stolperte ich dem Hund hinterher, der jetzt zielstrebig loslief, immer tiefer in die Macchia hinein …

Bald sah ich auch, wo er mich hinführte: Nicht weit von uns, doch in einem Verhau aus dichtem Gestrüpp kaum auszumachen, schimmerte matt ein Licht! Beim Herankommen zeichneten sich die Umrisse einer schlichten Kate ab, auch ein paar Bretterverschläge waren zu erkennen, in deren Nähe es streng nach Schafen roch. Der schwache Lichtschein fiel durch ein gut verhangenes Fenster, hinter dem vermutlich eine Kerze brannte. Gar nicht leicht für mich, nun dort anzuklopfen! Aber ich hatte keine Wahl, nahm meine ganze Courage zusammen. Und natürlich kam, was ich befürchtet hatte: Nicht von einer Frau, sondern von einem Kerl wurde mir geöffnet, nachdem ich mich zusätzlich zu meinem Klopfen, das ohne Ergebnis geblieben war, auch noch durch Rufen bemerkbar gemacht hatte.

Das Alter des Mannes, eines Schäfers vielleicht, der nicht groß, dafür umso kräftiger war, hätte ich nicht bestimmen können. Sein Gesicht war nämlich vom schwarzen Bart und Haar fast zugewachsen. Unter buschigen Brauen sah er mich im Schein einer Kerze, die er in der Hand hielt, schweigend an, aus dunklen Augen, die unangenehm flackerten.

Schon brach mir erneut der Angstschweiß aus! Da aber machte sich King schwanzwedelnd an den Unheimlichen heran, beschnüffelte ihn und schleckte ihm gar die Hand, als sei der ein guter Freund, was wiederum dazu führte, dass dieser ihm ausgiebig das Fell geklopft, das Maul getätschelt hat. Sollen Tiere, überlegte ich etwas beruhigt, nicht zwischen guten und schlechten Menschen unterscheiden können …? Nun versuchte ich, dem Fremden mein Märchen vom ungetreuen Freund vorzutragen, auf Englisch, versteht sich, doch er begriff kein Wort. Schließlich machte ich die Geste des Schlafens, und sofort war er im Bild. Ein nachdenklicher Blick, ein Kopfnicken, und schon wurde ich in die Kate gewinkt …

Drinnen war im schummrigen Licht nicht viel zu erkennen. Jedenfalls thronte hinter einem wackligen Tisch, auf den der Bursche seine Funzel stellte, eine primitive steinerne Bettstatt, einem Sarkophag nicht unähnlich, wo ein Schaffell lag und am Kopfende eine Nische eingelassen war, in der eine hölzerne Madonna stand. Unweit davon gab es noch so ein Ding, auf dem ein paar Decken und Kissen lagen. Nachdem mir der Kerl bedeutet hatte, dass ich dort schlafen könne, zuvor aber noch die Kerze löschen solle, pfiff er dem Hund. Der stand zu meinem Erstaunen auch auf, sah mich fragend an. Doch ich nahm ihn energisch beim Halsband. Auf keinen Fall wollte ich in jener Räuberhöhle alleine bleiben! Nun aber schüttelte der Fremde ungehalten den Kopf, gab mir ärgerlich zu verstehen, dass King dort drinnen nichts zu suchen hätte. Machte auch die Geste des Essens, was wohl hieß, dass er ihn füttern wolle. Was blieb mir übrig, als ihn dem Kerl zu überlassen? Schließlich konnte ich in dieser Lage keine Forderungen stellen! Und dann ging ja der Hund auch keineswegs ungern mit … Gleich darauf wurde die Tür geschlossen – ich war allein. Zu meiner Beruhigung hörte ich das treue Tier aber, nachdem ich mit ziemlichem Ekelgefühl, die Badetasche unter den Kopf geklemmt, auf dem Schaffell lag, noch eine ganze Weile draußen scharren und schnaufen. Keinen Meter würde sich's bis zum Morgen von dort fortbewegen, da war ich mir sicher …

Ich muss dann tief geschlafen haben, bis auf einen kurzen Moment in der Nacht, wo ich glaubte, vor der Tür ein Geräusch zu hören. Dies war mir aber wohl schon so zur Gewohnheit geworden, dass ich sogleich wieder einschlief und erst aufwachte, als draußen bereits die Sonne schien. Nun fiel genügend Licht durch den Lumpen am Fenster, sodass ich mich in meinem Quartier etwas umsehen konnte. Es war eine armselige Bude, aber sauber gekehrt und aufgeräumt. Ein paar einfache, aus unbearbeitetem Holz gefertigte Möbel standen herum, auf einem Bord war Geschirr aufgereiht und an der Wand prangte eine jener billigen Ikonen, wie man sie in Kaufhäusern verramscht. In einer Ecke war eine Art Altar aufgebaut, mit einem Frauenbildnis darauf, das mit Feldblumen geschmückt war, einer Madonna, nahm ich an. Zahlreiche Kerzenstumpen davor erweckten den Eindruck, es mit einem frommen Mann zu tun zu haben.

Auch vor der Hütte sah es ordentlich aus. Ich ließ mich an einem Tisch nieder, der dort stand, und sogleich schaute mein Gastgeber um die Ecke, mit einem Ausdruck im Gesicht, der mir freundlicher schien als in der Nacht. Für einen Augenblick verschwand er dann, um mit einem Tablett zurückzukommen, auf dem er mir Tee, Schafskäse und einen Kanten Brot anbot.

Erst jetzt fiel mir auf, dass sich King nicht blicken ließ! Vergebens rief ich ihn! Stolperte gar bei den Ställen herum, so weit das in dem Dickicht möglich war, rief immer wieder lauthals seinen Namen! Auch der Fremde beteiligte sich an der Suche, pfiff nach ihm. Doch mein Liebling ist einfach nicht aufgetaucht! Da irrte ich in meiner Verzweiflung mit jenem Kerl auch noch kreuz und quer durch die Macchia … umsonst! Schließlich zeigte dieser zu den Hügeln hinauf, wollte mir wohl zu verstehen geben, dass der Hund nach dort verduftet sei. Dann aber zuckte er nur noch mit den Schultern. Am Ende half alles nichts – ich musste das geliebte Tier aufgeben, so schwer es für mich hinzunehmen und so herzzerreißend es auch war!

Ich kritzelte dem Fremden dann, mühsam gegen meine Tränen kämpfend, ein paar Häuser in den Sand, sprach vom Taxi und so, und da wusste der gleich, dass ich ins Dorf wollte. Ist sogar noch ein Stück weit mitgelaufen, um mir den Weg dorthin zu zeigen, und drückte mir, bevor er sich wieder in die Büsche schlug, gar einen Knüppel in die Hand. Gute drei Stunden dauerte es noch, bis ich im Ort gewesen bin. Rief unterwegs immer wieder, erbärmlich flennend, nach dem Hund. Wie sollte auch ein derart feines Menschentier in einer so gottverlassenen Gegend klarkommen!

Der Rest meiner Flucht ist rasch erzählt. Im Dorf lief ich gleich ins Kafenion hinein, dessen dicker Wirt auch als Posthalter fungierte, zum Glück ein paar Brocken Englisch sprach und mir ein Taxi bestellte. Echt mitleidig sah der mich unter seiner tintenblauen Schmalztolle hervor an, als er die Geschichte vom bösen Freund hörte. Als ich aber von der Nacht bei dem Schäfer sprach, schien er zu glauben, ich hätte nicht alle Tassen im Schrank! Einen Schäfer habe es bei den Hügeln vor dreißig Jahren mal gegeben, keine Menschenseele lebe heute dort. Eine unheimliche Gegend sei's im Übrigen, Spukgeschichten würden darüber erzählt …

Im Konsulat kümmerte man sich unbürokratisch um alles. Ich bekam Ersatzpapiere, Geld. Eine Angestellte, eine Deutsche, brachte mich zu einem einfachen Hotel in der Nähe der Akropolis, wo sie mich am nächsten Morgen abholte und zum Flughafen fuhr. Dort leistete sie mir sogar noch Gesellschaft, bis ich abgefertigt war. Dabei erzählte ich ihr von der unheimlichen Nacht in der Macchia. Sie schauderte, meinte, ich hätte großes Glück gehabt. Es trieben sich jetzt viele Illegale im Land herum, verzweifelt auf der Suche nach Arbeit, frauenlos und dementsprechend gefährlich. Die alte Ordnung sei dabei, aus den Fugen zu gehen. Was King betraf, war sie überzeugt, dass ihn mir der Kerl gestohlen hätte. Bestimmt habe der ihn mit einem Stück Fleisch von der Tür gelockt, ihm das Maul zugebunden, ihn vielleicht noch in der Nacht in die Berge geschafft. »So gestört das Verhältnis der Menschen hier zu Tieren ist«, meinte sie, »der Deutsche Schäferhund gilt ihnen als Inbegriff von Überlegenheit und Stärke und ist dementsprechend begehrt!« Im Übrigen wäre es keine Hexerei gewesen, für Kings Impfungen zu sorgen und ihn mir per Luftfracht nachzuschicken. Als sie das sagte, sind mir schon wieder die Tränen geflossen …

Schließlich aber war es geschafft, und ich fiel im Flieger, reichlich begafft, da ungeachtet der in der Heimat zu erwartenden herbstlichen Temperaturen immer noch in Turnschuhen, T-Shirt und Leggings, dazu die alberne Badetasche am Arm, unendlich erleichtert in meinen Sitz.

XVI

Es war ein Freitagabend, als ein Minibus des Frankfurter *AIRLINE EXPRESS SERVICE* mich Gebeutelte nach fast fünfmonatiger Abwesenheit daheim vor meiner Wohnung in der Uhlandstraße absetzte.

Zunächst holte ich mir bei den Wagenbachs im Erdgeschoß meine Schlüssel, wo sie die Studentin, die inzwischen in meiner Wohnung ihre Doktorarbeit schrieb, hinterlassen hatte. Aufs Schlimmste gefasst, fand ich in meinen vier Wänden jedoch alles in bester Ordnung. Nichts fehlte, nichts war zerbrochen. Sogar auf dem Balkon erwartete mich nur Gutes. Meine Blumen, die Frau Wagenbach nach dem Auszug der Studentin weiter versorgt hatte, standen noch in schönster Blüte.

Eine ganze Woche verpennte ich, so erledigt war ich. Bei mildem Herbstwetter lag ich meist draußen unter einer Decke und rührte mich nicht. Kaum aber war ich etwas erholt, ging das Grübeln auch schon los! Die Panik meiner letzten Nacht in Griechenland, die Ungewissheit über Fred, wie ein Karussell drehte sich's in meinem Kopf, von all dem anderen, das vorausgegangen war, ganz zu schweigen. Selbst so vertraute Geräusche wie das Palaver der Kunden vorm Laden gegenüber oder das Läuten vom nahen Kirchturm kamen dagegen nicht an. Mein Gott, was hätte ich da für einen dieser Typen gegeben, die ihre Frauen angeblich tröstend in die Arme nehmen! Doch so war das mit dem Singleleben, es hatte seine Kehrseiten …

Eine weitere Woche war vergangen, da meldete sich mein Telefon. Wird kaum Erfreuliches zu bedeuten haben!, überlegte ich, als ich, entgegen meinem Vorsatz, doch den Hörer abnahm und mich dann auch gleich hinsetzte.

»Hier von Greifenburg! Spreche ich mit Frau Mühlhaus?«, donnerte es in der Leitung.

»Am Apparat!«, antwortete ich beklommen.

»Gut zu wissen, meine Liebe, dass du heil zu Hause angekommen bist!«, redete Fred nun im Normalton. »Habe mich über dein spurloses Verschwinden verflixt aufgeregt, kleine Hexe, bis ich den richtigen Tipp vom Konsulat bekam! Deinen Pass und den übrigen Kram habe ich gestern zur Post gebracht … Und jetzt möchte ich ein paar Takte mit dir reden, Kind! Du tätest also gut daran, dir einen Stuhl unter den hübschen Hintern zu ziehen!«

»Ich wüsste nicht, was wir zu bereden hätten!«, gab ich Fred, als ich mich gefasst hatte, frostig zur Antwort.

»Mona!!«, brüllte er nun. »Hör mir gut zu! Habe weder gemordet noch geraubt noch sonst was angestellt, das du dir einzubilden scheinst! Auch dir hätte ich den Hals nicht umgedreht, obwohl du kleines Biest es manchmal verdient hättest!«

»Wenn du an allem nicht beteiligt warst«, kreischte ich zurück, denn ich glaubte ihm kein Wort, »warum lässt du die Dinge dann nicht ruhn?! Bin heilfroh, dass es vorüber ist!«

»Weil ich dir Wichtiges zu sagen habe … Und weil ich die Karten auf den Tisch legen will!«, antwortete mir von Greifenburg, nun überraschend sanft.

»Die Karten auf den Tisch legen – du?!«, spottete ich.

»Sei gnädig mit mir, meine Beste!« Fred sagte es ruhig, doch ein deutlich vernehmbares Klirren von Eiswürfeln in einem Glas, das er vermutlich, wie so oft, in der Hand hielt, strafte ihn Lügen. »Komme soeben aus Athen zurück«, fuhr er fort, »Leberzirrhose … infaust … Der alte Fettsack wird dich also bald nicht mehr belästigen … Weißt doch«, redete er rasch weiter und zitierte einmal mehr seinen Lieblingsphilosophen, »kein Vergnügen ist an sich von Übel! Doch was gewisse Genüsse verschafft, zieht Unerfreuliches nach sich, das schwerer wiegt als der Genuss!«

Während ich, verunsichert und bestürzt zugleich, noch um Fassung rang, legte Fred eine Pause ein, um sich den nächsten Drink zu mixen. Doch was ich dann zu hören bekam, mit etlichen Unterbrechungen, wenn er abtauchte, um sich erneut sein Glas zu füllen oder pinkeln zu gehen, war so unerhört und schockierend, dass es

Agapes Bekenntnisse noch in den Schatten stellte! Zum Glück habe ich aber nicht nur ein fabelhaftes Gedächtnis, das schon meine Pauker verblüffte. Ich machte mir nach dem Gespräch, das in Wahrheit ein einziger Monolog war, auch gleich Notizen. Und so ist es mir möglich, das Gehörte, die Fakten betreffend, nun recht genau wiederzugeben, wobei ich hoffe, auch die für Fred typische Redeweise einigermaßen zu treffen ...

»Du wirst's nicht glauben, Chérie«, legte er also los, »ich war ein stattliches Mannsbild, als ich die junge Agape begehrte! Sie wiederum war eine herbe Schönheit, Kind, ohne Übertreibung! Groß, mit festem weißem Fleisch, breiten Schultern und schlanker Taille, hat ihr fast jeder Kerl den Hof gemacht! Erst später ist sie fett geworden ... Fünf Jahre lief ich ihr wie blöd hinterher und erntete doch nur Hohn und Spott. Ahnte ja doch nichts von ihrer Leidenschaft für Martin, den üblen Spielen, in denen sich ihr Frust entlud ... So sehr nagte diese Niederlage an mir, dass ich mich bald dem Suff ergab ...

Pekuniär saß ich einige Jahre auf dem Trocknen. Dann aber liefen die Geschäfte wie geschmiert! Mein Dentallabor in der Mpzianiou-Straße in Athen, das bald schon meine Angestellten für mich führten, diente mir in der Hauptsache noch als Ort, wo ich meine Immobilienpartner traf ... War nämlich groß auf dem Gebiet eingestiegen, so groß, wie das hier keiner ahnt! Jedes interessante Objekt, das in Athen oder Thessaloniki angeboten wurde, ging bald durch meine Hand ... Dabei ersparte mir meine Verschwiegenheit manchen Ärger! Nicht wenige hier sind habgierig, musst du wissen, und das macht sie tückisch! Denk nur an den antiken Lehrer Theodoros, der seinem Schützling Antyllos, dem Sohn des Marc Antonius, von einem Soldaten den Kopf abschlagen ließ, weil er den hübschen Stein begehrte, den der Junge um den Hals getragen hat ...

Es dauerte auch nicht lange, da konnte ich eigenen Grundbesitz erwerben! Wie du weißt, bin ich auf einem großen Gut im Osten aufgewachsen – da denkt man in anderen Dimensionen, als Männer wie Martin es tun. ›Think big!‹ war von jeher meine Devise. Auch in Deutschland, in der Schweiz erstand ich beträchtliche Ländereien. Schließlich kaufte ich, über Strohmänner, Stück um Stück auch das herrliche Brachland um Martins Eigentum herum, vom Kapellchen bis zum Meer hinunter, eintausend Hektar insgesamt! Den Safaripark wollte ich dort bauen, mir einen Jugendtraum erfüllen. Und keiner der Steinbergs hat von meinem Besitzrecht gewusst!

Allerdings hatte ich, als ich dort kaufte, nicht nur jenes Projekt im Auge – ich wollte auch Agape damit treffen! Wir Dicken, musst du wissen, sind verletzlicher als Austern ohne Schale … Dass sie mich abgewiesen hatte, empfand ich, wie gesagt, als Schmach … Inzwischen hatte ich auch Wind von ihrem schamlosen Treiben bekommen, denn meine Informanten unter ihren Galanen berichteten mir jede noch so obszöne Einzelheit. Und wenn sie im Eifer wohl auch etwas übertrieben, so wurde ich doch in meiner Überzeugung bestärkt, dass Steinbergs Tochter eine üble Hure sei. Bald pfiffen es ja auch die Spatzen von den Dächern. Doch wollte ich mit Martin darüber reden, wich der mir aus! Auch sonst war er nicht mehr der Alte … Dass diese Schlampe nun auch ihren Vater quälte, der alles für sie tat, ließ mich sie mehr als hassen!

Schließlich, nach Martins Tod, bot sich Gelegenheit, dem Weib eins auszuwischen! Stefossi selbst, der längst meine geheimsten Wünsche roch, machte mir das Angebot … Es ging darum, die Fingerspuren, die man, wie von Agape richtig vermutet, außer ihren und denen ihres Vaters auf dem Messer fand, das ihn getötet hatte, im Polizeibericht über den Mordfall totzuschweigen, der damit als gelöst und abgeschlossen galt … So habe ich der Hure das Handwerk gelegt, was mich, nebenbei, Stefossis hübsche kleine Villa auf dem Hügel bei Vrissaki kostete, obwohl der Gauner längst die Deckung seiner obersten Behörde hatte … Die nämlich wünschte den verfälschten Bericht nicht weniger als dieser selbst, wenn auch aus anderen Gründen, wie du noch erfahren wirst! Kurzum, ich ließ das mir verhasste Weib für einen anderen über die Klinge springen, der damit aus der Klemme war. Um wen es sich dabei handelte und warum ich ihn schließlich nicht doch noch ans Messer lieferte, auch das wirst du noch hören ...

Deinen Verdacht, gutes Kind, ich sei's gewesen, der Martin meucheln ließ, kratz ich mir also locker von der Backe! So rüde wir auch miteinander umgingen, ich war dem Wilden zugetan! Was ihn einst herführte? Ich weiß es nicht. Ganz blütenweiß war seine Weste sicher nicht. Doch wenn er wirklich mal Ganove war, war's einer mit dem besten Herzen ... Sein Land lag zwar nun wie eine Oase inmitten von meinem, was mich, wenn du so willst, an der Umsetzung meiner Pläne hinderte. Ich zweifelte aber nicht, dass Martin seines bald veräußern müsse, stand ihm das Wasser doch bis zum Hals ... Da hätte es einer solventen Partie bedurft ... Er aber hat sich hoffnungslos in dich verguckt! Nun, einen stolzen Preis hätte ich ihm für sein Filetstück gezahlt ... ihn im geplanten Freizeitunternehmen zur ›grauen Eminenz‹ gemacht ... Der Fuhrpark mit den Gästejeeps, die Pflege der Pools, Aquarien, Terrarien und sonstigen Tiergehege, die Reitschule ... all das musste ja gewartet werden, und mit der Aufsicht darüber wollte ich Steinberg betrauen!

Versteht sich, dass ich ihn deinetwegen schwer beneidet hatte ... Deshalb der Zirkus mit dem Pferd! Es würde ihm, sagte ich mir, ein wenig den Honigmond verderben ... Nach Martins Tod versuchte ich, den taumelnden Schmetterling selber einzufangen, mit dem Käscher meines Reichtums, wie ich hoffte ... Wenn sie erst in die Jahre kommt, wird sie in deiner erektilen Schwäche eine Tugend sehen!, redete ich mir ein. Doch wie sehr ich dich auch begehrte, Gnädigste, seit du, den Gaul am Zügel, so zornig in der Macchia standest – ein Mörder bin ich deshalb nicht!

Die Morde betreffend, fünf an der Zahl, all die anderen nicht mal mitgerechnet, wirst du nun alles erfahren, was es darüber zu enthüllen gibt!

Eines Tages, als ich wegen der Investitionen in mein Dentallabor noch ziemlich in den Miesen steckte, war eine Fremde in der Mpzianiou-Straße bei mir erschienen und wollte mir Zahngold verkaufen. Eine Menge Zahngold, sag ich dir! Sofern es nicht gleich massive

Goldzähne waren, handelte es sich um im Ganzen erhaltene Zähne mit mehr oder weniger ausgedehnten Goldeinlagen ... Ich erkannte augenblicklich, dass man sie in Eile und auf laienhafte Weise aus menschlichen Gebissen herausgebrochen hatte! Daraufhin nahm ich meine Besucherin etwas näher unter die Lupe ...

Es gibt eine Schönheit beim weiblichen Geschlecht, mein Kind, wie sie kein männlicher Phänotypus je kopieren könnte! Eine Schönheit, die das alttestamentarische Chauvi-Wort, das Weib sei aus der Rippe des Mannes geschaffen, zur bloßen Häme unseres Männerneides macht ... Die Fremde, groß und schlank und um die vierzig Jahre alt, hat sie besessen! Riesig und von reinstem Katzengrün ihre von dunklen Wimpern und Brauen gerahmten Augen, die Wangenknochen hoch und markant und edel geformt die Nase, Zähne so makellos wie Perlenreihen und ein kirschrot gemalter Mund, mit Lippen, so verschwenderisch wie ihre herrliche honigfarbene Mähne, die sie mit unschuldiger Geste in den Nacken warf, als sei sie sich ihrer außergewöhnlichen Wirkung nicht bewusst ... Eine Frau, Chérie, die, ich zweifelte nicht daran, mit allen Wassern weiblicher Raffinesse gewaschen war!

Die Schöne gab sich mir als Dr. Milena Karloff aus und machte kein Hehl daraus, dass sie in Athen, in der Pathologie der Universität, beschäftigt sei. Später, als Milena mir vollends vertraute, erzählte sie mir, dass das Zahngold, das sie mir verkaufe, zu einem Teil von Mitarbeitern solcher Institute Leichen, die auf deren Seziertische kämen, gestohlen würde. Einen weiteren Teil pflegten Angestellte von Bestattungsunternehmen und wohl auch Leichenfledderer in Kriegsgebieten ihren Opfern zu rauben. Das meiste dieser illegalen Ware, die eingeschmolzen auch an einheimische Goldschmiede gehe, werde aus dem östlichen Ausland eingeschleust ...

Schon damals hat mich verblüfft, dass Karloff auch nicht die leisesten Skrupel hatte bei dem, was sie tat!

Selbstverständlich hätte ich den Ankauf verweigern, sie sogar anzeigen müssen! Doch bei meiner ständigen Geldnot klopfte sie mich schließlich weich. Bald schon bezog ich meinen gesamten Goldbedarf bei der Ärztin, deren Quellen unerschöpflich sprudelten und die mir das edle Metall zu Schleuderpreisen überließ ... Du siehst, wo Reichtum allzu üppig sprießt, hat meist ein übles Samenkorn gelegen ...

Durch Karloffs häufige geschäftliche Besuche kamen wir uns, du ahnst es bereits, bald auch persönlich näher. Kurzum, ich ließ mich auf eine Affäre mit ihr ein. Das hatte damit zu tun, dass ich bei Agape so schmachvoll abgeblitzt war und Karloffs Schönheit meinem verwundeten Ego schmeichelte. Doch sie beherrschte auch recht raffinierte erotische Praktiken, verstand es, mich über das schleichende Versiegen meiner Potenz hinwegzutäuschen ... Vor allem aber war diese seltsam seelenlose Frau durchtrieben und willensstark, was zusammen mit ihrer blendenden Erscheinung und Verruchtheit im Bett jene brisante Mixtur ergab, die dem gutmütigen Männertyp seit jeher zum Verhängnis wird ...

Dennoch war das Verhältnis nicht von Dauer. Selbst mir, den du einen Zyniker nennst, wurden die Hasstiraden lästig, mit denen meine Geliebte alles und jeden bedachte! In Bulgarien, wo sie in bitterster Armut aufgewachsen war, hatte sie grausame Kindheitserfahrungen gemacht, wie sie einmal durchblicken ließ. Auch jetzt war ja Milena bettelarm, bewohnte in einem Hinterhof in Athen anfangs ein erbärmliches Zimmerchen ... So abscheulich war es, dass ich, nachdem ich sie einmal dort aufsuchte, keinen Fuß mehr hineinsetzte ... In der Pathologie hatte sie nämlich nur eine halbe Stelle, und die war schlecht genug bezahlt! Genau gesagt, hat man sie dort nur als Hilfskraft beschäftigt, denn für den Abschluss ihres Studiums fehlte ihr, wie sie mir eines Tages gestand, die Prüfung in einem Fach. Natürlich durfte sie da auch nicht als Ärztin praktizieren ...

Inzwischen ging es glücklicherweise mit meiner Grundstücksmakelei bergauf. Hab die Karloff daher, sobald ich mir's leisten konnte, unterstützt. Zwar teilten wir nun das Bett nicht mehr. Trotzdem kleidete ich sie ein, ließ sie kostenlos in einem meiner Athener Appartementhäuser wohnen und führte sie am Abend zum

Essen aus. Doch auch da störte mich zunehmend, wie sie ständig über Möglichkeiten spekulierte, zu Geld zu kommen! Wirklich, Milenas Gedanken kreisten geradezu zwanghaft immer nur um dieses eine Thema ...

Ende der Achtziger, als wir nach dem Dinner im *Hilton* einen Espresso nahmen, unterbreitete sie mir dann aber einen recht vernünftig klingenden Plan. Sie wolle eine Pflegestation eröffnen, erklärte sie, was ihr, wie sie mir versicherte, in Zusammenarbeit mit zugelassenen Ärzten nicht verboten sei. In Wahrheit hatte sie indessen andere Absichten, und die brachte sie mir in der Folgezeit häppchenweise bei!

Letztlich lief es darauf hinaus, dass diese Unerschrockene entschlossen war, in den internationalen Organhandel einzusteigen!

Ich hatte noch keine Ahnung von dem Geschäft, den Summen, die auf dem Schwarzmarkt damit verdient wurden. Milena dagegen war damit, auch was Material und Methode betraf, bestens vertraut. Tag für Tag zerlegte sie ja in der Pathologie menschliche Körper, und auch das Entnehmen und Präparieren von Organen beherrschte sie aus dem Effeff! Von dem Geld, das ich ihr gab, hatte sie sich außerdem Fachzeitschriften gekauft und sich in die spezielle Technik eingelesen. Im Übrigen hatte diese Frau ein untrügliches Gespür für lukrative kriminelle Machenschaften, wie ich von den Goldgeschäften, die ich nebenbei längst bereute, hätte wissen müssen!

Ständig redete sie nun auf mich ein, dass Organentnahmen bei Verstorbenen »ethisch vertretbar« seien, weil damit Leben gerettet werde, das sonst verloren ginge. Ja, sie verstieg sich sogar dahin, zu fordern, dass künftig nur noch solchen Alten und Gebrechlichen ein Pflegeplatz zu gewähren sei, die ihn sich mit der späteren Spende ihrer Organe verdienten ...

Zwar durchschaute ich da noch nicht, dass das ›ethische‹ Gerede meiner Ex-Geliebten nur ein Mittel war, mich weich zu klopfen. Doch je mehr ich mich nun mit dem Thema beschäftigte, umso klarer schien mir, dass es hier um eine höchst fragwürdige medizinische Technik ginge, deren Anwender die Einzigartigkeit und Würde des Individuums, seine unveräußerliche Integrität gering schätzten und zerstörten und für die es in unserer übervölkerten Welt nicht einmal eine vernünftige Rechtfertigung gebe! Immer verwegenere, das Leben verlängernde Verfahren denken sich die Technokraten in den weißen Kitteln aus, statt uns zu helfen, dass wir in Würde sterben können ... Ja, bliebe der Ersatz von Organen Kindern, jungen Menschen vorbehalten! Denn ist es nicht so, meine Liebe, dass wir mit zwanzig auf der Höhe unseres Lebens sind, gemessen an unserem Anstand und Idealismus, unserer Barmherzigkeit, Wahrhaftigkeit, Leidenschaftlichkeit, unserem Todesmut und so weiter, die von da an korrodieren, bis wir am Ende Seelenkrüppel und alles andere als weise sind?! Und doch offeriert man alten Knaben wie mir das klinische Comeback einer sinnlos gewordenen Existenz ... Das scheint mir obszön, gelinde gesagt ... Die neue Leber, die man mir anbot, lehnte ich daher ab, versteht sich!

Aber lass mich dir weitererzählen ... Ich sagte schon, ich wollte von Karloffs Plänen, auch ohne zunächst deren wahre Ziele zu kennen, nichts wissen. Doch schon bald bedrängte sie mich, ihr zu deren pekuniären Voraussetzungen zu verhelfen! Nicht, dass sie mich direkt erpresste ... Immer öfter aber sprach sie davon, wie sie mir einst mit dem Goldgeschäft aus der Patsche geholfen, den Grundstock zu meinem Wohlstand gelegt habe, und beklagte sich bitter, dass ich ihr nun eine ähnliche Hilfestellung verweigere, ja, die Chance nähme, sich ein menschenwürdiges Dasein zu schaffen. Alles, was sie von mir verlange, sei ein Darlehen, das sie mir in angemessener Zeit zurückerstatte!

Schließlich, zu Beginn der Neunziger, als mit dem Verschwinden der Schlagbäume im westlichen Europa den osteuropäischen Mafiabanden Tür und Tor geöffnet war, gab's auch für Milena Karloffs kriminelle Energien kein Halten mehr! In kurzer Zeit hatte sie während einiger Besuche in Sofia Verbindungen zu entsprechenden Kreisen geknüpft und eine funktionierende Logistik etabliert ... Sie schaffte es dann auch, mir jene Summe abzuringen, die sie für ihr »Projekt«, wie sie es nannte, benötigte und die sie mir übrigens, nachdem sie reich geworden war, auf Heller und Pfennig zurückzahlte!

Karloff verfügte also jetzt über Mittel, die es ihr erlaubten, euer Nachbarhaus zu kaufen. Sie hatte es sich wegen seiner abgeschiedenen Lage ausgeguckt, die sie vor allzu großer Neugier bewahrte. Ihr wart, wie du weißt, ihre einzigen, direkten Nachbarn, doch auch vor euren Blicken war ja das Haus hinter den hohen Bäumen gut geschützt. Schon beim Einzug hatte die Raffinierte in der Gegend das Gerücht gestreut, sie und ihre Mitbewohnerinnen, freundliche junge Frauen im Übrigen, die sich mit der Pflege des einen oder anderen hinfälligen Menschen ein wenig Geld verdienten, seien mit Herren höchster und einflussreicher Athener Kreise verbandelt! Geschickt lavierte sie so zwischen den Fronten, und in der Tat hat man sich, auch von offizieller Seite, nie an sie herangewagt!

Die Mär von den vornehmen Dirnen, die bei der Attraktivität des Trios im Land der Machos nur zu eingängig war, hat den Behörden später die Verschleierung des Verbrechens leicht gemacht. Im nahen Umfeld allerdings wart ihr die einzigen, die sie für bare Münze nahmen ... Selbst die gewiefte Agape hat sich täuschen lassen, woran der Kostas aus Gründen, die du noch erfahren wirst, nicht unschuldig war ... Die Familien wiederum, denen daran lag, ihre pflegebedürftigen oder sterbenden Angehörigen abzuschieben, hatten die Möglichkeiten, die ihnen Karloff bot, schnell raus! Nach deren Ermordung bestritt man zwar, auch nur das Geringste von einem Organhandel gewusst zu haben, der offiziell ja ohnehin nicht bestätigt sei. Meine Informanten allerdings glaubten, es besser zu wissen! »Für eine Harley-Davidson verkauf ich meine Oma nach Sofia!«, sei doch ein geflügeltes Wort unter den jungen Burschen im Ort gewesen ...

Ob es tatsächlich Familien gab, die an der heißen ›Ware‹ mitverdienten? Nun, selbst meine Informanten wagten nicht, dies zu behaupten. Und doch wurde über den obskuren Fall des Bürgermeistersohns aus Livapetra, einem Örtchen unweit von Vrissaki, spekuliert ... Nachdem die Zeitungen über den Fall berichtet hatten, ging nämlich, wie es hieß, bei einem der Blätter ein anonymes Schreiben ein, das zu geheimen Exhumierungen führte! Man habe bei dem Toten, auf den der ungenannte Verfasser namentlich hinwies, einen Leichnam vorgefunden, dem zwar äußerlich nichts anzumerken, der indessen völlig ausgewaidet war ... Nicht viel mehr als eine mit Zellstoff ausgefüllte Hülle sei noch vorhanden gewesen, wurde gemunkelt! Eine Befragung durch die Polizei soll ergeben haben, dass die strenggläubige und alteingesessene Familie ihren nach einer Hirnblutung im Koma liegenden Angehörigen der vermeintlichen ›Ärztin‹ zur Pflege überlassen habe. Keinesfalls aber habe man, so sei beteuert worden, dieser eine Organentnahme erlaubt!

Beim Vater des jungen Mannes – letzterer war, kurz nachdem man ihn zur Karloff gebracht hatte, verstorben – handelte es sich pikanterweise, wie gesagt, um den Bürgermeister von Livapetra. Möglich, dass nur mal wieder Neider die Gerüchteküche brodeln ließen! Jedenfalls tratschte man in der Gegend herum, vom Konto der Gemeinde, das jener Bürgermeister verwalte, seien für den Straßenbau bestimmte Gelder abhanden gekommen, nach dem Tod des Sohnes aber, als es herauskam, überraschend wieder aufgetaucht. Der Bürgermeister indessen, hieß es, sei wegen eines Hausbaues hoch verschuldet ...

Sein Sohn, nebenbei, hatte im Ort als ›hirntot‹ gegolten. Hirntot, tot – Begriffe, meine Liebe, so dehnbar wie ein Hosengummi! Und doch eilen sie gern schon herbei, die Herren Chirurgen, das Skalpell gezückt, derweil du noch flüssige Nahrung verdaust, als Kerl vitale Samenzellen fabrizierst! Recht seltsame Tote scheinen mir das, die, wäre man ihnen nur technisch ein wenig behilflich, noch munter zeugen könnten ...

Die Karloff allerdings hat den Akt, weiß Gott, auf die Spitze getrieben! Solltest du nämlich glauben, hier sei's nur um Spekulationen gegangen, dann wappne dich, mein Kind. Über die Summen, die meine Ex-Geliebte mit ihrem blutigen Handwerk verdiente, gab's sehr konkrete Schätzungen! Und zwar in einer hochvertraulichen Akte, die mich Stefossi – gegen die gelegentliche Nutzung meiner Yacht, versteht sich – in seinem Dienstzimmer einsehen ließ. Ausgehend von den Patientenpritschen, die man nebst allerlei medizinischem Gerät im Haus der Bulgarin fand, von Gewebsresten, die noch in ihrer Kühltruhe lagerten und von mehreren Personen stammten, deren Herkunft ungeklärt blieb, sowie aus ebenfalls dort aufgefundenen Aufzeichnungen, kamen die Untersucher zu dem Schluss, dass die drei Todesengel bis zu sechs Menschen im Monat ›verwertet‹ haben könnten! Sollte Karloff dabei ihre Opfer ›vollkommen ausgeschlachtet haben‹, wie es hieß, hätte sie je Leiche leicht acht Millionen Drachmen kassiert, übers Jahr also etwa eine halbe Milliarde Drachmen eingenommen!

Auch wenn es den Eindruck erweckt, hier sei den Experten die Fantasie doch etwas durchgegangen – es schien ein beträchtliches Vermögen zu geben! Wo aber war das viele Geld geblieben? Von einigen bescheidenen Guthaben der jüngeren Täterinnen bei einer Bank in Sofia abgesehen, blieb es verschollen! Das ganze Haus hat man auf der Suche danach auf den Kopf gestellt. Karloff selbst vertraute mir einmal an, dass sie ihren »Schatz im Sparstrumpf« verwahre. Hatte sie den zu gut versteckt? Im Bericht von Steffossis Vorgesetztem wurde jedenfalls seitenlang über das verschwundene Vermögen spekuliert. Schleppte es der unbekannte Mörder weg? Hatten Karloffs mafiöse Geschäftspartner abkassiert? War es gar unlauteren Kollegen in die Hände gefallen? Auch Martin stand, wie er ganz richtig vermutet hat, unter Verdacht … Selbstverständlich machte auch ich mir über den Verbleib der Penunzen so meine Gedanken, wovon noch die Rede sein wird …

Zu den Aufgaben der jüngeren Frauen, um zunächst hierauf zurückzukommen, hatten nach jenem Top-Secret-Bericht auch gewisse Untersuchungen gehört, die, wie ich mir sagen ließ, Auskunft über die Eignung zu übertragender Organe für deren potenzielle Empfänger geben. Die Ergebnisse dieser Tests hatten die Täterinnen sogar in jenem Heft notiert, das man in Karloffs Haus fand. Doch so unverzichtbar sie im Normalfall auch seien, schrieben die

Gutachter, bei Karloffs ›Ware‹ wären sie Augenwischerei gewesen. Die primitiven Umstände nämlich, unter denen diese die Organe entnehmen und versorgen ließ, hätten fraglos zu deren Verseuchung mit vielerlei Krankheitserregern geführt, sie dadurch unbrauchbar gemacht! Keiner der Unglücklichen, die sich das Zeug von irgendeinem skrupellosen Mediziner übertragen ließen, hätte daher Nutzen davon gehabt, falls er den Eingriff, so die Experten, überhaupt überlebt habe …

Milena, zu professionell, um dies nicht zu wissen, wie ich überzeugt bin, nahm demnach den Tod der Organempfänger in Kauf! Und was die ›Spender‹ betrifft, um sie einmal so zu nennen … nun, jetzt wirst du's erfahren … Keineswegs hat Karloff nämlich, wie sie mir vorzugaukeln verstand, bei aufopfernder Pflege deren Sterben abgewartet! Und wenn sie entsprechend dem vertraulichen Papier das eigentliche Töten auch den Mädchen überließ, bereitete sie es zumindest vor … So soll sie ihre Opfer schleichend vergiftet, sie weiter geschwächt haben … Man fand ein geheimnisvolles Pulver in ihrem Haus, das Fachleute Versuchstieren ins Futter mischten, die bald darauf verendeten. Schließlich will man herausgefunden haben, dass es sich um ein Gemenge überwiegend unbekannter Pflanzenextrakte handelte, von denen nur eines sicher zu bestimmen war: Es stammte von einer äußerst seltenen Variante des *Blauen Bergeisenhuts*, die Milena, wie vermutet wurde, in Bulgarien anbauen und aufbereiten ließ! Auch Äther und Chloroform hatten die Mörderinnen gehortet, deren narkotisierende Dämpfe sich in Martins Garten gewiss nicht selten mit dem Rosenduft mischten … Diese Mittel setzte man wohl ein, bevor, mit den Organentnahmen, der letzte Lebensfunken der Opfer erlosch … Milena hatte sie sich, wie sich herausstellte, an ihrem Arbeitsplatz verschafft …

Die Ermittler, die im Haus der Frauen auf Spurensuche gingen, stellten zu ihrer Erleichterung fest, dass diese, als man sie massakrierte, zufällig keine Pflegebedürftigen in ihrer ›Obhut‹ hatten. Man fand in dem äußerlich so ansehnlichen Gebäude, das innen aber völlig verwahrlost war, nur die bereits erwähnten Pritschen vor, dazu Berge von Unrat und eine Menge benutzten Geschirrs, an dem noch die Essensreste klebten. Gerade war man dabei gewesen, sich über die heruntergekommenen Verhältnisse aufzuregen, worin die angeblich so vornehmen ›Ärztinnen‹ gehaust hatten, da machte einer der Männer doch noch einen grausigen Fund! Er hatte soeben eine Tür aufgestoßen, die, hinter einem Vorhang gut versteckt, bis dahin übersehen wurde. Vollkommen nackt und noch an Infusionsschläuche angeschlossen, lag dort in einer Wanne ein junger Mann in seinem Blut ... Sein Brustkorb war eröffnet, das Herz daraus entnommen ... Es war das überzählige, das man zusammen mit den Herzen der Frauen auf der Anrichte fand! Eines der Mädchen präparierte es wohl gerade, als sein Mörder kam ...

Auch Martin hatte es gesehen, sich den richtigen Reim darauf gemacht, wenn auch ohne vom unbekannten Toten in der Kammer zu wissen. D e i n e t w e g e n aber hat er sich von der Kripo dazu erpressen lassen, es für sich zu behalten, wie ich von Stefossi weiß! Die hatte nämlich in Karloffs Korridor den Abdruck eines Turnschuhs entdeckt, der haargenau zu deinem passte ... Hattest wohl in feuchte Erde getreten, sie ins Mordhaus geschleppt ... Zwar konntet ihr die Ermittler überzeugen, dass ihr keine Bestien wart. Doch da es von oben strikte Anweisung gab, den Fall zu vertuschen, wurde Martin ein Maulkorb verpasst ... Er d u r f t e das überzählige Herz nicht gesehen haben! Das schaffte man dann auch spielend, indem man ihm drohte, andernfalls d i c h vor den Kadi zu zerren – die einzige Person, der ein Betreten von Karloffs Haus nach deren Tod, zumal aus nicht ersichtlichem Grund, zweifelsfrei nachzuweisen war ...

Das Thema war demnach heiß! Nie ließen offizielle Stellen auch nur ein Sterbenswort über die tatsächlichen Fakten verlauten! Auch bekam Stefossi dringende Order, sämtliche verräterische Akten darüber unverzüglich zu schreddern ... Dennoch, es war wohl etwas durchgesickert. Aus der Bevölkerung hat man ihn nämlich immer wieder auf einen möglichen Organhandel angesprochen, was er gewöhnlich als »gefährliche Spekulation« bezeichnete. Mir indessen gab Stefossi zu verstehen, aus engstem Kreis des Staatspräsidenten habe man ihm seine Entlassung und andere drakonische Strafen angedroht, sollte er seine dienstliche Schweigepflicht auch nur im Geringsten verletzen …

Wo, meine Liebe, ist man nicht schnell dabei, das Ausland für alles Mögliche, besonders die eigenen Fehler, verantwortlich zu machen? Da die drei Frauen bulgarischer Herkunft waren, hätte man den Fall wohl auch hier gern an die große Glocke gehängt! Warum also war Athen so erpicht darauf, Karloffs makabre Geschäfte mit dem menschlichen Körper zum Tabu zu erklären? Nun, ich bin überzeugt, man wollte dem Land den abscheulichen Skandal ersparen! Stefossi zumindest behauptete, Athener Regierungskreise seien, als sie von den Vorgängen in euerem Nachbarhaus erfuhren, so schockiert gewesen, dass man ernsthaft erwogen habe, griechischen Staatsbürgern sowohl das Spenden als auch das Empfangen menschlicher Organe bei strenger Strafe zu verbieten …

Zurück aber nochmals zu den Täterinnen! Ihre künftigen Gehilfinnen, »Studentinnen«, wie Milena sagte, hatte sie mir eines Tages in einer Kneipe vorgestellt, wo sie gerade am Tresen einen Mokka tranken. Mein Gott, taufrische, bildhübsche Weiber waren das, eins hast du ja mal am Fenster gesehen … Anfangs waren sie in Athen an der Medizinischen Fakultät eingeschrieben, ließen sich dort aber nicht mehr blicken, womit sich auch ihre Aufenthaltsgenehmigungen erledigt hatten. Immerhin hatten sie schon an einem Anatomiekurs geschnuppert, ein wenig an Leichen herumgeschnippelt … Mir selbst war es, nebenbei, schleierhaft, wie derart reizvolle Wesen etwas so Widerwärtiges verrichten konnten …

Karloff hatte die jungen Dinger mit dem Versprechen geködert, dass sie ein Vermögen bei ihr machen könnten, führte in Wahrheit aber ein herzloses Regiment. Die beiden, völlig mittellos und dazu illegal, hingen von ihr ab … Sie hielt sie wie Sklavinnen … Nicht mal am Fenster durften sie sich zeigen! Verließen sie ausnahmsweise einmal das Gruselhaus, geschah das nur nach besonderer Leistung und mit Milenas ausdrücklicher Erlaubnis … Sie nahmen dann ein kurzes Bad im Meer, durften aber nie zu zweit hinuntergehen, um ein größeres Aufsehen zu vermeiden. Sprach sie jemand an, mussten sie sagen, sie seien Ausländerinnen, und so tun, als verstünden sie nichts. In dieser Lage, wohl auch durch ihre grausige Tätigkeit, wurden die beiden in ihrem schauerlichen Käfig mit der Zeit komisch, und Milena hat sich oft bei mir über sie lustig gemacht. Sie bewohnten ein Zimmerchen, dessen Fenster zu euerem Garten ging und wo sie auch ihre karge Freizeit verbrachten. Dort hockten sie dann bei glühender Hitze hinterm Rolladen und beobachteten durch dessen Ritzen, was auf Martins Anwesen, so weit sie es überblicken konnten, vor sich ging. Du vor allem hattest es ihnen angetan! Schon am Morgen konnten sie es kaum erwarten, bis du im Garten erschienst! Auch beim Sonnenbad klebten ihre Blicke an dir … Jedes deiner Kleidungsstücke kannten sie, dachten sich wunderliche Geschichten über dich aus … In einer, die mir Karloff erzählte, warst du eine Fee, welche die Mädchen in Nachtigallen verwandelte und in ihre bulgarische Heimat flattern ließ … Karloff, mehr als verärgert, weil es die geheimen Wünsche ihrer Helferinnen zu verraten schien, will ihnen gedroht haben: »Die krieg ich auch noch!«, und dass sie dich höchstpersönlich auf ihrem Tisch sezieren werde … Sie selbst erzählte mir's, als sei's ein Scherz … War's einer? Ich wäre mir heute nicht mehr so sicher …

Ob du den Gedankenstrom, der von den Mädchen, die am Ende wohl sehr verzweifelt waren, zu dir hinüberfloss, womöglich wahrgenommen hast? War's etwa das, was dir jenen Teil des Gartens so verleidete? Nun, du weißt, ich bin ein nüchterner Mensch, mag solche Dinge nicht glauben. Jedenfalls habe ich der Karloff wiederholt Vorhaltungen wegen der beiden gemacht, die mich dauerten. Sie aber amüsierte sich darüber nur. Die Mädchen seien faul und grausam, behauptete sie. Im Übrigen kämen auch sie aus elenden Verhältnissen und hätten in ihren Diensten ihr Glück gemacht. Der Aufenthalt in ihrem Haus sei für die ›Studentinnen‹ kostenlos, und sie könnten das meiste von dem, was sie ihnen gebe, beiseite tun, pflege sie es doch selbst bei einer Bank in Sofia für sie einzuzahlen. Aber auch das stellte sich später als Lüge heraus, waren es doch, wie schon erwähnt, nur geringe Beträge, die man auf jenen Konten fand. In Wahrheit tat Karloff wohl alles, um sich ihrer unentbehrlichen Helferinnen, die ja auch gefährliche Mitwisserinnen waren, sicher zu sein. Sie hätte sie zweifellos nicht nur beim geringsten Fluchtversuch, sondern auch zu gegebener Zeit, bevor sie selbst sich ins Ausland abgesetzt hätte, von Mafiaschergen erledigen lassen!

Vorerst indessen hat es für die drei Todesengel noch reichlich zu tun gegeben! Da waren ja nicht nur die Aktivitäten im Haus, etwa nach Eingang eines gewissen dringlichen Anrufs, wenn wieder Tötungen zu erledigen, Organe zu entnehmen und für den Transport vorzubereiten waren. Oder wenn es galt, einen ›Spender‹ äußerlich wieder herzurichten, eine Kunst, bei der es darum ging, bei Unbeteiligten keinen Verdacht aufkommen zu lassen, worin die Mädchen, wie Karloff lobte, geradezu akribische Fertigkeiten entwickelten. Auch außerhalb des Hauses fiel einiges an. So mussten die Kontakte zu Angehörigen gepflegt, auch jene Ärzte hofiert werden, die der Bulgarin zu den gewünschten Informationen und wohl auch Totenscheinen verhalfen, Aufgaben, die sie sich stets persönlich vorbehielt. Zudem flog sie häufig nach Sofia, um ihre Geldgeschäfte zu regeln, den Handel in Fluss zu halten. Und nicht zuletzt war die heiße ›Ware‹ ja auch noch zum Flughafen zu schaffen, wo sie ein Kurier aus Sofia in Empfang zu nehmen pflegte – eine ausgeklügelte Organisation, die es ermöglichte, dass das verderbliche Material vor Ablauf seiner Verfallszeit von knapp vier Stunden an Ort und Stelle war …

All das ist Karloff wohl über den Kopf gewachsen, denn sie zog sich einen weiteren Helfer heran. Es war, du ahnst es, Kostas, Agapes Liebhaber! Der hatte zwar jene kleine masochistische Schwäche, goutierte ihre Peitsche, in der Beziehung der beiden behielt er dennoch die Oberhand. Nie hat Agape auch nur das Geringste über den Organhandel vor ihm erfahren, und auch den eigenen Helfer, den er sich zulegte, erwähnte er bei ihr mit keinem Wort.

Dieser Kostas war ein intelligenter und zugleich gerissener Mensch! Vielleicht weißt du, dass er mal Agraringenieurswesen studierte, sein Studium aber geschmissen hat? Seit Jahren kümmerte er sich um meinen Wagenpark, die Yacht, meine Liegenschaften in Griechenland, war so was wie mein Mann für alles und wurde dafür gut bezahlt. Auch war eine Art Kumpanei zwischen uns entstanden, wir sahen uns auch privat. Doch der Bursche hatte, von Agapes Folter abgesehen, eine ärgerliche Schwäche: Er spielte! Karloff, bei der ich einmal fallen ließ, ich sei's leid, ständig für seine Schulden aufzukommen, kam das wie gerufen! Sie bot Kostas an, für die Weiterleitung ihrer ›Ware‹ an die Dunkelmänner in Sofia zu sorgen, dort für sie abzukassieren. Also kutschierte der, als Fleischer getarnt, das Zeug in seinem Lieferwagen, in den er eine Kühlung installiert hatte, zum Flughafen, war auch regelmäßig in Bulgarien, von wo er gewöhnlich mit erheblichen Geldbeträgen zurückkam, die auf die Drachme genau mit seiner gestrengen Chefin abzurechnen waren. Damit verdiente er sich einen stattlichen Batzen dazu und hätte, wäre er keine Spielernatur gewesen, komfortabel leben können.

Bald legte auch er sich, ich erwähnte es bereits, einen Helfer zu, den du womöglich einmal gesehen, aber nicht beachtet hast. Es war Juri Sedlacek, ein Kerl um dreißig, bescheiden und freundlich, der mit seiner Frau Larissa aus der beißenden Kälte Kareliens, wo er für eine Handvoll Kopeken als Waldarbeiter geschuftet hatte, ins Land kam. Illegal, versteht sich! Schon einmal hatte man die beiden anderswo aufgegriffen und wieder abgeschoben, doch sie waren zurückgekommen. Bei uns fühlte sich das verängstigte Paar leidlich sicher. Stefossi jedenfalls, der die Gegend auf der Suche nach unerlaubten Neubauten hin und wieder abfuhr und dem Juri in Kostas' Begleitung dabei einige Male über den Weg lief, sah geflissentlich über ihn hinweg. Nicht, dass du nun glaubst, er hätte Mitleid mit ihm gehabt! Vielmehr war ihm bekannt, dass Kostas den Illegalen auch auf meinem Anwesen beschäftigte. Und da ich dem Ordnungshüter vor kurzem einen netten, kleinen PC ins Wohnzimmer gestellt hatte, existierte der Fremde für ihn nicht!

Juri war eine ungehobelte, animalische Natur. Geradezu abgöttisch aber hing er an seiner Larissa! Verspürte die Appetit auf Hühnerfleisch, brach ihr Mann unter Missachtung jeglicher Gefahr in die Ställe der Bauern ein und drehte dem Federvieh, um dessen Gezeter zu beenden, gleich reihenweise die Hälse um … Das Paar, das ebenso einfältig wie fromm war, hielt sich in der Macchia, tief im Gestrüpp, in einer verfallenen Hütte versteckt. Der Schäfer, der dort vor Jahrzehnten hauste, war auf rätselhafte Weise ums Leben gekommen. Fischer hatten seinen Schädel am Strand gefunden, vielleicht von Wölfen, die es wohl noch gab, verschleppt … Die Einheimischen, die jene Gegend seither meiden, wollen von Wölfen in diesem Zusammenhang allerdings nichts wissen. Erzählen noch heute Geschichten von bösen Geistern, die dort lauern, sich ein Menschenopfer holen würden, sobald die Zeit dazu gekommen sei!

Nicht übel, denn so konnte ich große Flächen jenes Landes für ein Spottgeld erwerben, wo sich nun auch die Sedlaceks, mit meiner Erlaubnis und von keinem behelligt, niederließen …

Dem Kostas, den Juri auf dessen Spritztouren nach Sofia begleiten musste, wurde der kräftige Kerl als eine Art Bodyguard bei seinen Verhandlungen mit den meist russischen Geschäftspartnern bald unentbehrlich. Zwar gab es für den Karelier in jener Runde kein Verständigungsproblem. Dennoch hat es eine Weile gedauert, bis der in seinem simplen Gemüt begriff, wo er hineingeraten war. Da fing Larissa an, ihren Mann zu bedrängen, sich nach einer anderen Arbeit umzutun. Sie nannte Karloffs Geschäfte ein »Teufelswerk« und sah ein entsetzliches Unglück auf die Beteiligten zukommen. Nun aber wollte Kostas Juri nicht mehr aus den Fängen lassen! Er erhöhte wohl auch ein wenig dessen Hungerlohn, bis die verstörte Frau Ruhe gab und Juri weitermachte. Doch jedes Mal, wenn die Männer mit ihrer grausigen Fracht zum Flughafen fuhren, will jener Sedlacek, wie mir Kostas erzählte, jetzt aus dem Laderaum ein seltsames Jammern und Wimmern vernommen haben! Umständlich habe ihm der Mann erklärt, dass etwas von den Seelen der Verstorbenen in den Organen, die ihnen Karloff nehme, weiterlebe, und dass es litte, könne es doch, vom Rest getrennt, nicht zum Himmel steigen ...

Entschuldige, meine Liebe, wenn ich zu den übersinnlichen Eindrücken und frommen Überzeugungen des einfältigen Burschen ein letztes Mal den guten alten Epikur zitiere! Erinnerst du dich seines Briefes an Herodot? ›Wir wollen nun‹, heißt es da in etwa, ›auf unsere Wahrnehmungen und Gefühle achten und stellen dabei fest, dass die Seele ein feinteiliger, über den ganzen Leib verteilter Körper ist ...‹ Und weiter: ›Daher wird die Seele, was immer von ihr zerstört wird, wenn ein Teil des Leibes zerstört wird, ihre Wahrnehmungen bewahren, solange sie weiterbesteht ...‹

Verstehst du nun, was den Karelier quälte? Für ihn war, wie gesagt, Milenas ›Ware‹, da sie lebensfähig war, beseelt. Sie habe daher den Toten mit deren Organen, so glaubte er, das ewige Leben geraubt!

Anfangs war die ›schöne Ärztin‹ in ihrem weißen Kittel dem beschränkten Mann, wenn er mit Kostas eine neue Lieferung bei ihr holte, geradezu wie eine Göttin erschienen. Doch seit Larissa vom ›Teufelswerk‹ geredet hatte, war ihm Milena nicht mehr geheuer. Stets hielt er sich nun von ihr fern, während der Grieche die ›Ware‹ entgegennahm. Ja, der abergläubige Mensch verbarg sich gar hinter dessen Lieferwagen, denn er fürchtete sich, wie er dem Kostas gestand, vor Karloffs »bösem Blick« ...

Und dann nahm tatsächlich das Unheil seinen Lauf, ganz so, wie es seine Frau hatte kommen sehen! Ein dummer Zufall, scheint es, bahnte der Katastrophe den Weg. Eines Tages nämlich war Larissa beim Kräutersammeln auf dem Feld in eine Scherbe getreten. Eine Bagatelle, so sah es aus, war doch nur ein kleiner Schnitt entstanden, den die Frau nicht beachtete. Unempfindlich, wie solche Menschen sind, lief sie in ihren kaputten Schuhen daher auch weiterhin durch Staub und Dreck. Bald aber hat die Wunde zu pochen begonnen, ist rot und heiß geworden, schwoll schließlich derart an, dass sich Larissas Fuß in einen unförmigen Klumpen verwandelte. Doch es sollte noch weit schlimmer kommen! Die eingedrungenen Bakterien vergifteten ihr Blut und sie begann zu fiebern ...

Das Paar war verzweifelt. Da es sich illegal im Land aufhielt, fürchtete es, aufzufliegen, wenn sich die Ärmste in einer Klinik, wo sie hingehört hätte, behandeln ließ. Viel zu lange verweigerte sie daher die ärztlichen Maßnahmen, die ich gern für sie bezahlt hätte! Was lag da näher, als sich am Ende doch noch in die Obhut der ihr unheimlichen Bulgarin zu begeben, wozu sich die Frau in ihrer Not dann durchgerungen hat?

Es mag wohl sein, dass die Unglückliche dort wenig später, wie Karloff ausrichten ließ, einer Sepsis erlag, wenn das auch keineswegs erwiesen ist. Juri jedenfalls, vollkommen gebrochen, hatte die Tote bei Nacht und Nebel in Kostas' Karre abgeholt, um sie in einem rasch gezimmerten Sarg gleich neben der Schäferhütte zu verscharren. Zuvor aber machte er sich noch daran, den Leichnam der geliebten Frau zu waschen und in deren Sonntagsstaat zu kleiden, wie das in seiner Heimat Sitte war. Und dabei entdeckte er auf ihrer Brust eine riesige, frisch vernähte Wunde! Auf seine Nachfrage ließ Karloff ihm mitteilen, die stamme von einer Notoperation, mit der sie versucht habe, Larissas Leben zu retten, was aber zu spät gekommen sei. Der Karelier, noch halb von Sinnen vor Kummer und in seinem treuherzigen, schlichten Gemüt unfähig, sich das Ungeheuerliche vorzustellen, das hier womöglich geschehen war, hätte sich wohl auch mit dieser Erklärung zufrieden gegeben, hätte mein loses Maul nicht den Stein ins Rollen gebracht ...

An dem Tag nämlich, als es passierte, war Kostas mit einer Schachtel Kuchen bei mir angetanzt, um mir davon zu berichten. Beiden hatte es uns allerdings den Appetit verschlagen, und so schaufelten wir das süße Zeug in uns hinein, schlürften schwarzen Kaffee dazu und brüteten vor uns hin. »Verdammt, Kosti«, fuhr mir's da raus, »hat etwa auch Larissa daran glauben müssen ...?«

Ich seh ihn noch vor mir, wie er auf ein Häuflein Krümel starrte, das er auf dem Tisch zu einer Herzform zusammenschob. »Du willst damit sagen ...«, antwortete er mir langsam und mit Betonung, »dass diese Weiber ... all die armen Schweine ... um die Ecke bringen ...?«

Muss wohl ziemlich blöde geguckt, auch noch albern gegrinst haben, so absurd ist mir Kostas' Frage vorgekommen! Hab mir gedacht, was für ein närrischer Kerl er doch sei, und klargestellt, dass ich lediglich habe sagen wollen, die Hexen hätten womöglich auch Larissas Leichnam gefleddert, wie all die anderen … Im Übrigen beeilte ich mich, dem Griechen zu versichern, wäre es nichts als Spekulation gewesen, man dürfe der Karloff nicht Unrecht tun. Larissas Wunde könne sehr wohl von einer Notoperation stammen.

»Verdammt viel Zeug, was bei den Weibern anfällt!«, hat da Kostas wieder angefangen, und ich Idiot hab auch noch Witze darüber gerissen. Dann aber ist mir speiübel geworden, und ich habe den Griechen angeherrscht, mich künftig damit zu verschonen. Es seien allein Karloffs und seine Geschäfte und falls es etwas darüber zu reden gebe, solle er's gefälligst mit ihr tun! Kostas warf mir noch einen nachdenklichen Blick zu, bevor wir das Thema wechselten.

Seine Saat aber war aufgegangen! Am selben Abend noch rief ich Milena an und stellte sie wegen der Karelierin zur Rede. Anfangs beharrte sie darauf, dass die an einer Sepsis gestorben wäre und dass es eine Notoperation gewesen sei. Schließlich aber verriet sie sich und gab zu, es habe sich um ein ›Versehen‹ der Mädchen gehandelt, einen »tragischen Lapsus«, wie sie es nannte! Da endlich bin ich ausgerastet! Hab Karloff angebrüllt, dass ich genug von ihren monströsen Machenschaften hätte, mit denen sie sich und andere besudele, von ihrer Gier nach Geld und davon, dass sie vor nichts mehr Ehrfurcht hätte! Ich verfluchte ihre Skrupellosigkeit, die sie jede Menschlichkeit vergessen, jede Grenze überschreiten ließe, und verbot ihr ab sofort jeglichen Kontakt zu mir. Doch trotz meines Zornes über das, was sie den Sedlaceks angetan hatte, konnte oder wollte ich die ganze grausige Wahrheit über ihr Treiben, das mir Kostas, wie ich heute glaube, durch die Blume zu verstehen gab, noch immer nicht sehen!

Das Unglück hat es gewollt, dass in jenen Tagen wieder einmal Spielschulden bei dem Griechen aufgelaufen waren. Bereits mehrfach hatte er mich in der Vergangenheit, wie schon gesagt, um Geldspritzen angegangen und ich half ihm gewöhnlich aus der Patsche. Diesmal aber, weiß der Teufel, warum, blieb ich stur. »Du weißt, Kosti, dass ich ein gutmütiger Kerl bin«, sagte ich zu ihm, »aber was zu viel ist, ist zu viel! Einmal muss Schluss sein mit der Zockerei!«

Über seine wahre Verschuldung hat sich Kostas ausgeschwiegen, weshalb anzunehmen ist, dass es um erhebliche Summen ging. Jedenfalls muss der Druck seiner Gläubiger derart stark geworden sein, dass ihm in seiner Bedrängnis der fatale Einfall kam, sich das geschuldete Kapital bei – nun, du ahnst es – Milena Karloff zu beschaffen! Bedenkst du, wie fahrlässig, so musste es zumindest erscheinen, die Bulgarin mit ihrem Geld umging, lag eine solche Versuchung fast auf der Hand. Oft genug hat sich Kostas ja über deren Leichtsinn bei mir aufgehalten! Kam er aus Sofia zurück, pflegte sie die Erlöse, die er ihr übergab, angeblich hinter den Paneelen ihres Schlafzimmers zu verstecken, wie sie ihm einmal verriet. Ein riskantes Täuschungsmanöver? Oder doch nur eine Riesenunvorsichtigkeit? Was immer es war, sie und die Mädchen sollten mit dem Leben dafür zahlen!

Der Grieche, jetzt zu allem entschlossen, hatte schon bald den Sedlacek in sein finsteres Vorhaben eingeweiht und von ihm verlangt, ihn auf seinem Raubzug zu begleiten, gegen ein Beteiligung an der Beute, wie er ihm versprach. Doch der Karelier lehnte dies – immer wieder hat er mir es später beteuert – zunächst entschieden ab. Lach nicht, Kind, aber dieser arme Hund war fast so etwas wie ein Ehrenmann für mich! In seinen Diebereien bei den Bauern sah ich Mundraub, denn er und Larissa waren, weiß Gott, bedürftig! Stets liefen sie in denselben schäbigen Klamotten herum … Hätte ich ihnen nicht hier und da unter die Arme gegriffen, wären sie mit dem Hungerlohn, den ihnen Kostas zahlte, nicht zurechtgekommen! Dabei schuftete Juri wie ein Bär. Schon früh um fünf war er für den Griechen auf den Beinen und kehrte erst bei Dunkelheit in seine elende Behausung zurück, in der er nun auch noch allein vegetierte. Wäre der ein echter Ganove gewesen, hätte er sich nie und nimmer vor Kostas Karre spannen lassen!

Was ich dir nun über die Bluttat an den Bulgarinnen erzählen werde, musste ich mir aus den Geständnissen der beiden Männer, die ich ihnen nach und nach und getrennt voneinander entlockte, zusammenreimen. Beide hatten sie die Gräueltat ja anders erlebt und schwiegen sich über die eigene Schuld nach Möglichkeit aus … So viel aber ist sicher: Als Juri fortfuhr, sich Kostas' schändlichem Plan zu verweigern, setzte der ihn unter Druck! Zunächst teilte er ihm mit, dass er ihn wegen der eigenen Schulden nicht mehr bezahlen könne. Das nahm der Karelier, dem seit dem Tod seiner Frau nichts mehr wirklich wichtig war, noch gelassen. Ohnehin waren ihm die Fahrten in Karloffs Angelegenheiten, nicht zuletzt auch wegen Larissas Warnung, die er missachtet hatte, verhasst, und er dachte längst daran, sich nach einer anderen Arbeit umzutun. Nun aber schürte der listige Grieche die schwelende Angst des Mannes vor Gefängnis und Abschiebung! Immer wieder ließ er durchblicken, dass er ihn bei Stefossi verpfeifen könne, bis Juri schließlich einwilligte, Kostas wenigstens zum Ort des geplanten Raubzuges zu kutschieren, dort auf ihn zu warten und ihn, nach vollbrachter Tat, zu seinem Haus zurückzubringen …

Und genauso ist es gekommen! Es war um Mitternacht, als der Karelier den Lieferwagen bei ausgeschalteten Scheinwerfern auf dem Feldweg zu Karloffs Anwesen steuerte und dort so geräuschlos wie möglich hinter einer Hecke parkte. Am Haus, wo alles ruhig blieb, hätte noch die Außenleuchte gebrannt und auch aus den Fenstern sei durch die Ritzen der herabgelassenen Rollläden Licht gefallen.

Nun hat der Grieche, der sehr wohl wusste, dass ihm die Tat alleine nicht gelingen konnte, eine Tasche hervorgeholt, aus der er Klebeband und Knebelzeug, Overalls und Strumpfmasken, dazu Gummistiefel und Handschuhe nahm, wovon er Juri wortlos eine Garnitur auf die Knie legte. Doch wieder will dieser dem Kostas, während der sich umzog, energisch »njet!« gesagt haben! Inzwischen habe der Grieche, die Strumpfmaske überm Kopf, in deren Sehschlitzen er bös die Augen rollte, wirklich furchterregend ausgesehen. »Mach schon, Dummkopf, zieh dich um!«, hätte er Juri angeherrscht, dabei das Handschuhfach geöffnet, in dem ein großes Messer lag. Und als Juri sich immer noch zierte, seien die verhängnisvollen Worte gefallen. »Kapierst du denn nicht, Idiot«, habe Kostas gezischt, »dass die Weiber Larissa hingemacht, ihr das Herz herausgeholt, dich auch noch damit zum Flughafen gejagt haben?! Von Greifenburg selbst ist ihnen dahinter gekommen!«

Eine Weile saß Juri da, wie vom Schlag getroffen. Dann hatten ihm wohl Kummer und Wut sein bisschen Verstand geraubt! Stumm zog er nämlich plötzlich Overall und Gummistiefel an, stülpte sich die Strumpfmaske über und packte das Messer ...

Kostas, der sich wegen gelegentlicher Reparaturen im Haus der Frauen auskannte, hat dem Karelier nun das weitere Vorgehen erklärt. Gemeinsam würden sie die Weiber überwältigen, mit Knebeln mundtot machen und mit den Klebestreifen fesseln. Doch nicht ein einziges Wort dürfe dabei über ihre Lippen kommen, da man sie sonst erkennen werde ... Während er, Kostas, im Schlafzimmer das Geld suche, solle Juri die Frauen in Schach halten! Keinesfalls aber dürfe eine von ihnen Schaden nehmen. Das Messer sei einzig und allein dazu da, ihnen Angst einzujagen ...

Jetzt sei's auf einmal Juri gewesen, der es eilig gehabt hätte! Geduckt seien sie zu Karloffs Haus geschlichen, in das sie auch unbemerkt eindringen konnten, da dessen Eingangstür noch nicht verschlossen war. Als sie, lautlos, die Tür zum ersten Raum, einer Küche, geöffnet hätten, sahen sie dort im Schein einer Lampe eine der ›Studentinnen‹ über einer Arbeit sitzen. Es sei ein Kinderspiel gewesen, das vor Schreck sprachlose Mädchen zu überrumpeln, zu knebeln und an seinen Stuhl zu fesseln ... Bei dem zweiten Mädchen, das sich im Schlafzimmer, nackt bis aufs Hemd, gerade anschickte, ins Bett zu steigen, gingen sie auf gleiche Weise vor. Auch es habe, wohl unter Schock, nicht den geringsten Laut von sich gegeben, als man es knebelte und an den Bettpfosten fesselte ... Im Wohnzimmer schließlich sei man auf Karloff gestoßen! Die habe im Schaukelstuhl vorm Fernseher gesessen, Kichererbsen gekaut ...

Leise sei man von hinten an sie herangeschlichen. Und selbst diese große und kräftige Frau habe sich ohne jede Gegenwehr ergeben ...

Nachdem auch Milena geknebelt und an ihren Stuhl gefesselt war, machte Kostas Juri Zeichen, dass er sich nun in deren Schlafzimmer nach dem Geld umsehen wolle. Doch so gründlich er dort auch die Wandvertäfelungen, den Boden abgeklopft, in Haufen schmutziger Wäsche gewühlt, die Schränke durchsucht habe: Weder ein Geheimfach noch irgendeine Schatulle mit auch nur einer einzigen Drachme darin will er gefunden haben! Die Karloff sei doch wohl gerissener gewesen als gedacht! Natürlich habe ihn die Sucherei viel Zeit gekostet. Frustriert sei er danach ins Wohnzimmer zurück ... Wo aber steckte der Karelier, der dort doch aufpassen sollte? Da erst habe er Karloff gesehen: Noch immer an ihren Schaukelstuhl gefesselt, war sie im verzweifelten Kampf, wie es aussah, damit zu Boden gestürzt, wo sie in ihrem Blut lag, die vor Todesfurcht weit aufgerissenen Augen wie im Entsetzen erstarrt ... Jemand hatte ihr brutal die Bluse zerrissen. Und dort, wo zuvor ihre Brüste waren, klaffte ein furchtbares Loch ...

Auch in den beiden anderen Zimmern bot sich dem Griechen das gleiche, grauenerregende Bild! Das eine junge Ding hing über einer Blutlache, in die es noch aus seinem verstümmelten Körper tropfte, leblos am Bettpfosten, das andere saß still auf seinem Stuhl, den Kopf tief auf die Brust geneigt, aus der ein Blutstrom quoll ... Wie schon erwähnt, hatte sich letzteres, als sie ins Zimmer drangen, über eine Arbeit gebeugt. Es war ein Herz gewesen, das noch auf der Anrichte lag ... Nun lagen drei weitere dort, die anders aussahen, frisch und blutig ... Blut war auch auf dem Fußboden, überall ...

Von Grauen gepackt, war der Grieche, der gerade noch den Nerv hatte, im Haus die Lichter zu löschen, ins Freie gestürzt. Im Lieferwagen habe ihn Juri bereits erwartet, kalkweiß im Gesicht und schon umgezogen, sich am Overall, der zusammengerollt mit dem Messer auf seinen Knien lag, die blutbeschmierten Hände säubernd. »Mann, hast du uns eine Scheiße eingebrockt!«, will ihn Kostas angeekelt beschimpft haben. Dann aber habe er es vorgezogen, sein

Maul zu halten, hätte ihm der unheimliche Mensch doch nur noch Angst gemacht. Stumm seien sie darauf zu Kostas' Haus gefahren, wo sie noch in der Nacht die Kühlvorrichtung aus dem Wagen rissen, auch sonst alle Spuren des Organhandels darin tilgten. Am Morgen hätten sie im Garten die beim Überfall benutzten Kleidungsstücke verbrannt, sogar deren Asche verschwinden lassen, auch das Messer in der Macchia vergraben …

Ich selbst war um jene Zeit – vielleicht erinnerst du dich – geschäftlich in Kalamata, wohnte dort im *Filoxenia*, wo mich auch Kostas' Anruf erreichte. Nach einigem Herumgedruckse hat er mir all diese Dinge, in seiner Version wie gesagt, gebeichtet. Sofort war ich daraufhin zurückgefahren und hatte mir Sedlacek vorgeknöpft, der dann ebenfalls mit seiner Sicht herausrückte. Anschließend bin ich zu Martin geeilt, um mir ein umfassendes Bild vom Stand des Falls zu machen. Und plötzlich sah es ganz so aus, als ob dieser m i c h als Mörder verdächtigte!

Wie du weißt, hatte Martin den Bentley beim Haus der Frauen entdeckt … Es ist der eitle Grieche gewesen, der den Wagen ja gewöhnlich pflegte und der in meiner Abwesenheit darin herumgegondelt war! Selbstverständlich hatte ich ihm Vorhaltungen deswegen gemacht! Daher wusste Kostas um Martins Verdacht, fürchtete wohl, dass der weiter in der Sache herumstochern, uns alle ins Verderben reißen werde … Es kam hinzu, dass er ihn hasste, da er sich, Agapes wegen, von ihm gedemütigt fühlte … Also bediente er sich ein weiteres Mal Larissas, um Juri scharf zu machen! Er log, Steinberg sei der eigentliche Drahtzieher bei allem gewesen, Mitglied einer internationalen Bande, die auch das Herz seiner, Juris Frau, verschachert habe! Hätten die Zeitungen nicht berichtet, dass der Deutsche als Erster am Tatort war? Was sonst hätte er dort suchen wollen, als die Kohle einzustreichen, die sie stets so redlich abgeliefert hätten …?! Juri, seit seinem dreifachen Mord mehr als verstört, sah nur noch rot. Vom listigen Griechen Agape als ›Helfer‹ bei ihrem Diebstahl zur Seite gestellt, hatte der Karelier, wie

Letztere richtig erkannte, nichts anderes im Sinn, als ihren Vater zu töten!

Entsetzt, ja tief unglücklich über das, was erneut geschehen war, rief ich Juri wieder einmal zu mir, nahm ihn mir vor. Ich glaube sogar, ich habe geweint. Und so einfältig und ungehobelt der Bursche auch war, dass er mir den Freund nahm, begriff er! Beide erkannten wir, dass es auch diesmal von Kostas eingefädelt wurde. Das »Schwein«, wie ihn Juri nur noch nannte, habe ihn nicht nur ins teuflische Geschäft der ›Ärztin‹, die Schändung seiner Frau verstrickt, es habe ihn auch noch dazu gebracht, einem Unschuldigen das Leben zu nehmen!

Ein furchtbarer Hass auf den Mann ließ jetzt den Sedlacek nicht mehr zur Ruhe kommen. Er wusste, dass sich Kostas auf seinen abendlichen Heimfahrten von Athen, wo er nun Arbeit hatte, in der kleinen Kneipe bei der Schlucht den Ouzo schmecken ließ. Eine Kleinigkeit für Juri, ihm dort im Dunkeln aufzulauern und, während der Grieche drinnen zu Bouzoukiklängen »Oppa! Oppa!« brüllte, die Bremsschläuche von dessen Lieferwagen aufzuschlitzen … Und als Kostas etwas später besoffen am Rand der Schlucht herumkurvte, ist es passiert …

Übrigens bin ich überzeugt, dass mit dem Gauner, seiner Kiste, auch Karloffs verschollenes Vermögen zur Hölle fuhr … Vermute, er hatte es sehr wohl gefunden, womöglich unterm Overall versteckt, als er zum durchgeknallten Juri in die Karre stieg … Oft genug hat Kostas ja davon geredet, sich ein bessres Leben schaffen zu wollen, wie es auch Milena einst getan … Deren Millionen hätten es ermöglicht … Dass er die mit Juri, dem »karelischen Tölpel«, wie er ihn gern nannte, hätte teilen wollen, kann ich nicht glauben!

Nach Kostas' ›Unfall‹ dauerte es dann nicht mehr lange, bis Stefossi Lunte roch – die Sache hatte ihm den Karelier verdächtig gemacht! Also nahm er nach Feierabend in meinen Weinbergen, wo ich den Mann inzwischen beschäftigte, die Fingerabdrücke von dessen Arbeitsgerät und verglich sie mit jenen auf dem Messer, das Martin getötet hatte und die man »irrtümlich«, wie Stefossi nun dreist genug war zu behaupten, »übersehen« habe. Welch ein Triumph! Er, der kleine Provinzgendarm, konnte einen gesuchten Mörder zur Strecke bringen! Seine Beförderung, glaubte Stefossi, sei ihm garantiert, war er doch überzeugt, ohne die Zusammenhänge allerdings auch nur im Geringsten zu kennen, dass der Illegale auch beim Überfall auf die Frauen seine Finger im Spiel gehabt hätte. Doch welche Enttäuschung, als er sich bei seinen Vorgesetzten wegen dessen Festnahme rückversichern wollte! Aus Athen kam nämlich strikte Order, diese zu unterlassen. Auch der Rest seines Auftrags war klar: Sedlacek solle, wie mir Stefossi anvertraute, unter beliebigem Vorwand erledigt werden! So willkommen dieser als Terminator im Organhandel der Obrigkeit womöglich war, er blieb ein Sicherheitsrisiko, wodurch der Fall, zumal seine Vertuschung, am Ende doch noch ruchbar werden konnte …

Inzwischen war mir auch Despina davongelaufen, welche die häufigen Besuche des Ordnungshüters in meinem Haus wohl richtig mit den Verbrechen in Verbindung brachte, womöglich gar den Strippen ziehenden Zampano in mir sah … Im Übrigen wollte ich doch mit d i r ein neues Leben beginnen! Es hieß also handeln, um nicht noch selbst in jenem Morast unterzugehen …

Also stopfte ich eines Tages einen stattlichen Geldbetrag in einen Umschlag und rief Sedlacek zu mir herein, der gerade unter den Platanen meine Wagen wusch. Er tat dies nebenbei nur, wenn keiner, auch du nicht, in der Nähe war. Ich sehe ihn noch vor mir, den armen Hund, wie er, seiner Frau beraubt, fern seiner Heimat, ausgenutzt und hereingelegt, in seiner geflickten Arbeitshose unbeholfen in meiner Lounge stand, neben dem Sessel, in den er sich trotz meiner Aufforderung nicht zu setzen wagte. Mein Gott, ich habe ja schon Pranken, aber er! Er wusste nicht, wohin damit, und unwillkürlich musste ich daran denken, wie unerbittlich sie das Messer geführt hatten … Rasiert hatte er sich seit Larissas Tod auch nicht mehr. Dies und sein wildes schwarzes Haar, zusammen mit dem düsteren Blick, konnte einem den Mann schon unheimlich machen! Inzwischen hat er durchaus vermocht, etwas Griechisch zu sprechen, sodass wir uns einigermaßen verständigten.

»Sedlacek«, fing ich an, »es wird Zeit, dass du von hier verschwindest! Die Bullen sind hinter dir her! Ich kann dich nicht mehr länger schützen!«

»Herr«, antwortete er mir heiser, »es ist ja doch nur für Larissa geschehen!«

»Ich weiß«, sagte ich, »und es war weder schade um die Weiber noch um den Gauner! Doch was den Deutschen betrifft …«

»Es tut mir leid, Herr, sehr, sehr leid!«

»Schon gut!«, erwiderte ich und nahm den Umschlag. »Hier drin ist Geld, Kerl! Reichlich Geld! Genug, um dir zu Hause einen kleinen Hof zu kaufen, Pferde, Schweine, Hühner … Und sicher findest du auch wieder eine gute Frau … Nichts wie ab also in die Heimat! Und besser, du tust es gleich!«

Ich hielt ihm den Umschlag hin, aber es dauerte, bis er ihn nahm, wischte er sich doch zuvor noch die Tränen weg, die in seinen Bart rannen. Dann reichte er mir eine seiner fürchterlichen Pranken. Doch ich, unfähig, sie zu ergreifen, sah schaudernd darüber hinweg. Und da verneigte er sich nur und ging dann stumm davon … Ich habe diesen Mörder aus Liebe, für den ich trotz seiner entsetzlichen Taten etwas wie Sympathie empfand, nicht wiedergesehen … Ernstlich gewarnt, wird er seinen Unterschlupf in der Wildnis wohl unverzüglich verlassen, sich in den Osten abgesetzt haben … Nun aber zu uns, Chérie! Es gibt etwas, das mir ganz außerordentlich wi …«

Und hier, exakt an dieser Stelle, brach Freds schockierender Bericht ab! Eine Störung war in der Leitung, der reinste Stimmensalat. Griechen riefen aufgeregt »Ne? Ne?«, Italiener »Pronto? Pronto?«, und auch Fred mischte mit, der immer wieder, fast verzweifelt, »Hallo! Hallo!« brüllte. Nur so viel meinte ich dabei herauszuhören: dass ich ihn umgehend und unter allen Umständen zurückrufen solle!

Doch was tun, wenn du pausenlos an der Strippe hängst und dir's nichts wie entgegenrauscht? Bestimmt hatte mal wieder ein Unwetter an den Oberleitungen der Hellenen gerüttelt, den Kontakt zu Deutschland gekappt, wie das in jenen Tagen ja nicht selten war. Nicht den geringsten Kommentar hatte ich daher abgeben, mich auch nur dafür entschuldigen können, dass ich Fred für einen eiskalten Mörder gehalten hatte, damals am Meer, als er auf der Bank der Fischer neben mir schlief …

Schließlich, nach einer vollen Woche, war die Störung der Leitung endlich behoben. Jemand nahm da auch den Hörer ab, doch es war nicht Fred. »Ne?«, fragte dieser Mensch mit Grabesstimme, hat dann aber aufgelegt, weil ich nichts verstand. Danach meldete sich keiner mehr, auch Fred nicht, obwohl ich es ohne Ende bei ihm klingeln ließ. Was er mir wohl noch hatte sagen wollen …? Du schreibst ihm!, nahm ich mir vor.

Ach, diese Vorsätze! Auch diesmal kam es anders.

* * *

Eines Tages, nicht lange nach Freds verstörendem Anruf, stand ich am Fenster und schaute zum Himmel, wo sich ein Herbststurm zusammenbraute. Der Brief an Fred war noch immer nicht geschrieben, und auch sonst schob ich die Dinge vor mir her. Eigentlich hatte ich das Haus an diesem Morgen verlassen wollen. Aber ob ich überhaupt noch gehen würde? Du hast dich verändert!, dachte ich, während ich zusah, wie der Wind den Regen gegen die Scheiben warf, auf dem Balkon die letzten Blätter vom Aprikosenbäumchen riß. Noch heute bemühst du dich beim Pizzabäcker gegenüber um einen Aushilfsjob!, redete ich mir zu, doch ohne recht daran zu glauben.

Ich habe mich immer ein »Stehaufmännchen« genannt. Nun aber ließ ich die Flügel hängen, fühlte mich schlecht. Eine Art Katzenjammer hatte mich erfasst. Konnte ich denn nicht von Glück sagen, dass ich in dem Drama heil davongekommen war? Und war, seit

Agapes Brief, Freds Anruf, nicht alles geklärt? Es war wohl das Böse, das mich nicht zur Ruhe kommen ließ, mit dem ich einfach nicht fertig wurde! Ein Kongress in Brighton, den ich einmal besucht hatte, fiel mir ein. Auch dort hatte es wie aus Kübeln gegossen. Pudelnass waren Kollege McCulln und ich von einem Stadtbummel ins Hotel zurückgekehrt. Und weil es für den abendlichen Empfang zu spät gewesen ist, hatten wir uns in ein Pub verdrückt, wo die Rede zufällig auf eine Rattengeschichte kam. In Labors, behauptete David damals, habe man herausgefunden, dass jedes zehnte dieser Tiere von Natur aus eine Killerratte sei. Setze man etwa eine Maus in einen Rattenkäfig, nähmen neunzig Prozent seiner Bewohner keine Notiz von dem harmlosen Gast. Der Rest aber stürze sich sofort darauf, bisse ihn tot.»Falls du damit sagen willst, dass es beim Menschen genauso ist, scheint mir die Zahl doch reichlich hoch gegriffen!«, hatte ich protestiert. Töten, meinte David da trocken, gehöre nun mal ins Schöpfungsprogramm, man müsse sich damit abfinden. Da regte ich mich aber auf! Selbst dem genialsten Konstrukteur, schleuderte ich ihm entgegen, werde doch mal was schiefgehen, das nachher nur schwer auszubügeln sei! Was sonst hätte ich ihm denn auch antworten können?

An ihn, von dem ich seit Vrissaki nichts mehr gehört hatte, dachte ich jetzt oft. ›Paranoide Symptome‹ hatte mir der Gute unterstellt! Sicher, Ängste waren es gewesen, doch mit realem Hintergrund! Und meine Zustände in Martins Garten, die David ›wahnhaft‹ fand? Auch hier lag eine plausible Erklärung auf der Hand, seit Fred vom Gebrauch der Narkotika durch Karloff sprach … Als Kind, an Scharlach schwer erkrankt, zog ich mir nämlich auf einer Isolierstation eine Überempfindlichkeit just gegen solche Stoffe zu! Vom Rosenduft maskiert und dadurch unbemerkt, hatten sie mir, wenn sie vom Haus der Frauen herüberstrichen, wohl äußerst heftig mitgespielt!

Nur mehr das Rätsel der Stimmen war schließlich zu lösen gewesen, jener Stimmen, die ich, sobald es dunkelte, in der Nähe des ›Ajoklimas‹ gehört hatte. Gewiss, längst ging ich davon aus, dass es die unglücklichen ›Studentinnen‹ hinterm Rollladen waren, die dort gewispert, wohl auch geklagt und geweint hatten. Doch wenn meine Denkmaschine müde wurde, die Grenzen zwischen dem Hier und Jetzt und meinen Träumen verwischten, wenn der Wunsch, h i n t e r das wirkliche Leben zu blicken, wieder einmal Blüten trieb, fiel mir der Mann aus Karelien ein. Der hätte gewiss, überlegte ich, Botschaften darin gesehen, Botschaften durch eine unsichtbare Wand hindurch, aus einem geheimnisvollen Raum heraus, in dem für ihn die Seelen lebten …

An dem erwähnten Regentag also, um nun auf den Punkt zu kommen, hatte ich schließlich doch noch zu Jacke und Schirm gegriffen. Dann aber, schon auf dem Weg zum Pizzabäcker, nahm mein Leben ein weiteres Mal eine dieser unvorhersehbaren Wendungen, welche die Freiheit unserer Entscheidungen nur all zu gern ad absurdum führen! Im Briefkasten entdeckte ich nämlich, als ich dort vorbeilief, einen auffallenden Umschlag. Aus edlem, handgeschöpftem Bütten war der, wie es betuchte Menschen gern verwenden, und kam von einem mir nicht bekannten Anwalt aus München. Eine Feststellung, die meinen Herzschlag bereits spürbar beschleunigte. Als ich das Ding jedoch, noch im Treppenhaus, wie es meine Angewohnheit ist, aufgerissen, das Schreiben hastig durchgelesen hatte, hetzte ich vollkommen fassungslos in meine Wohnung zurück. Dort drehte ich den Schlüssel zweimal hinter mir um und warf mich aufs Bett, wo ich alles noch einmal las, und noch einmal … so oft, dass ich es jetzt noch, Monate später, auswendig weiß. Und dies hat mir der Unbekannte geschrieben:

»Verehrte Frau Mühlhaus,

zu meinem tiefen Bedauern muss ich Sie davon in Kenntnis setzen, dass mein langjähriger Klient, Herr Manfred von Greifenburg, durch Freitod aus dem Leben schied. Er hatte sich zu einer vereinbarten Telefonkonferenz nicht gemeldet, weshalb ich der Sache durch eine befreundete Kanzlei vor Ort nachgehen ließ. Herr von Greifenburg wurde mit einem Kopfschuss tot in seinem Haus aufgefunden. Wie mir der zuständige Polizeibeamte ausdrücklich versicherte, ist eine Gewalttat auszuschließen. Dies wird auch durch ein vom Verstorbenen hinterlassenes Schreiben bekräftigt, in dem von einem beabsichtigten Suizid wegen Leberzirrhose im Finalstadium die Rede ist. Erlauben Sie mir, Ihnen meine tiefe Betroffenheit zum Ausdruck zu bringen, zumal der Verstorbene ein Freund war. Doch nun die gute Nachricht, zu der ich Sie beglückwünsche! Herr von Greifenburg hat Sie entsprechend einem mehrfach hinterlegten Vermächtnis zur Alleinerbin seiner beträchtlichen hinterlassenen Vermögenswerte bestimmt. Diese setzen sich aus seinem umfangreichen Immobilienbesitz im In- und Ausland sowie aus Kapitalvermögen, Aktien und Sachwerten zusammen und belaufen sich nach vorläufiger Schätzung auf gut und gern 300 Millionen US-Dollar. Allerdings ist die Erbschaft an eine Bedingung geknüpft. Sie kann nur dann von Ihnen angetreten werden, wenn Sie sich verpflichten, den Großteil des Vermögens in ein Freizeitprojekt zu investieren, das gemäß den von Herrn von Greifenburg bei mir hinterlegten Plänen in der Nähe von Vrissaki, Griechenland, entstehen soll. Sollten Sie der genannten Klausel nicht zustimmen können, wird das Gesamtvermögen entsprechend dem Willen des Verstorbenen in eine Stiftung überführt, die Wege und Möglichkeiten für ein humaneres Sterben fördert.«

Es folgten noch einige Hinweise zur Abwicklung, so auch, dass im Hinblick auf die Testamentseröffnung mein baldiger Besuch in München nötig sei. Der Schreiber schloss mit dem Angebot, mir für die künftige Verwaltung des Vermögens zur Verfügung zu stehen, wie er dies auch für den Verstorbenen zu dessen Zufriedenheit getan habe.

Oh ja, es war ein Schock und eine Riesensensation zugleich! Doch so fein ich nun auch dastand – noch war ich nicht übern Berg. Der Pizzabäcker, immerhin, hatte sich erledigt!

XVII

»Reich, reich, reich!«, trällerte ich jetzt häufig ausgelassen. Freds tragisches Ende, man möge mir's verzeihen, war nun verwunden, und meine neue Lage begann, zu wirken. Kaum war ich am Morgen aus dem Bett gestiegen, sprang ich auch schon im knappen Tanga, das unfrisierte Haar zur Sturmfrisur zerzaust, auf meinem Trampolin herum, was beim Mieter unter mir vermutlich die Gläser klirren und die Wut hochkochen ließ. Mir war es momentan egal. Der kann mich mal!, rief ich sogar noch laut.

Na schön, ich war nicht immer vernünftig in jenen Tagen, blieb im Grunde aber auf dem Teppich. Hab den Hüttenkäse auch weiterhin aus dem Becher gelöffelt, den Küchenboden mit demselben zerschlissenen Lumpen gewischt. Und der Gedanke, es müsse ein Jaguar-8-Zylinder sein, sobald die Milliönchen eingetrudelt wären, kam gar nicht erst auf. Doch um wie vieles kulanter war ich nun! Klopfte etwa Gülhan Atatürk, just, wenn am Sonntag vom Kirchturm die Glocken läuteten, auf dem benachbarten Balkongeländer wieder einmal heftig ihre Betten, ertrug ich es jetzt mit weit mehr Fassung. Bist eh' bald weg!, frohlockte ich. War nicht mein Erbe an den Bau von MANFRED's RANCH geknüpft? Ohnehin wär's nicht mein Ding gewesen, mit Europas aufgedonnertem Geldadel in der Marbella-Sonne Drinks zu kippen … Einen wunderbaren Kerl zum Lieben, eine Arbeit, die Sinn machte – das war es, was ich vom Leben wollte!

Nun, die Arbeit war also endlich gefunden. Doch was, wird man sich fragen, war deren Sinn? Den Sinn, tja, den hat Martin beigesteuert, posthum, versteht sich! Er ist mir nämlich eines Nachts im Traum erschienen. Auf einem Strand kam er angetrabt, mit funkelnden Augen wie an dem unvergessenen Tag, als er mit seinen Gerberas in meiner Haustür stand. »Piratennester« solle ich bauen, verlangte er, heimelige Horte für Kriegswaisen und kleine Immigranten, denen man die Kindheit raube, wie einst ihm! Und als er davonging, mir lange winkend, kam endlich wieder etwas wie Frieden in mir auf, das Wissen, dass doch nicht alles umsonst geschehen sei, mehr noch, dass vieles von dem, was ich nicht verstand, seinen verborgenen Sinn habe. Dann war ich aufgewacht, noch ganz im Bann dieses Traumes. Ich werd sie bauen, seine ›Piratennester‹!, nahm ich mir vor. Und MANFRED's RANCH soll mir die Mittel dafür liefern! Noch in der Nacht hatte ich ein paar hübsche Ideen zu jenem Vorhaben entwickelt, mich in erste Planungen gestürzt, wie sie ein Produktmanagement verlangt.

Bald aber dachte ich wieder an den Iren. Wo der wohl stecken mochte? Wenn der von den Millionen wüsste … Und überhaupt – er hatte ja keinen Dunst! Nach kurzem Zögern suchte ich den Zettel heraus, den mir McCulln am Strand von Vrissaki gegeben hatte, und wählte die aufnotierte Nummer. Ein Typ namens Oliver meldete sich und war auch gleich im Bild. »David …?«, fragte er erstaunt. »Ich denk, der ist bei dir in Griechenland …? Seit der hier weg ist, hat er sich nicht mehr gemeldet! … Ein Brief vom Amt liegt da … dem wird die Stütze gestrichen! Verdammt, ihm ist doch nichts passiert …?«

Da glitt mir der Hörer aus der Hand, ich sank entsetzt auf einen Stuhl. Der unbekannte Tote in Karloffs Haus! Davids sang- und klangloses nächtliches Verschwinden! Sein Brustbeutel, den ich beim Ausritt gefunden hatte! Und war er nicht auch nachts herumgestrichen, angetrunken womöglich, hatte die Frauen belauscht …? Ihm m u s s t e ja was zugestoßen sein! Dass mir der Gedanke nie gekommen war! Doch dann, während mir die Tränen nur so über die Wangen liefen, meldete sich plötzlich mein Telefon, und jemand sagte im Hörer fröhlich: »Hallo, Lady!« …

Da habe ich aber losgekeift! Dem Ex-Kollegen die Meinung gesagt! Warum er seine Freunde hängen ließe, in Angst und Schrecken versetze, habe ich gefaucht. Aus dem Schock, den ich soeben erlitten hatte, war Zorn geworden. Doch David, der ja von allem keine Ahnung hatte, redete sich heraus, ihm sei in München, wo er nach seiner Tour gelandet sei, eine Pharma-Tussi übern Weg gelaufen, die dort eine Tagung besucht, Probleme mit ihrem Laptop gehabt habe.

Da habe er ein paar Tage auf deren Kosten im schicken *Steigenberger* gewohnt, die Maschine in Ordnung gebracht.

»Und ...? Sehr verliebt ...?«, fragte ich ihn mit seinen eigenen Worten kühl, als ich mich etwas beruhigt hatte.

»Tote Hose!«, hieß es da mal wieder. Und ob man sich nicht treffen könne, ein wenig plaudern.

Noch nie waren mir Kollegen in die Wohnung gekommen. My home, my castle! Als ich daher jetzt, noch immer fassungslos, mit jemandem zu reden, den ich gerade noch tot glaubte, eine Art Einladung aussprach, muss das David verblüfft haben. »In zehn Minuten bin ich dort!«, rief er jedenfalls übereifrig in den Hörer.

»Sagen wir lieber, gegen Abend?«, schlug ich vor. »Und ... magst du warmen Apfelstrudel?«, fügte ich hinzu, in mütterlichem Ton, damit er bloß nicht auf falsche Gedanken käme.

»I go for it!«, bekam ich zur Antwort, und dass er Punkt halb sieben vor meiner Haustür stehe.

David, im Gegensatz zu Martin, war ein organisierter Typ. Also band ich mir die einzige Schürze um, die ich besaß, und spielte Hausfrau: rückte Möbel an ihren Platz, fuhr den Sauger noch mal übern Teppich, schnitt Äpfel für die Kuchenfüllung. Auch ein Salat war rasch bereitet, die Suppe vom Mittag auf den Herd gesetzt. Schließlich öffnete ich die Flasche mit dem Rotwein, die seit Martins Besuch – mein Gott, es schien mir Jahre her! – noch immer auf der Fensterbank stand, zündete einige Kerzen an und takelte mich sogar ein wenig auf für den Kerl. Nur mit dem Strudel war ich nicht fertig geworden, rollte den Teig gerade auf dem Küchentisch aus, als es klingelte.

»Hi, Lady!« David strahlte übers ganze Gesicht. Im Arm hielt er eine Flasche Champagner, in der Hand einen Strauß Moosröschen. Für einen Augenblick war's, als habe er mich küssen wollen, aber er ließ es. (Ich halte nichts von der Begrüßungsknutscherei, was ihm wohl eingefallen war.)

»Du leichtsinniger Kerl hättest kein Geld ausgeben sollen!«, schalt ich David nun, obwohl mein Herz vor Freude hüpfte. Ich nahm ihm die Sachen ab, hängte seine Jacke auf den Bügel. »Wenn du mich kurz entschuldigst … hab in der Küche noch eine Kleinigkeit …«

Doch David kam mir, nachdem er eine Runde durch meine Wohnung gedreht hatte, mit den Gläsern und der Weinflasche vom Tisch nach. »Hübsch hast du's und behaglich dazu!«, meinte er. »Du erlaubst doch, dass ich dir Gesellschaft leiste? … Mann, du machst ja diesen Kuchen! Glaubst gar nicht, wie gern ich dabei zuseh … Und lecker warm ist's hier drin …« Er füllte unsere Gläser, setzte sich dann rittlings auf einen Küchenstuhl und rückte dicht zu mir heran. Gebannt sah er mir auf die Finger, als ich die Apfelfüllung auf dem Teig verteilte. »Nach guter alter Hausfrauenart, wie?«, meinte er lächelnd.

Ich hatte angefangen, den Teig aufzuwickeln, doch nun fielen mir dauernd die Apfelstücke heraus. Hellas, plapperte ich los, das sei »Natur pur«, das Beste in seiner Art vielleicht überhaupt. Aber es hätte mich auch das Fürchten gelehrt. Etwa, als vor Jahren ein altes Weib versucht habe, mir während der Osterfeiern in einer Dorfkirche mit seiner Kerze die Haare anzuzünden. Oder auf Kreta, in der Dämmerung, am Ausgang der Samariaschlucht, wo mich ein stämmiger Kerl im zotteligen Ziegenfell mit seinem Querholz bedroht hätte. So redete ich um den heißen Brei herum, während ich mit dem Strudelteig kämpfte. Schließlich aber waren dessen Enden doch geschlossen und eine hübsche Rolle lag fertig auf dem Tisch.

»Dumm gelaufen!«, meinte David zu meinen Schauergeschichten und rückte noch etwas näher heran. »Wie wär's dann mit Irland?«, schlug er vor. »Du weißt, ich hab da noch die Hütte …«

Das Haus, von dem der Ex-Kollege sprach, hatte ihm ein schrulliger alter Cousin hinterlassen. Seit seiner Kindheit war David nicht mehr dort gewesen, glaubte, dass es inzwischen halb verfallen sei. Es stand in einer jener grünen Meeresbuchten, wo Schafe grasen und der Ginster blüht … ein Plätzchen, wie geschaffen für meine Pläne! »Für Kinder hast du wohl nichts übrig, was?«, tastete ich mich also heran, während ich Öl aufs Kuchenblech strich. Nur zu gut erinnerte ich mich, wie er in Griechenland geredet hatte.

»Da täuschst du dich aber gewaltig!«, verwahrte sich David jedoch jetzt. »Will bloß keine eigenen ... Verhungern denn nicht schon genug?!«

»Angenommen«, bohrte ich weiter – ich hatte den Teig aufs Blech bugsiert und den Backofen geöffnet – »du hast eine Menge Mäuse, kannst was für solche Würmchen tun ... Kaufst du nicht lieber 'nen *Ferrari*?« Er stand auf *Ferraris*. Es war die entscheidende Frage.

Doch David beantwortete sie mit Bravour! Vor nicht langer Zeit, räumte er zwar ein, hätte er »glatt erst mal die Kiste genommen.« Jetzt aber setze er andere Prioritäten. Man müsse wohl selbst im Elend gesteckt haben, um Mitleid wirklich zu empfinden, meinte er. Im Übrigen, so scharf er auf den Job, die Kohle gewesen sei, befriedigt hätte es ihn nicht.

Wie schön seine Augen im Kerzenlicht schimmern!, dachte ich. Und eine Iris hat der Kerl, wie Bernstein! Dass dir das niemals aufgefallen ist! Doch Vorsicht, sagte ich mir, ist nicht auch wieder jenes Glitzern drin wie einst, am Strand von Vrissaki ...? Oh je, nun hatte ich mir, weit fort mit den Gedanken, einen Finger verbrannt, während ich das Blech in den heißen Ofen schob! Sofort sprang David auf, öffnete den Wasserhahn und hielt meine Hand darunter. Wie eine besorgte Mami kühlte er die schmerzende Stelle. Zum Schluss pustete er gar noch darauf. »Mann, machst du mich schwach, Mädchen!«, sagte er dann leise.

Ich tat einmal mehr, als wär mir's egal. Stellte das Wasser ab, füllte Suppe in die Teller und schob meinen Gast ins Wohnzimmer an den gedeckten Tisch. »Jetzt wird geschmaust, mein Lieber!«, sagte ich übertrieben forsch. Und David tat es dann auch, andächtig fast, behauptete gar, nun könne auch er sich für fleischlose Kost begeistern. Die Kerzen flackerten, es war mollig warm, und aus der Küche zog der köstliche Duft vom Apfelstrudel herein. Mit anderen Worten: gemütlich war's. Wir hatten es uns inzwischen auf dem Sofa bequem gemacht, dort, wo einst Steinberg den Arm um mich legte. Und da geschah dann auch das Unvermeidliche.

»Was treibt denn eigentlich Martin so?«, fragte mein Gast.

»Willst du's wirklich wissen?«, fragte ich vorsichtig zurück.

»Sicher will ich!«

»Wirst du mir auch glauben?«

»Warum nicht?«

Ich fühlte, wie sich meine Hände im Schoß verkrampften, hörte mich mit fremder Stimme reden. »Man hat ihn umgebracht, David! Ihn, die drei Frauen im Nachbarhaus, Agapes Liebhaber ... Agape hat sich aufgeknüpft, Fred sich eine Kugel in den Kopf gejagt ... Sie sind alle tot, verstehst du?«

David war von mir abgerückt und musterte mich mit zusammengezogenen Brauen. »Komm mir jetzt bloß nicht wieder mit deinem Borderline-Quatsch!«, rief ich empört. Da erst erkannte ich, dass die Mischung aus Unverständnis und Mitleid, die ich in seinem Gesicht zu lesen glaubte, in Wahrheit Ausdruck eines tiefen Entsetzens war. Und auf einmal habe ich losgeheult, heulte und heulte ... So heftig flossen mir die Tränen, dass sie mir die Wimperntusche fortspülten, Davids Taschentuch schwarz färbten, mit dem er sie mir von den Wangen tupfte. »Und ich hab's verschuldet!«, jammerte ich, nur noch ein Häuflein Elend. »Martin war wie ein Kind ... hat alles gegeben ...«

»Ein Kind?!«, unterbrach mich David heftig. »Verrückt war er nach dir! Und Kerle wie er sterben nun mal nicht im Bett, gehn aufs Ganze!«

Da fing ich an, David zu erzählen, und es dauerte gar nicht lange, ja schien selbstverständlich, dass mein Kopf an seiner Schulter lag, sich unsere Finger verschränkten. Mucksmäuschenstill war er, als ich von Agapes Machenschaften sprach, vom grausigen Fund im Nachbarhaus, der schaurigen Nacht, als Martin ums Leben kam, meiner panischen Flucht vor Fred und davon, wie alles zusammenhing. Am Ende war mir, als höre ich Davids Herz in seiner Brust schlagen, was wiederum meines so heftig klopfen ließ, dass ich doch tatsächlich vergaß, auch noch von meinem Wahnsinnserbe zu reden.

»Mensch, Mona, tust du mir leid!«, murmelte David schließlich, nach langer Pause, als ich mit meiner Geschichte zu Ende war. Und nun war er es, der sich wegen Martin Vorwürfe machte. »Dass ich ihm das noch antun musste …«, meinte er.

»Allerdings«, rief ich aufgebracht. »Warum, um Himmels Willen, hast du dich damals so heimlich davongemacht?!« Es war die einzige Frage, auf die es noch keine Antwort gab.

Und David berichtete. In jener Nacht, fing er an und drückte mich fest an sich, habe er wegen der Hitze wieder mal nicht schlafen können. Da hätte er also noch eine Runde gedreht. Erst quer durch die Macchia, dann einen Feldweg hinunter, schließlich zum Haus der Frauen hinüber. »Über mir«, erinnerte er sich, »ein gewaltiges Sternengeflimmer, der bullige Mond … ein Buch hätt man lesen können dort draußen! Schon von weitem sah ich, dass noch Licht bei den Frauen brannte, was ja nicht ungewöhnlich war. Ich befand mich schon nahe beim Haus, als dort die Tür aufflog und eine Gestalt heraussprang! Ein kräftiger Kerl war das, mit Strumpfmaske überm Gesicht! Ist dann hinter einer Hecke verschwunden, wo ein Lieferwagen stand … Eine Weile tat sich nichts … Plötzlich gingen drinnen die Lichter aus, und der Nächste kam raus! Hat sich noch nach allen Seiten umgesehn, ist ebenfalls hinter der Hecke verschwunden! Wieder blieb's anfangs still, und ich hab angefangen, Schiss zu kriegen … Die waren zu zweit, Osteuropäer, nahm ich an, illegal im Land womöglich … Die hatten dort 'nen Bruch gelandet, konnten keinen Zeugen brauchen! Wenn die mich abstachen, in eine Schlucht warfen, gingen die nicht das geringste Risiko ein … Ich kam verdammt ins Schwitzen, Mädchen!« Schließlich, erzählte David weiter, hätten sie aber doch den Motor angelassen und seien abgezogen. Noch in der Nacht habe er seine Klamotten gepackt, mir den Gruß hinterlassen und sich auf die Socken gemacht. In Vrissaki habe er einen Griechen getroffen, der einige Tage darauf eine Fuhre Metaxa über Thessaloniki nach Deutschland habe schaffen sollen. Ein netter Typ sei's gewesen, hätte ihn auch mitgenommen. Bis dahin aber habe er, David, untertauchen müssen. Und exakt in dem Augenblick, als er zum Treffpunkt gewollt habe, wo ihn der Grieche erwartet hätte, sei er in einem Laden auf Martin gestoßen. »Was glaubst du«, beendete der Ex-Kollege seinen Bericht bekümmert, »wie mies ich mich fühlte, als ich Verstecken mit ihm spielte!«

»Aber warum«, bedrängte ich David erneut, »hast du untertauchen wollen, anstatt das Verbrechen der Polizei …«

»Das ist's ja!«, fiel er mir ins Wort. »Ich saß doch in der Klemme, Mädchen! Die Russen, ein Schäfer, der Händler im Dorf, bei dem ich den Sprit holte … sie alle hätten doch bezeugt, dass ich dort rumgestrichen bin! … Mein Gott, ich wär ja aus dem Knast der Griechen nicht mehr rausgekommen! … Auch war da noch die Sache mit dem Geld …«

»Geld …?!«

»Nun ja, als ich an dem Gebüsch vorbeikam, nicht weit von der Hecke, wo sie den Lieferwagen parkten, lag dort ein Koffer drin! Ganz schick war der … aus schwarzem Kroko … knallvoll mit Tausend-Dollar-Noten! … Dicke Packen, säuberlich gebündelt! … Der Kerl, dieser Kostas, von dem du sprachst, hat ihn wohl dort reingeworfen, sich ihn später holen wollen …«

»Karloffs verschollenes Vermögen! Du hast natürlich die Finger von dem heißen Zeug …«

»Eben nicht! Mensch, Mona, ich war blank bis auf die Knochen! Hatte doch den Brustbeutel verloren … Ein kleiner Rest, der mir geblieben war, reichte gerade für die Überfahrt nach Italien …«

»Oh nein, David, nein!«

»Doch, Mona! Und was glaubst du, wie der Grieche glotzte, als ich angerannt kam, den Rucksack gebuckelt und den Damenkoffer in der Hand … Wie wir dann auf der Fähre waren, liefen da, so schien mir's jedenfalls, eine Menge Bullen herum … Und dann bestand der Grieche auch noch darauf, eine Dreierkabine zu nehmen, weil die billiger sei … Der Typ war, wie gesagt, in Ordnung, aber der andere, der dazukam, dem hab ich nicht getraut … Der starrte dauernd auf den Koffer! Wenn der in der Nacht dessen Inhalt untersucht hätte … Sobald wir an Land sind, schickt der dir die Mafia hinterher oder legt dich gleich selber um!, sagte ich mir. Ein paar

Stunden habe ich im Bett rotiert ... Schließlich, als ich mir sicher war, dass die Typen schliefen, bin ich an Deck ... hab die Scheißmillionen über Bord geschickt ...«

»Du hast ... David!« Und ich, die eben noch in Tränen schwamm, lachte plötzlich los, bog mich vor Lachen. »David! David!«, gluckste ich, wie befreit. Dann erst ist mir der eigene Reichtum eingefallen! Ganz cool wollte ich nun wieder tun, David wie nebenbei fragen, ob er nicht Lust hätte, mich in nächster Zeit nach München zu einem Anwalt zu begleiten. Schon wollte ich loslegen, da sprangen wir hoch. »Der Apfelstrudel!«, riefen wir wie aus einem Mund. Wir hatten ihn total vergessen! Wir stürzten in die Küche, wo's stank und qualmte, schalteten den Backofen aus und rissen das Fenster auf. Mit zwei dicken Lappen holte David das glutheiße Blech aus der Röhre. Da aber lag nur noch ein pechschwarzes Etwas darauf, das bei der ersten Berührung zu Asche zerbröselte.

Entnervt ließ ich mich aufs Sofa fallen. »Aber wir haben doch noch den Schampus, Schätzchen!«, versuchte David, mich zu trösten. Und plötzlich ging er vor mir in die Hocke, sagte mir allerlei emotionales Zeug! Dass er verliebt in mich wäre, seit er mich kenne. Dass wir ein »Spitzenteam« gewesen seien, auch in Zukunft etwas auf die Beine stellen könnten. Dass er das Saufen mittlerweile ließe, auch sonst dabei sei, wieder Fuß zu fassen. Dass er zudem kein übler Kerl sei, sich, im Gegenteil, sogar recht smart fände. Und schließlich, dass ich mich wegen des »klitzekleinen Altersunterschieds«, der für ihn sowieso ein Glücksfall sei, bloß mal nicht so haben solle. Kurzum, er könne einfach nicht verstehen, warum ich nicht zugriffe, bevor es eine Andere mache. »Also, Schätzchen, krieg ich dich nun, oder krieg ich dich nicht?«, wollte David am Ende unverblümt wissen.

Und da sagte ich doch wahrhaftig, mächtig cool allerdings: »Na schön, du kriegst mich!«

Was nun folgte, lässt sich unschwer erraten. Natürlich hat er mich geküsst ... Nicht wüst wie Martin seinerzeit, eher zart, als könne er mich zerdrücken. Und fing an, mir wie einem Püppchen die Schuhe auszuziehen, weil ich nämlich fix und fertig war. Und im Schlafzimmer, wo wir dann landeten, machte David mit der zärtlichen Ausziehtour weiter, bis ich nur noch die Silberkette mit dem Aquamarin getragen habe. Da schlüpfte ich schnell ins Bett, und er, ohne Hast oder Scheu, hat sich vor mir entblättert. Warte, Casanova, dachte ich, während mein Herz zu hämmern begann, wenn ich dich gleich in meinen Armen halte, wirst du was hören, das nicht nur Süßholzraspeln ist! Da wirst du aus den Federn hechten, den Schampus zischen lassen … Und schon lag David unter meiner Decke, hat sich so passgenau bei mir angeschmiegt, dass ich's noch mit der kleinsten Zehenspitze spürte, ja, hinschmolz wie ein Eisbällchen im Hochsommer. »Geliebt, Mensch«, gab ich mich da endlich geschlagen, »habe ich dich immer schon! Aber verliebt machst du mich in diesem Augenblick!«

Da legte mir doch der Prachtkerl sacht sein bestes Stück in die Hand. »Evolutio schenkt uns das, damit wir nicht verzweifeln, Schätzchen!«, machte er dazu einen seiner merkwürdigen Sprüche und hat dabei auch nicht ein bisschen gelacht.

Nachwort

Dies also war die Geschichte, die ich in Attika aufgezeichnet habe. Die junge Frau, die sie erlebt haben wollte, erzählte mir noch, dass sie ihr Erbe selbstverständlich angetreten hätte. Zusammen mit ihrem Ex-Kollegen sei sie in jene Gegend zurückgekehrt, wo sie seither, von Architekten und anderen Fachleuten unterstützt, den Bau von MANFRED's RANCH betrieben. Natürlich seien sie beide bis über die Ohren ineinander verliebt! Auf das Grab jenes Deutschen, der so gar kein Glück gehabt habe, hätten sie Blumen gepflanzt. Auch hätten sie das wundervolle Pferd zurückgeholt, für ein hübsches Sümmchen allerdings, da es der Bauer sonst nicht hergegeben hätte. Nach dem Hund ließen sie noch immer suchen. Der Mörder hätte ihn aber wohl in seine Heimat mitgenommen. Heimlich, beim Tor, werde der sich längst mit dem Tier angefreundet haben! Auch in der Hütte des Kerls sei sie noch einmal gewesen. Die stehe ja nun, bis sie sie abreißen lasse, auf ihrem Grund. Man habe deren Tür aufbrechen müssen, da sie Sedlacek vor seiner Flucht mit Brettern zugenagelt hätte. Drinnen sehe es fast unverändert aus, bis auf das Frauenbildnis allerdings, das fehle. Es hätte, glaube sie inzwischen, wohl jene Unglückliche gezeigt, die der verstörte Mann so abgöttisch geliebt habe. Die Asche des anderen Deutschen – sein Leichnam sei außer Landes verbrannt worden – hätten sie nach Attika zurückgebracht. Man werde sie später, wie vom Verstorbenen in seinem Vermächtnis gewünscht, am schönsten Ort der Ranch verstreuen!

Nun, verehrte Leserschaft, womöglich nicht alles, was hier erzählt wurde, wird man glauben können. Zwar hat die junge Frau manches recht genau geschildert, das ›traurige‹ Bachtal etwa, die niedergebrannten Wälder bei Thessaloniki und so weiter, wovon ich mich persönlich überzeugen konnte. Dass aber in Attika damals ein Verbrechen einer solchen Dimension stattgefunden hätte, darauf gab es trotz meiner umfangreichen späteren Recherchen keinen ernst zu nehmenden Hinweis! Gewiss, die Menschen dort, recht verschlossen übrigens, munkelten so allerhand. Von verschwundenen Kindern war des Öfteren die Rede, von einem Leichnam, den man ohne Nieren aufgefunden habe. Aber sonst? Schließlich gelangte ich zur Überzeugung – trotz oder wegen der allzu realistischen Details – ein wenig Misstrauen sei angebracht! Hatten der jungen Frau nicht bereits andere eine »blühende Fantasie« bescheinigt? Was, wenn sie den schaurigen Teil der Geschichte, während sie Tag für Tag, Stunde um Stunde, auf ihrem Hügel in der Wildnis saß, aus purer Langeweile nur erfunden hätte …?